华北抗日根据地及解放区文艺大系

陈晋 郑恩兵 主编

《晋察冀日报》
文艺文献全编

散文报告文学

第五卷

关小彬 编

河北出版传媒集团
河北教育出版社

图书在版编目（CIP）数据

《晋察冀日报》文艺文献全编．散文报告文学．第五卷 / 关小彬编．-- 石家庄：河北教育出版社，2023.12
（华北抗日根据地及解放区文艺大系 / 陈晋，郑恩兵主编）
ISBN 978-7-5545-7637-3

Ⅰ．①晋… Ⅱ．①关… Ⅲ．①文艺-作品综合集-世界-现代②散文集-中国-现代③报告文学-作品集-中国-现代 Ⅳ．① I11 ② I266 ③ I25

中国国家版本馆 CIP 数据核字（2023）第 064015 号

书　　名	《晋察冀日报》文艺文献全编·散文报告文学·第五卷
	JINCHAJI RIBAO WENYI WENXIAN QUANBIAN SANWEN BAOGAO WENXUE DI-WU JUAN
编　　者	关小彬
责任编辑	付宏颖　王　景
装帧设计	郝　旭
出　　版	河北出版传媒集团
	河北教育出版社　http://www.hbep.com
	（石家庄市联盟路705号，050061）
印　　制	石家庄众旺彩印有限公司
开　　本	787毫米×1092毫米　1/16
印　　张	21.5
字　　数	269千字
版　　次	2023年12月第1版
印　　次	2023年12月第1次印刷
书　　号	ISBN 978-7-5545-7637-3
定　　价	120.00元

版权所有，侵权必究

丛书编委会

顾　问
陈平原　刘跃进　王长华　李　扬

编委会主任
吕新斌

编委会副主任
彭建强　孟庆凯　刘　月

主　编
陈　晋　郑恩兵

副主编
董素山　向　回　汪雅瑛

编　委（按姓氏笔画排序）
马春香　王少军　田浩军　包来军　吉　喆　刘书芳　刘贵廷
关小彬　杨　程　杨春生　宋少净　张　辉　张川平　赵　华
高露洋　郭义强　阎晓宏　梁晓晓

编纂说明

在中国共产党百年发展历程中，文艺始终是党领导人民开展进步事业的有机组成部分，是党在各个历史时期的中心工作的实时反映和重要推动力量。"华北抗日根据地及解放区文艺大系"，是一部全面展示抗日战争和解放战争时期华北地区党的历史创造、奋斗风采和形象建构的大型革命历史文艺文献丛书，对于深入研究华北地区革命文艺史、红色新闻史，弘扬伟大建党精神、梳理中国共产党人精神谱系，是必不可少的第一手资料，是我们在新时代坚定树立文化自信的重要思想资源。

一、编纂缘起

抗日战争及解放战争时期，华北地处各方政治与文化力量激烈博弈的前沿，这种特殊政治、军事、文化、地理环境中产生的革命文艺，具有鲜明的地域性特征，是五四新文化运动以来的革命文艺发展史上的突出标识。

但一直以来，由于史料文献整理不足，对华北抗日根据地及解放区文艺的研究，始终未能深入，其独特的地域性实践价值和蕴含的文化创新意义被严重遮蔽。这些史料文献主要以党报党刊的形式呈现，梳理汇编这些党报党刊中的革命文艺史料，借之以探索华北革命文艺的发展路径、发展方向、创造机制和创新经验，是深入贯彻习近平总书记关于"把红色资源利用好、把红色传统发扬好、把红色基因传承好"，"用好红色资源、赓续红色血脉"等系列重要讲话精神的有力举措，也是新时代文艺研究者不可推卸的责任。

2017 年 6 月左右，我们去中国社科院文学所拜访时任所长刘跃进先生，协商合作研究事宜，寻求中国社科院文学所的帮助。请教过程中，刘先生建议我们结合地方特色，做好地方红色文艺文献的搜集整理与编纂出版工作。经过一段时间筹备，2017 年底，我们以"河北红色经典系列丛书"为名，正式申报"2018 年度河北省省级宣传文化发展专项资金"项目并成功立项，旨在通过选定刊行河北红色经典作品、梳理汇编河北红色经典研究资料、系统阐述河北红色经典发展历史等基础性工作，打造一个集大成式的河北红色经典文献资料库。

项目最初设计共二十四卷，包括六大板块：《河北红色经典史》一卷、《河北红色文艺作品选》六卷、《河北红色经典作家作品索引》三卷、《河北红色经典研究资料汇编》四卷、《〈晋察冀日报〉副刊文学作品全编》六卷、《晋冀鲁豫抗日根据地文艺作品及〈新华日报〉太行版文艺作品汇编》四卷。但在项目实施过程中，我们充分吸收专家意见，认为网络时代和大数据背景下的科研活动有了很大变化，《河北红色经典作家作品索引》与《河北红色经典研究资料汇编》的编纂工作，在当前学术生态中价值不大，并予以取消。同时，在项目实施过程中我们发现，《晋察冀日报》《人民日报》等党报除刊发大量文艺作品外，还有大量记录边区文艺工作者行迹，反映边区戏剧、音乐、文学、美术、舞蹈、曲艺活动与报刊书籍出版发行等各方面情况的文艺史料，以及体现我党文艺方向、方针变化的政策文件与重要领导讲话，是华北地域党和人民对敌作战的重要宣传武器，更是飘扬在华北地区军民心中一面旗帜。这些史料是华北地域革命文艺发生、发展与壮大的真实记录，对我们正确认识革命文艺的特点与历史地位有重要的决定性作用。

为此，我们精心整理了《〈晋察冀日报〉文艺文献全编》《晋冀鲁豫〈人民日报〉文艺文献全编》《〈晋察冀画报〉文艺文献全编》《晋察冀日报社人物志》（共五十一卷），同时收入全国抗战时期和解放战争时期与河北地域相关且被广大群众所喜爱并广泛传唱的红色文艺作品，结集为《河北红色文艺作品选》（共六卷），至此形成丛书目前的五大板块，而且将名称由"河北红色经典系列丛书"改为"华北抗日根据地及解放区文艺大系"，方便以后在此基础上做进一步拓展。

二、地域范围及文艺特质

华北抗日根据地包括当时山东、河北、山西、察哈尔、绥远、热河全部及豫北、苏北、皖北部分地区，分晋绥、晋察冀、晋冀豫、冀鲁豫、山东五大块。1941年，冀鲁豫合并到晋冀豫，称晋冀鲁豫。其中晋察冀抗日根据地作为开辟最早、地域最大、人口最众的模范抗日根据地，是华北抗日根据地的坚强堡垒，牵制和抗击了三分之一以上的华北日军和二分之一的伪军。

在河北及其邻省周边地区开辟与创建华北抗日根据地，是红军长征到达陕北之后党中央迅速做出的重大战略决策。这些根据地地处对日武装斗争最前线，不仅打开了抗战的新局面，成为华北敌后抗战的主战场，而且进行了新民主主义社会的实践探索，对解放战争的历史进程产生了巨大影响，成为我党开辟东北解放区的前进基地和逐鹿中原的战略后方。随着抗日根据地的开辟，延安文艺工作团、西北战地服务团、东北促进纵队干部队、八路军总政治部前线记者团等大批文艺工作者，随同党政干部一道陆续抵达华北，东北、平津的青年学生也纷纷冒着生命危险来到边区。他们一手拿枪，一手拿笔，深入农村与抗战前线，切身体会工农兵的生活，深刻了解工农兵的需求，从而根本上克服了艺术至上主义思想倾向。所以，华北抗日根据地及解放区文艺，既响应了伟大的民族抗战对文学艺术提出的时代要求，亦充分兼顾到广大人民群众的接受习惯和欣赏水平，真实地反映了华北人民火热的战斗与生产生活。很多作者本身就是农民、战士或基层工作者，他们把自己的经历和熟悉的人和事，通过小说、戏剧、诗歌、报告文学、歌曲、绘画、舞蹈等文艺样式记录下来，语言通俗平实，富有生活气息。由于产生于特定时代、特定区域而又适应特定需要，故而无论是题材、语言还是风格，在体现革命大众文艺共性的同时，又具有强烈的华北地域特性。

华北抗日根据地及解放区文艺的繁荣发展，是专业文艺工作者与工农兵群众共同创造的结果。人民群众不仅是革命文艺运动的主导主体、推进主体、受益主体，还是一切成败得失的评判主体。华北抗日根据地及解放区文艺，归根结底，是"以人民为中心"的文艺。

三、学术价值

今天的河北在抗日战争、解放战争时期是晋察冀、晋冀鲁豫两大根据地的中心区域，有着悠久的革命历史传统和丰厚的红色文化底蕴。据不完全统计，抗日战争和解放战争期间，仅晋察冀边区专区以上就办有报刊四百余种，编印图书五百余万册。如果将这种统计扩大到环绕河北的整个华北抗日根据地及解放区，时间扩展至从中国共产党成立到中华人民共和国成立，数据更为可观。这些红色图书、报刊的出版发行，团结了一大批来自全国各地的著名革命文艺家和专业文艺工作者，其中有大量文艺相关信息，是研究近现代中国革命文艺的重要史料。但因受当时物质条件及复杂局势影响，它们传播范围有限，保存困难，如今已普遍出现老化或损毁现象，面临着消失、断层的危险。

长期以来，由于对抢救、整理和利用红色文艺文献的意义认识不足，现行的科研评价、出版机制亦难以有效刺激科研工作者积极从事老旧报刊等红色文艺文献的系统整理，大量有待整理的红色文艺文献尚未进入学界的视野。特别是华北抗日根据地及解放区的文艺文献，有很多甚至还是学术盲区。如《冀中导报》《救国报》《边政导报》《冀南日报》《团结报》《前进报》《新察哈尔报》《冀热察导报》等各类党报，以及《冀热辽画报》《冀中画报》《北方文化》《五十年代》《新长城》《新群众》《诗建设》《诗战线》等期刊，虽有部分学者对其办报（刊）历程、思想以及传播等方面予以研究，但均无系统的文艺文献整理本。"华北抗日根据地及解放区文艺大系"整理的《晋察冀日报》、晋冀鲁豫《人民日报》、《晋察冀画报》，是当时华北抗日根据地及解放区党报党刊的典型代表，是党的理论和实践同文艺结合的主要媒介和载体，是华北革命文艺重要的传播平台。这些报刊，既客观记录了华北革命文艺的传播与发展，也完整展现了华北革命文艺的特殊使命与风格特征，具有极其重要的史料价值。在此基础上，我们还会将视角延伸到《晋绥日报》《新华日报·太行版》《新华日报·太岳版》等党报，不断地充实这套大型文献史料丛书，以此来系统建构华北抗日根据地及解放区的"文艺史料学"。

四、丛书特色

这套丛书的编纂,主要以抗日战争及解放战争期间华北境内各根据地、解放区出版、发行、制作之图书、期刊、报纸等红色文献中的文艺资料为内容。编纂特色主要包括:

(一)抢救珍贵历史文献,弘扬伟大建党精神。

华北抗日根据地及解放区的红色文献发行于条件艰苦的战争年代,数量少,印制质量粗糙,历经岁月的洗礼,留存下来的品相完好者已经很少,有些到今天已成孤本。这些文献作为特定历史时期和区域的产物,见证了中国共产党领导华北人民争取民族独立和人民解放的伟大历程,反映了华北近代社会的巨大变化,蕴含着珍贵的史料价值和鉴往知来的现实意义,是中国共产党领导的文艺事业、新闻出版事业与意识形态建设发展的历史见证。它们诠释了党的初心和使命,蕴含着坚定的理想信念与崇高的革命精神,到今天仍然具有强大的感染力与说服力,是陶冶情操、磨炼意志,走好新时代长征路的有效精神资源。抢救性搜集、整理与研究这些珍贵历史文献,有利于增强党政干部政治信仰,弘扬伟大建党精神和践行社会主义核心价值观。

(二)文艺与党史密切融合,拓展革命文艺与党史研究的新视野。

革命文艺作品的创作、发表和传播,和党的历史任务和奋斗实践是分不开的。在艰苦卓绝的革命岁月,奋斗前行的中国共产党始终强调,既要拿"枪杆子",也要拿"笔杆子"。革命的文艺工作者,一手拿枪,一手拿笔,深入农村与抗战前线,以人民大众易于接受和欣赏的形式,宣传党的政策,推行党的方针,为中国共产党顺利完成不同历史阶段的中心任务和伟大使命发挥了独特而重要的作用。本套丛书收入的文献史料，主要是抗日战争与解放战争时期党报党刊中的文艺作品与文艺史料，它们鲜明生动地体现了党的历史，党领导人民争取民族独立、人民解放的奋斗历程和精神面貌，从而为学界从文艺角度研究党史和从党史角度研究文艺提供了有力支撑。

（三）作品汇编与史料梳理并行，还原革命文艺的历史场域。

"华北抗日根据地及解放区文艺大系"的编纂，全面辑录华北抗日根据地及解放区党报党刊上刊登的诗歌、小说、戏剧、报告文学、散文、歌曲、版画等文艺作品，并系统梳理当时文艺发生、发展、传播以及社会各界文艺活动的各类消息和报导，同时选编了大量的河北红色文艺作品作为补充。这种文艺史料与文艺作品的配合整理，还原了革命文艺的历史场域，有利于构建对革命文艺的科学认识。

五、丛书内容

（一）《〈晋察冀日报〉文艺文献全编》共三十八卷：

诗歌三卷

戏剧一卷

小说二卷

文艺评论三卷

文艺史料九卷

外国文艺二卷

散文报告文学十七卷

歌曲版画一卷

（二）《晋冀鲁豫〈人民日报〉文艺文献全编》共十一卷：

诗歌一卷

戏剧、小说、文艺评论一卷

散文报告文学五卷

文艺史料四卷

（三）《〈晋察冀画报〉文艺文献全编》一卷

（四）《晋察冀日报社人物志》一卷

（五）《河北红色文艺作品选》共六卷：

诗歌一卷

戏剧一卷

散文一卷

小说三卷

六、编纂体例

（一）整套丛书题材丰富、门类众多，在体裁上不做强行统一。

（二）丛书中所录作品均为当年报刊发表的原文。为确保丛书的文献性、学术性、专业性和资料性，丛书编辑加工的总原则为保持文献原貌，内容上不做改动。

（三）文字的使用

1. 丛书中文字的使用以2013年教育部、国家语言文字工作委员会公布的《通用规范汉字表》为准。

2. 丛书中的古体字、通假字、俗体字，以及所涉及姓名字号、职官地理等专用字，均予保留。

3. 丛书原文字迹模糊残损，但仍可辨认或可依上下文校正，以字外加方框"口"表示；原文缺字或无法辨识，且无法校补，每字以一个方框"口"表示；如无法统计所缺字数，则以"☒"表示。

4. 丛书中数字的使用，保持原貌。

（四）标点符号及其他符号的使用

1. 丛书在不改变原文意义的情况下，将旧式标点改作现行标点符号。

2. 丛书原文中出现代表文字的符号，如"×""△""○""▲"等，保持原貌。

3. 丛书原文中的着重号、专名号等不再保留。

（五）其他

1. 丛书原文中的注释，保持原貌；编者亦出部分注释，供读者参考。

2. 因为原始文献本身产生于战争年代，保存不易，漫漶不清处较多，丛书疏误之处在所难免，希望专家读者批评指正。

七、鸣谢

本套丛书得以顺利面世，要特别感谢中共河北省委宣传部、河北省社会科学院、河北教育出版社的资金支持，以及北京大学陈平原教授、中国社科院文学所刘跃进研究员、南开大学文学院李扬教授、河北师范大学文学院王长华教授等，为丛书编纂提供了多方面的学术支撑；晋察冀日报社老报人及报史研究会诸位老师，中国社科院文学所现代室、中国丁玲研究会、中国现代文学馆各位专家，也在丛书编纂过程中提出了许多建设性意见；院内外的数十位年轻科研工作者，在原文录入和校对方面付出了艰辛劳动，确保了项目的顺利进行。在此一并致谢。

把艺术交给大众（代序）
——祝贺"华北抗日根据地及解放区文艺大系"结集问世

中国社会科学院　刘跃进

由河北省社会科学院文学研究所编纂、河北教育出版社出版的"华北抗日根据地及解放区文艺大系"结集问世，值得庆贺。

文艺是时代前进的号角。1937年7月7日，卢沟桥事变爆发，全面抗战由此而起。广大的爱国知识分子和青年学生，表现出同仇敌忾的民族气节，走出书斋，走出校园，用知识，用智慧，用不屈的精神力量唤醒民众，用实际行动担负起抗日救亡的历史重任。在此后的岁月里，延安文艺和华北抗日根据地及解放区文艺，是中国共产党领导下的两大主体，双峰并峙，展示着那个时代的风貌，引领了那个时代的风气。

随着抗日根据地的开辟，延安文艺工作团、西北战地服务团、东北促进纵队干部队、八路军总政治部前线记者团等大批文艺工作者，随同党政干部一道陆续抵达华北，东北、平津的青年学生也纷纷冒着生命危险来到边区。他们一方面积极创作大量街头剧、活报剧、街头诗、墙头小说、木刻版画、歌曲、舞蹈等革命文艺，开展抗日救亡宣传运动；一方面也通过开办文艺干训班，开展各行业、各阶层甚至全民的文艺创作与评选活动，吸引工农兵群众加入文艺队伍，掀起了"晋察冀一周""冀中一日"等具有深化性质的群众写作运动，以及"创造模范村剧团""穷人乐"等群众戏剧运动，为晋察冀文艺史添上了浓墨重彩的一笔。

说到这里，我想起2009年参加《北平学生移动剧团团体日记》捐赠仪式的一段往事。从1937年到1938年，在中国抗战史上唯一以大学生组成的"北平学生移动剧团"在长达一年半的时间里，历尽艰难，转辗于国民党第五战区的各个战场，演出话剧，创办报纸，宣传抗日，鼓舞斗志，谱写出响彻云霄的时代赞歌。移动剧团的成员每人一周轮流记述，用日记形式记录了那段不平凡的岁月，《北平学生移动剧团团体日记》就是这部历史的记录。它不是写给个人看的私密记录，也不是为将来面世扬名。作者完全出于一种历史责任，真实客观地记录了那段鲜为人知的历史，体现出强烈的史家意识。日记封面上有这样一段题记，"北平学生移动剧团·愿我永恒·中华民国二十七年二月二十三日始·璧华"。孤立地看这部日记，也许没有什么轰轰烈烈的战斗业绩，也没有什么感人肺腑的情感纠结。客观、平实是它的本色，正是这种本色，为那个历史年代留下一段真实。"北平学生移动剧团"的抗日活动，是文艺工作者投身抗日洪流中的一个历史缩影。

随着抗战的胜利，察哈尔省会张家口解放，晋察冀文协、晋察冀剧协、晋察冀音协、晋察冀美协、晋察冀通讯社、晋察冀边区剧社、晋察冀日报社、晋察冀画报社等文化团体随中共晋察冀中央局和军区领导先后开赴华北根据地，一大批文艺工作者也随之来到华北，开展丰富多彩的文艺活动。他们坚持毛泽东《在延安文艺座谈会上的讲话》中指出的方向，一手拿枪，一手拿笔，深入农村与抗战前线，既为切身体会工农兵的生活，也为深刻了解工农兵的需求，从而在根本上克服了自身相当普遍和严重的艺术至上主义思想倾向，为工农兵而创作，为工农兵所利用，以人民大众易于接受和欣赏的形式，普遍写人民大众的生产战斗故事。譬如左翼作家邵子南，于1938年10月随西战团到晋察冀，主持战地社日常工作，主编《诗建设》；1943年整风运动后，他到阜平任小学教员，在反"扫荡"中与群众、民兵一起转移、战斗，还直接在五丈湾跟随李勇的游击组对日寇展开地雷战；1944年5月随团回延安，在鲁艺任教，后调陕甘宁文协搞专业创作，开始大量创作反映晋察冀边区生活的小说。他以亲身体验为基础创作的短篇小说《李勇大摆地雷阵》（后改为《地雷阵》），运用阜平农民群众的语言，以口语化方式讲述了爆炸英雄李勇的抗日故事，明显吸取了民间说唱文学的优点，特别是在白话叙述中还插入不少快板式的韵白，更适合群众的喜好，因而在当时广为流传，家喻户晓，起到了很大的宣传鼓动作用。其他作品，如《荷花淀》《太阳照在桑干河上》《漳河水》《赶车传》《王九诉苦》《孟祥英翻身》《新儿女英雄传》《白求恩大夫》《我的两家房东》《穷人乐》《李殿冰》《戎冠秀》《没有共产党就没有中国》《团结就是力量》《没有土地的人们》《白毛女》等，都是成功的文艺典范，在现代中国文学史上占据比较重要的位置。

在华北抗日根据地及解放区的文艺创作成果中，还有数以万计的文艺作品和极具研究价值的文艺史料刊发在根据地及解放区所办的报刊上。很多作者，本身就是农民、战士或基层工作者。他们把自己的经历和熟悉的人和事，通过小说、戏剧、诗歌、报告文学、歌曲、绘画、舞蹈等文艺样式记录下来，语言通俗，富有生活气息。人民既是历史的创造者，也是历史的见证者；既是历史的"剧中人"，也是历史的"剧作者"。让故事中的人物自己编词、自己表演的创作方式，很好地反映出人民的心声，并让人民群众从生动活泼的艺术作品中得到教育，这确实是一个成功的尝试。

配合党的中心工作，"把艺术交给大众"，通过文艺唤醒大众，这已成为华北文艺工作者的自觉意识。他们积极响应伟大的民族抗战对文学艺术提出的时代要求，充分兼顾到广大人民群众的接受习惯和欣赏水平，创作了大量的作品，真实地反映了燕赵儿女火热的战斗与生产生活，起到了良好的宣传教育与鼓动激励效果。刘萧无编排新闻报道剧《李殿冰》，编剧与演员一起住到李殿冰家里，以便于熟悉主人公的生活，搜集真实生动的群众语言，还模仿他们的动作，理解他们的心理，甚至还让主人公李殿冰等直接参与剧本的修改和编排。描写群众的生活，邀请群众参与创作，这是当时文艺工作者走群众路线的生动体现。该剧演出后获得当地老百姓的极大赞赏，鲁中实验剧团还专门学习该剧的创作方法，创编了三幕五场话剧《过关》。艾思奇《前方文艺运动的新范例》更是誉其开创了前方文艺的新范例。抗敌剧社的《王老三减租小唱》、冀中火线剧社的话剧《我们的母亲》，也都具有这种特色。

这些文艺作品，可能略显仓促，有的甚至急就于战火中，所以在素材提炼、人物形象塑造以及语言的使用、细节的刻画等方面还有很多不足。但是，这不是一般意义上的创作，而是燕赵大地为争取民族独立、人民解放的集体记忆和行动号角，是中国革命事业的重要组成部分。华北抗日根据地及解放区的文艺，有很多这样未经沉淀的纪实作品，不管其艺术性如何，但在发动群众、组织群众、铸就抗击日寇和国民党反动派铜墙铁壁方面，发挥了无可替代的作用。20世纪五六十年代，河北地区涌现出大量的红色经典，便是华北抗日根据地及解放区文艺的传承和发展。

2017年6月，河北省社科院文学所郑恩兵所长来京与我们协商合作研究事宜。我根据所了解的信息，建议他们结合地方特色，做好地方红色文艺文献的搜集整理与编纂出版工作。"华北抗日根据地及解放区文艺大系"就是那次商讨的成果。全书由五个部分组成：第一部分为《晋察冀日报》文艺文献全编，第二部分为晋冀鲁豫《人民日报》文艺文献全编，第三部分为《晋察冀画报》文艺文献全编，第四部分为晋察冀日报社人物志，第五部分为河北红色文艺作品选。全书收录各种文体的作品六千余种，包括小说、诗歌、文艺评论、戏剧、报告文学、散文、文艺通讯、美术、书法和音乐、文艺史料，还有文艺信息、文艺广告，基本涵盖了华北抗日根据地及解放区的文艺创作情况，具有很高的研究价值。

  时值中华人民共和国成立七十五周年之际，我们有机会阅读这部皇皇五十余册的"华北抗日根据地及解放区文艺大系"，更加深切地感受到新中国的建立真是来之不易，她是无数条战线的可歌可泣的人们不懈奋斗的结果。在这样一个特殊的日子里，我们感念当年那些有名无名的作者，感谢参与整理工作的学者，当然，更要感激我们这个伟大的时代。

目 录

读班威廉先生《我怎样来到边区》后感 …………… 1

四四感想 …………………………………………… 4

互相帮助，打击敌人 ……………………………… 5

没有快枪也能打鬼子 ……………………………… 7

旅途手记 …………………………………………… 9

保卫民族后代 ……………………………………… 12

打垮敌人四次"治强运动"那一套臭玩意 ………… 13

记劳森 ……………………………………………… 15

日寇的败象 ………………………………………… 18

写给预备兵同志们 ………………………………… 21

中国抗战两年必胜 ………………………………… 23

儿童们在自己的节日里 …………………………… 25

奔腾着的唐河 ……………………………………… 27

把"矢"拿稳 把"的"认清 ……………………… 30

意料之外 …………………………………………… 33

我们热烈筹备着纪念五四青年节 ………………… 35

七名冰夫的悲壮故事 ……………………………… 36

全边区青年结成一个整体 ………………………… 38

战斗一样紧张的工作 ……………………………… 40

学习光汉同志 完成光汉同志未竟事业 ………… 41

铁一样地团结 ……………………………………… 43

一支深入游击区的艺术轻骑队 …………………… 45

国旗飘扬在完县城上	47
洪上明	51
母亲的温存和母亲的嘱咐	56
娘的心	57
春天远离了高昌镇	58
东诸侯炮楼上	64
勇士跳井记	66
十个"反共少年团员"	68
单耀钧同志抢救一万三千斤公粮	71
冷落了的大亚公司	73
朱食的战斗	81
敌寇"精神训练"在正定	86
帮助麦收的第一天	90
李英龙	92
挽歌唱起来吧	95
过分乐观和悲观都是不对的	98
"矢"呵！向偏见射吧！	100
百发百中的炮手们	102
"练习"	105
再生	107
华北联大三年的回顾与展望	111
记突围	113
咱们都来批评落后的村干部	116
献给何云同志	117
悼包森刘诚光同志	121
十二头骡马	123

鼓一把劲熬过最后两年	125
记六战士	126
七七抗战五周年感言	129
纪念"八一"	131
井冈山的哨线	132
无比地团结和顽强	134
四次赵户战斗	136
冀中宋庄之战	140
奔袭安平城	151
动机与立场	154
攻打神堂堡	157
三袭槐林庄	159
朝鲜义勇军华北支队第二队李益星队长访问记	162
敌刀米小队长及其部下	166
我可知道了!	168
杜朋尔活捉"活阎王"	169
鬼子要修王八窝 咱们的炮弹不答应	171
关于保卫家乡大队	172
原来如此	174
鬼子来摸哨陷进地雷阵	176
灵邱敌伪拾零	177
读《中共中央抗战五周年宣言》有感	180
救护	183
"我们在等待着捕杀这山狼!"	188
紧张动员起来!武装保卫秋收准备反"扫荡"	190
警惕起来!粉碎敌探汉奸的阴谋活动!	193

地道战在冀中 ……………………………………………… 195
在血泊斗争中的冀中人民 ………………………………… 198
记边区幼稚园 ……………………………………………… 202
一个自首的断片 …………………………………………… 204
子弟兵和人民的结合 ……………………………………… 206
看见了儿子和八路军铁骑兵 ……………………………… 208
"我的儿子抗日,我怎么能当汉奸?!" …………………… 211
河间四小队 ………………………………………………… 212
告冀中大清河北岸伪军同胞书 …………………………… 216
高阳人民的第一个大战斗 ………………………………… 219
抗议日寇滥肆轰炸的无耻暴行 …………………………… 223
"满洲国"内经济统制的几个画面 ………………………… 225
"窜窝子"(注)们的"功绩" ……………………………… 233
老虎山附近 ………………………………………………… 238
西坡村旁打击要夫敌人 …………………………………… 242
房顶上的比赛 ……………………………………………… 244
突围 ………………………………………………………… 245
警战线上的第八班 ………………………………………… 247
生与死的斗争 ……………………………………………… 248
一天的遭遇 ………………………………………………… 251
纪念连 ……………………………………………………… 255
忆徐水刘县长 ……………………………………………… 306
攻克灵寿城 ………………………………………………… 310
挡箭牌 ……………………………………………………… 313

读班威廉先生《我怎样来到边区》后感

黎阳

在太平洋战争刚爆发后不久,我们就听到平津方面有一些英美荷奥等国的反法西斯战友们,已冲过日寇的封锁线,到边区来了。我们都兴奋地迎接着这些国际友人的到来。最近从《晋察冀日报》上我更兴奋地读到了班威廉先生的一篇《我怎样来到边区》的文章,他虽是一位物理学家,潜心于自然科学的研究,对政治问题素少涉猎,但来到边区后,却能注意到边区政治文化各方面的活动,并提出许多积极的意见,这实在是值得我们重视与敬佩的。

班威廉先生在他那篇文章里,除了告诉我们那些紧张艰难的脱险经过之外,还扼要地叙述了他对边区的印象。这正是边区每一个人都热切希望着的宝贵的批评和意见。班威廉先生像连年陆续来边区参观和访问的那些国际友人一样,看到了边区人民自由愉快的生活,看到了边区军民亲密的团结,听到了边区人民"英勇而愉快的歌声",惊异和感动于边区各方面近年来飞速的建设。这些现实,在我们的外国朋友的骤一接触之下,显然会感觉到边区经过四年多艰苦的缔造,已经改变成和中国旧社会完全不同的新样子了。

的确在边区,军阀官僚的专政已不存在,代之而起的,是最广泛的民主政治,是统一战线与"三三制"的革命民主政权;早先那种压迫人民的"特殊的武装"——军阀的军队已被肃清,代之而起的是八路军,是边区人民的子弟兵,是中国历史上从未有过的人民的武装;封建的额外剥削已被废除,今天边区实行的是减租减息,取消苛杂;少数特权阶级的教育与普遍的文盲现象已经有了重大的改变,边区实行了普及的免费的义务教育;"妇女奴役"基本上已成过去,今天边区一般地实现了男女平等；过去人民无权的现象已经改变，全体抗日人民今天掌握了行政司法各方面的实权。以上这些，就是今天边区政治改革和社会改革的大概的轮廓，它说明今天边区已排除了半殖民地半封建的因素，走上了革命的三民主义亦即新民主主义社会的大道。

但是，说到这里，班威廉先生说"在短短的两年中边区已进行了彻底的社会的、政治的革命……边区已经完成了苏联经过多年的流血革命终竟完成，而西方各国根本还没有起始的事业"，这样却未免把边区推崇得过高了，使我们在这过分的夸奖之下，实在感到万分的惭愧。如果拿现在晋察冀边区和现在的苏联比较，事实上是无从比起的。

今天的苏联，是已经彻底实现了社会主义革命，正向共产主义迈进的国家；而现时中国的革命，还只是新民主主义的。它的目的还在于终结中国这个殖民地、半殖民地半封建的社会，建立一个革命三民主义的亦即新民主主义的新中国。而这个新民主主义社会离着社会主义社会，还有很远的距离。它跟社会主义是两个不同历史阶段的东西。边区四年来在抗战建设上，在军事、政治、经济、文化各方面的一些成就，固然也可说是形成了历史上一件革命的"奇迹"。但今天边区所得到的这些成就，还只是三民主义共和国建设的开始，单说离孙中山先生革命理想中所要建设的，同时也是新民主主义所要求的独立、自由、幸福的完美的新中国，也还有一定的路程，自然更是不能跟今天社会主义的苏联来媲美的。边区成立以来，所实行的一切政策，完全是统一战线的政策。因为我们抗战和建设抗日根据地的目的，是为着驱逐日本法西斯强盗，建设一个以各革命阶级联合的民主专政为基础的三民主义的新中国，同时，并配合英美苏等友邦击溃德意日法西斯主义。

班威廉先生刚来边区不久，一路的见闻，多是一些比较表面的现象，一时未能深入到问题的底层，对边区的政治情况还不大熟悉，因而，说到对边区的印象，对边区建设上的一些成就，也就难免有过高的估计和过分的称扬。我读罢班先生的文章，在兴奋之余，深有所感，故特就今天边区发展的实际情形，简略地提出一点儿意见，或者也可作为新来边区的国际战友们在进一步了解边区时的一点儿参考。

边区成立四年多了，正如班威廉先生所说，它是"在敌后，在敌人经常来破坏的威胁下"建设起来的。在这件伟大的创造事业中，许多国际反法西斯战友们曾给了边区不少的帮助。比如，白求恩博士所遗留在边区的业绩是边区军民永远也忘不掉的。现在，当反法西斯斗争接近最后胜利，但也是华北敌我斗争空前剧烈的时候，班威廉先生等都决心来参加边区军民战斗的行列，并愿忍受艰苦的物质生活条件，致力于边区进一步的建设工作，边区人民自有说不尽的感激，我们深愿跟新来边区的国际战友们在一起，并肩合作，向我们共同的敌人——德意日法西斯强盗，进行最后胜利的战斗！

（《晋察冀日报》1942年4月1日）

四 四 感 想

罗东

我爱孩子们,因为我们的战斗是持久的、胜利的继续,全靠这孩子一代!

我经常想到,向孩子们说些什么吧,但大人的话,对孩子又常是很难懂的;同时,我实在不敢说,我怕说错,哪怕只是一个字,对孩子都是有罪过的!

孩子们富于幻想,没有成见,是真理最忠实的拥护者和执行者,孩子们的这种气质,是艺术的气质,孩子和艺术是有缘分的。他们接近艺术,爱艺术,是艺术的年轻的卫士,艺术对孩子的教养也是大的,孩子们从艺术里可以陶冶出新的性情,革命的坚韧的敏锐的意志和高扬的天才。

那么,对孩子们,把艺术看作是教育吧!

边区的孩子是已经过着民主自由快乐生活的一群,孩子被人们尊望着,孩子一样地站在斗争的尖端。这里,孩子已经得救了,现在是我们要呐喊,"给他们丰富的文化艺术生活"的时候!

四月一日

(《晋察冀日报》1942年4月3日,《晋察冀艺术》副刊第34期)

互相帮助，打击敌人

陆泽

在反"扫荡"的时候，军队保护老百姓和老百姓的财产，不叫人民吃亏受损失，这是军队最高的责任。

军队驻在哪个村庄，就要帮助老乡们坚壁东西；若是敌情紧张的时候，军队的干部要告诉给村干部知道敌情，说给他们应当朝哪个方向转移，群众怎样才能避免遭遇到敌人，不受什么损失；倘若军队有行动，临走以前，也要把敌情告诉给村干部，使他们有准备，及早叫女人们、老人、小孩子先到较安全地方隐蔽起来；真若是在敌情最紧张时，群众已经离敌人很近了的危险情况下，这时，军队要自动地积极掩护群众撤退，使群众安全地转移地区。无论怎么样，边区的子弟兵是不能叫边区人民吃亏的。以前，部队有的只顾虑保守军事秘密，有敌情也不说给村干部，这是不对的。今后，如果军队不告诉给村公所知道敌情，村的干部可以自动地找军队的干部去问，他们是有通知情况这个责任的。

可是，我们要彻底保护人民，不叫老百姓吃亏，只靠消极办法还是不行的，这就要靠子弟兵们多打胜仗，粉碎敌人的"扫荡"。但，打败敌人不是一件简单的事，光靠子弟兵单独来干，绝打不了胜仗，他要人民来帮助，要民兵来配合才行。那么，在反"扫荡"的时候，村干部和民兵怎样配合子弟兵打仗呢？这可以：

（一）把游击小组整理好，估计敌人要来咱们村子以前，就在门后边或什么地方，埋上手榴弹，预备敌人抢东西、烧房子时炸死他；看到敌人少数搜山部队或运输部队时，就可以丢他几个手榴弹，打得便宜时，就能给敌人很大杀伤，能缴些胜利品；就是打不便宜，一溜走了，敌人也是干着急没办法。再就是遇到敌人派出来的汉奸，或看见敌人的掉队人员，就派几个组员捕住他；敌人宿营的时候，还可以隐蔽地接近村子边，能打几个手榴弹，就打几个手榴弹，能拉出敌人□马来，就拉他几匹，再不然朝着敌人的住房打他几土枪，也会闹得他精疲力尽的。

（二）经常派出侦察组员去探消息，我们不能说，有军队通知咱们情况，咱们就不侦察敌人了，这是不对的。因为只有把敌人侦察清楚，才能打胜仗不吃敌人的亏。所以，侦察敌人是民兵的重要任务，得到消息以后，就报告给军队，若是军队不在自己的村庄，也要派人给他们送信，万不可各干各的，更不可乱信谣言，听见风就是雨地乱跑。咱们作战经验不如军队好，在反"扫荡"的时候，要多多和军队的干部接头，向他们学习打敌人的办法。

（三）村干部要帮助军队买柴、买菜、弄给养，军队到了咱们村子里，绝不能不管。所以，反"扫荡"以前，就可以集中一部分粮食、木柴和菜，坚壁在安全的处所，等军队来了，不会临时找不到；如果军队有行动，中队部要派出民兵当向导。

这样，军队帮助人民，人民帮助军队，才能保障人民不吃亏，军队多打胜仗。

（《晋察冀日报》1942年4月5日，《子弟兵》副刊第39期）

没有快枪也能打鬼子
——和民兵同志们谈谈

反"扫荡"、打鬼子，是要靠子弟兵。但是子弟兵再多也不能分散到边区每个村子呀，这就要咱们民兵配合子弟兵广泛开展游击战。打个比方说，就是要咱们民兵、子弟兵像一个人的两只膀子样地配合上。

有的民兵同志说："我没有快枪呀，没有快枪怎么打鬼子！"说这话，真不对。告诉你吧，没有快枪一样打！昨天军区唐参谋长给大家作报告的时候，还说了这样个故事：冀中文安县的姜村，有个敌人据点，每天一大早，总有一个鬼子开门出来换哨或是干什么，别的都还死猪样睡着。这个情形叫咱们的民兵探着了，一天天还不亮他们就带着斧头、镐头藏在堡垒门外边。一会儿，门开了，他们像一阵大风闯进去，那开门的鬼子眼睛还迷迷糊糊的，他们就一斧头一个，把睡觉的鬼子砍死二十多，剩下的也被他们俘虏了，还缴一门钢炮两架重机关，就这么把那个王八窝打毁了！

他们有大枪吗？没有。斧头、镐头就是他们的好武器。这就说明了没有快枪一样能够打鬼子。

我们不是有手榴弹吗？手榴弹真是好东西。边区有好多民兵靠它捉过鬼子兵，靠它缴过三八式，就是把它挂在大门上，鬼子进来也准炸他个屁股朝天！再说鬼子走在道上吧，你这里一个手榴弹，"轰"；他那里一个手榴弹，"轰"……这样就算炸不死多少鬼子，也准把他吓毁了！看他一天能走几里地。

去年秋天反"扫荡"就有过这种情形，有些村子民兵同志真勇敢，鬼子不进他们的村不说，要是一进他们的村呀，他们就让鬼子一下不安生。路又熟，人又熟，游击起来鬼子再也没法找他们。这样他们村子自然就少受损失了，有时甚至吓得鬼子绕来绕去不敢进村去。

再像有的民兵埋地雷、破交通、打汽车，这些都是呱呱叫的。

不过今年民兵同志打游击，应当格外注意两件事：第一件，多和部队上联系，互相报告消息，互相配合，互相帮助。民兵有什么事情搞不清、没办法，就可以找部队一块商量。第二，可就是要比去年更勇敢、更顽强、更灵活、更办法多。大家都知道，鬼子"扫荡"咱们一年比一年毒辣，一年比一年残酷，咱们也要越来越勇敢、越顽强、越灵活、越办法多。游击打得好是绝不会吃亏的。咱们要在新的游击战里想出新主意，创造新办法，不怕疲劳，大胆细心，尽找敌人的弱点打，不但鬼子占了咱们村子打得他不能安生，而且更要主动积极打敌人，四处埋地雷，拴手榴弹，破他的交通，打他的运输，侦察他的行动，挖掉他的耳目捉汉奸……这一来，鬼子的"扫荡"自然会很快叫咱们把他粉碎的。

（《晋察冀日报》1942年4月5日，《子弟兵》副刊第39期）

旅途手记

——我对八路军的印象

引之

一月九日

屋内比较黯淡寒冷，坐在阳光下读《斯大林选集》卷四。庭院渐渐被阴影侵占的时候，看不到了。昨天管理员送来这书，告诉我这是最后的一本了，他们的书都借给我读，还另外跑出几里地替我搜求。

晚饭照例由小鬼开来，一小盆玉米饭，一碗肉丝豆腐，听墙外走过的战士却说，他们连最便宜的萝卜条都吃不上，每人只分得一点儿黄酱。自来到这里十多日，除了应他们的招宴，一向是吃"客菜"，这颇难为情，而管理员一再问我："饭食太不好，吃得去吗？"他还要设法改善，唯恐我有不适当的地方，自己益发惭愧了。

黄昏国际友人×氏夫妇来，在这里住一宵，明日动身去军区，我得结伴同行了。

晚间从×氏夫妇那里攀谈回来，顺便买了一包花生，我和小鬼在炕上围着火盆且吃且谈。明日要走了，倒生出惜别的心情，他每日为我打水、扫地、生火、开饭、烧炕，总是按时行事，这是其次。今晚谈起他的身世，才知道他只十六岁，阜平人，前年参加八路军，这一半由于他父母的鼓励。他说，家中还有弟弟妹妹，年纪小，要不也一齐参加八路军。他说话很沉静，乌黑的眼珠不瞅我，便瞅着熊熊的盆火。谈起抗战，他讲出一片大道理来，有着坚强的信念。谈起学习，是他迫切渴望的事，他认为每日上文化课和政治课是不够的，将来还希望进学校去。吃完花生米,我央求他唱八路军的歌子,他唱了几支,那是悲壮、愤恨、严肃、热烈的交响乐,自己的情绪变得异样地复杂。歌止,他动手给我烧水,我说不渴,他放下壶向火盆里添了几块木炭,才告别回去。

一月十日

一早,还没有起床,小鬼送来一套新棉军衣,要我换上,这是特地连夜为我赶做的,纽扣是从他的单军衣取下的,因为在这里,纽扣是买不到的啊。

×氏夫妇、×同志、×参谋(他是护送我们的)和我五人一起吃早饭。在桌上,×同志告诉我们一些旅途的概况,以及我们应有的准备。我已经和×同志倾谈过几次,他给我好多指示,特别是关于工作或学习的事情,他的声调是平淡的,但字句却那么结实。

饭后,略坐片刻,我们四人便启程了,×同志送我们到村口,珍重道别而去。×参谋在头里走,我和×氏夫妇跟在后面,另外还有马匹行装和通信员等。半途,×参谋为我们找了一户人家休息,烧水吃。下午,我们到达×团团部。

×团长为我们预备下烙饼、四样菜和一盆鸡蛋汤,这样的盛肴,于国际友人则可,在我则"受之有愧"了。饭后同×参谋去参谋处玩,他们请我炕上坐,为我沏茶(他们自己是不轻易喝茶的),拿出枣和花生请我吃,说:"八路军是不讲客气的。"于是我不再拘束,与他们大吃大讲了,他们对敌占区情况极为关怀,有时问的竟是平常的事,而我却没有注意过。他们有的是东北人,有的是南方人,背井离乡,有的在十年以上,可是终日愉快地工作,谈起家乡,绝无追恋之意。

今夜与×参谋同榻,卧下犹说个不止,愈扯愈远,想不到发现我们是中学时代的同学，可是他比我高几班。抗战后，他参加平津流亡学生会南下去汉口，汉口失陷后北入山西，几经阻挠始得去陕北，受训后参加部队工作。只有在南下不久时，他曾寄给年老的祖母一封信，以后便音信隔绝。真的，他一点儿都不像青年学生，俨然是一个军人了。

（《晋察冀日报》1942年4月5日，《子弟兵》副刊第39期）

保卫民族后代

黄淑贞

敌人灭亡中国的毒计，就是想使咱们亡国灭种，所以咱们抗战不光是为自己求解放，也是为了解放咱们的孩子，保卫中华民族的后代。咱们反对敌人对中国儿童的屠杀手段、奴化政策，咱们对自己的孩子就该更加尽心爱护，好好地抚养教育。

眼下政府下命令奖励生育，严禁打胎杀婴，反对一切害死婴孩的行为，正是要大家替国家保卫民族后代的意思，咱们老百姓应该热烈地拥护这个命令，很好执行这个命令。

不论一个半月，只要有了孕成了胎，就是一条人命，是咱们的亲生血肉，也是民族的后代，咱们就该对国家民族负责任的，要是因为一时害怕给大人添麻烦，就随便下了毒手，不光对孩子是造了罪恶，对国家也是造了罪恶！所以政府规定无论怎样害死了胎儿、孩子，都要受严重的刑法处分，确是很应该的。自然，自从政府早先下过禁止溺婴打胎的命令以后，大家早已明白这是旧社会传下来的坏风气，今天边区像这样会自己弄死婴孩的父母，已经很少见到，但是万一要还有这样的糊涂人，咱们事先该向他很好地劝导，如果真要不听，就立刻报告给村公所、妇救会出来干预。保卫民族后一代，人人都有责任。

一些人只知道多养孩子是大人的麻烦，殊不知孩子生养得多正是给国家增加力量，正是当父母的光荣，何况还要受到政府的帮助和奖励！过了今年的儿童节，为了准备反攻，增加将来新中国的力量，咱们应该更加关心抚养孩子，认真教育孩子，保卫新中国的后代！

(《晋察冀日报》1942年4月7日，《老百姓》副刊第97期)

打垮敌人四次"治强运动"那一套臭玩意

李长工

敌人闹过三次"治安强化运动",接连都被咱们粉碎了,还不知道害臊,趁早夹起尾巴,现在又闹起四次"治安强化运动"来了。

敌人所以这样不要脸不要命的闹法,自然也是"哑子吃黄连",有一肚子说不出的苦!太平洋大战爆发,敌人和这些多民主国家开了大战,好比拿鸡蛋去碰石头,谁也会看出日本鬼子快完蛋了。所以近来四处的伪军都在闹反正,鬼子兵天天自杀,更大批地跑来投八路军,连那些死心塌地的大汉奸也在赶快顺风转舵,对鬼子变了心眼。敌占区老百姓的抗日情绪,不用说,更见高涨,都起劲在准备自己的翻身日子,准备要给自己的父母妻子报血海冤仇!敌人眼看快要"树倒猢狲散"了,狗命越难保了;加之眼前仗越打得大,人力物力越是没法支持,虽说在太平洋上暂时抢到一点儿地方,可惜又不是现钱。再说,远水更难救近火,结果千方百计,还是老母猪变不出好样儿来,只好再搬出那一套玩臭了的把戏,再来个四次"治安强化运动"。所以说四次"治安强化运动",就是说敌人的光景已经到了山穷水尽的时候了,就是说还是敌人妄想逃命遮丑的最下贱的阴谋!

首先敌人要安定民心,还打算骗人去替他当炮灰、做走狗,就用狗屎上贴金的下贱办法,把他灭亡中国、灭亡东亚各民族的强盗行为,叫作"东亚解放",把敌人要糟蹋蹂躏的地方,叫作"东亚共荣圈",更借故造谣吹牛。难道他一条小蛇会把大象吞到肚子里去?一个小日本会打败这些多强大的民主国家?其次敌人还把他强迫敌占区老百姓来干中国人杀中国人的勾当,叫作"剿共自卫";更不要脸的,就是把他公开抢劫敌占区老百姓的粮食财产,逼迫敌区人民饿着肚子替他做苦工的毒辣手段,叫作"勤俭增产"!这样咱们老百姓都会明白:敌人的"东亚解放",就是灭亡中国、灭亡东亚!敌人的"防共自卫",就是叫中国同胞自相残杀!敌人的"勤俭增产",就是要榨尽咱们同胞最后一滴血汗,就是要咱们活活地冻死饿死!这就是敌人在四次"治安强化运动"里的一切阴谋诡计,所以四次"治安强化运动"是个加紧吃人骗人的大阴谋!

粉碎这个阴谋,咱们老百姓人人都有责任,大家赶快动员起来,迎头给敌人一顿痛打!咱们已经三次粉碎了敌人的"治安强化运动",这一回一定要叫敌人失败得更要悲惨!

(《晋察冀日报》1942年4月7日,《老百姓》副刊第97期)

记 劳 森

鲁藜

一口气读完了劳森的手记——这是一册他死后遗留下来的创作之一。我的脑常常要作怪诞的想象的,我读了这手记的每一片段,就好像觉得劳森在没有死之前,就意识到自己要死了,而这手记是他的死后留下同我们的"公开谈话"。

自然,这是我的怪诞的想象,但,一个人的死——这么年轻轻的死,在我们的脑中第一个反应是"奇怪"。当我在某处作长途行军中,金从平西来了,他告诉我的头一句话是:

"奋说,你的一个朋友在医院里死了。"

我的心跳了一下,哪一个,谁?可是,金竟然忘记他的名字了。"是哪一个呢?我的朋友。"我很快给奋去信问他。在这当中,好几天我检阅了一些在这大时代里面所认识的战友,哪一个呢,哪一个那么弱就病死了呢?我没有想到是劳森。

当我确切知道是劳森,我不能不相信,而当时,我就觉得惊讶,我就想起我们的最后一次的会面,那会面是在神北,是在医院里,在医院里住的是我不是他,他那时候是健康的,很多人都发摆子,他没有。

那一次的会面,是我们最后一次!(这是确定了)我对于这一次的会面的回忆,再也不会忘记了。因为,只有在这个回忆里,我的战友还活着。

我认识劳森是在一九三九年延安。我们仅见面过三次。第一次是在一个大会上的,这一次的认识极模糊,我坐在他的前排的椅子上,他在我的背后。我们同在抗大,在不同大队;我们同投稿给《山脉诗歌》（延安的诗刊之一），而没有在一起过。

第二次是在晋察冀了。

晋察冀是可爱的斗争的土地，诗人歌颂的土地。见到诗人兼画家的劳森，记不起是哪个村子了，我仅记着是在一个河滩上，那里有繁密的杨林。他，刚分配了工作——到工厂去，他很兴奋。

我仅仅记得，我和他谈话的一片段：

我问他："你认识另一个劳心吗？我第一次听到你，就以为你是那个劳心。"

他说："我认识他。过去，我的名字也用劳心，不久就换了。"

我们的同志还活着的，这是第三次的会面。他来了，我的病刚好，我们一起谈着，从上午到了下午。我们所谈的东西，是艺术、是人生、是斗争、是集体、是劳动生活与诗歌……大概，作为这时代的革命青年的特点之一——对于理想的贯注，对于未来的追求，对于诗歌的热爱，对于生命的自我的觉悟的探讨。那些都表现在我们的灼热的对话里。

我爱他，并且钦佩他，从那时候开始。

我深刻地认识他，也从那次开始。

当我病好出医院，我就跑去看他的壁画（在那次谈话他告诉我的），这壁画在神北的大街上。这壁画尚未完成，他也说："不想去完成它了。"而我，看了这幅画以后，蓦地联想起一个句子：

"未完成的杰作（是的，它不会再完成了）。"

这壁画的结构是宏伟的，这壁画的人物是生动的。他画的时候，很多老乡围拢来，他就从观众中取出模特儿，这村里的几个农民，就把自己留在壁上了。

他的笔体是大胆而迈劲的，正像他的诗，正像他的人。他，短小，黑黝的面，尖尖的颧骨。我还注意到他说话时候挥着手，他的手指

是瘦削的,如同他的木刻。他给我看了一些人体的素描,都是富于肌肉的表现的劳动者。(无疑地,他是向米开朗琪罗大师学习)

他是爱劳动者的,他是爱生活的,他是追求着自我的锻炼和前进的集体的教育的人,在他的手记里充分表现了这一点。这一点,也是我们这时代青年的特点之一。

我在他的身上,看出了我自己,照耀了我自己,也教育了我自己的。我也在他的身上,看出了这一伟大时代里革命的知识青年的典型,他就是一个。他死了,而这一个伟大的典型要继续活着,生长着,完成着。

> 我必须沉重地死去……
> 为着工作将不能死——
> 我又必须沉重地活着。

这是我时代的战友——劳森,在他的手记里留下给我们的最后的语言。

一九四二年三月五日在大悲

(《晋察冀日报》1942 年 4 月 10 日,《晋察冀艺术》副刊第 35 期)

日寇的败象

竹虚

西南太平洋上，日寇攻陷了马尼拉、马来亚、新加坡及荷印等地，现又集重兵于新加坡、荷印，准备大举进犯澳洲及印度，并且澳洲、印度的前哨战业已展开。日寇在军事上的确是获得了一些暂时的局部的胜利，因此，素来即极为骄横嚣张的日本法西斯军阀却趁此到处宣扬"'皇军'战果赫赫""正向建设大东亚新秩序迈进"。汉奸王揖唐辈及新民会伪组织等也疯狂地为其主子作"日本实力强大""反轴心国必败，日本必胜"种种自欺欺人的荒谬无耻的叫嚣。

三个多月的战争，日寇虽然占领了西南太平洋上不少英美的领土，但其所遭受的损失，是非常惨重的，仅仅马加撒、达佛港诸役，寇军即有两万余人葬身鱼腹，敌船舰被毁三十余艘之多，飞机损失亦达数百架。三月来敌船舰损失的总数尤其惊人，日本军舰的被击沉或击伤者共八十六艘，相当于日本海军实力三分之一；一般船只（非战舰）的损失，虽无确切统计，但据多方陆续所公布的数字来估计至少在一百艘以上。如以日寇每只战舰的建造要三年到四年的造舰力来计算的话，那么敌寇的这些损失，不知要到何年何月才能补充完毕，这同美国损失一艘即有几艘新舰下水的情形相比，简直是天渊之别！并且在那广大的遥远的海洋上作战，仅在交通运输方面就需要巨大数量的船舰，日寇在运输上本已感到船舶的缺乏（日本到朝鲜间的交通，最近已改用大帆船了）。日寇船舰受到了这样巨大的创伤，在今后战线愈加扩大的情形下必将感到更加严重的困难，自是不言而喻的。此外，日寇在物资上的消耗，也是极其巨大的，敌军务课长佐藤曾称："如果消耗的曲线与作战期间获得的新生命的曲线不能抵消,则继续战争是不可能的。"南洋各地虽然有丰富的宝藏,可是在同盟军实行彻底的焦土政策下,日寇所占领的仅是一片焦土,不能,同时也无力开发,其所得万万不能补偿其消耗的!所以,所谓"皇军"的"战果赫赫",除了抢得一片焦土而外,就是大批船舰的损失与巨量人力物资的消耗而已!

"日本必败",早成定论。日寇虽然在军事上得到一些暂时局部的胜利,并且这种胜利也许还可能继续地扩大一些,但这也绝不能改变战争最后胜负的定局。胜利的钥匙仍然是握在同盟国的手里,因为同盟国对日寇的战争是正义的战争,为全世界人民所拥护,政治上处于极端优势;日本法西斯军阀的侵略暴行,不但为世界各国人民所坚决反对,且为其国内人民所深恶痛绝。再如以决定战争胜负的人力物资来说,那么同盟国的人力物资的丰富,更非日寇所能望其背项。以人力来说,同盟国十余倍于日本;以资源来说,日寇的贫瘠是众所周知的,无论任何一种主要资源,都是异常贫乏,无论任何一种资源,同盟国都是十百倍于日寇的。日寇各种物资的自给率平均为二九点六四,需要由外输入的在百分之七十以上,尤其是军需资源中最重要的铁矿、钢、石油、煤等几乎完全依赖外来的。此项外来物资过去又都是仰给于美国、澳洲及南洋各地。战争的结果,这些物资的来源都打断了。日寇每年仅产七百万吨的钢、五千万吨的铁、四百五十万吨的石油……如何能够支持这消耗巨大的长期战争呢?此外,日寇财政的枯竭也到了极点,仅以战费而论,敌下年度的预算为二百四十三万万日元,同盟国中仅美国的战费下年度预算即将为五百六十万万美元,约等于二千二百四十万万日元,日寇比美国支付战费的能力相差十余倍。又如美国赶造坦克飞机和扩充海陆军的庞大计划以及英国军火生产的陡增数倍,也是资源缺乏、军需工业贫弱的日寇所望尘莫及的。

日寇与同盟国双方实力的对比如此悬殊,日寇目前虽然在军事上获得一些暂时的局部的胜利,而最后必然要被埋葬在太平洋的深渊里,还有什么疑义吗?!敌寇汉奸的所以作"日本实力强大""反轴心国必败的"的自欺欺人的荒谬宣传,不过是为了掩盖其败象,企图欺骗及驱使其国内人民和沦陷区群众,去充当日本法西斯军阀的炮灰,以挽救日寇最后必败的命运罢了!

(《晋察冀日报》1942年4月11日)

写给预备兵同志们

你们近况好吧,祝你们工作胜利,学习进步,身体健康!这些日子来,日寇又在咱们边区周围东抽西调,看样子是又要向咱们实行"扫荡"了。不知你们战斗准备作的怎样了,念念。在志愿义务兵报名入伍的热潮中,你们争先恐后地都报了名,足见你们对子弟兵爱护和关心,我们感觉得非常高兴,我们日夜地盼望你们到来。不过由于种种原因,你们没能立刻入伍,想你们一定也很着急吧!但这没关系,你们入伍的机会不久就会到来的。现在咱们的关系是更加密切了,不久咱们就会生活在一起的。很久以前就想和你们谈谈,可是没机会,今天趁这机会咱们来谈谈心。

首先,咱们要生活上和学习上密切起来。子弟兵的每个连队都有俱乐部,凡是子弟兵所驻的地方也就是俱乐部所在的地方,希望你们和子弟兵不要分彼此,你们一有工夫就可到俱乐部里来和子弟兵共同学习,共同游戏。一切知识和游戏,只要是子弟兵所知道的,那就没有不尽力告诉的。同时,你们自己觉得需要急切知道什么,那你们也就要不客气地来问子弟兵的同志们。以后每半个月,你们就要集中训练一次,在学习上你们如感觉得有什么困难,可以随时找子弟兵帮助。

其次,咱们还要在战时互相配合,互相帮助,共同消灭进攻边区的敌人,你们不仅和子弟兵是骨肉兄弟,并且还是民兵的骨干,群众游击战争的开展是要依靠你们起骨干作用的。至于民兵没有经验、没有三八大盖,那用不着发愁,在战斗中慢慢就会有的。在战斗中锻炼,进步是很快的,如果能经常和子弟兵靠紧,配合作战,那更其是进步得快。你们有的如果还没有打过游击,那也许还不晓得打游击的办法哩。的确,打游击不是难事,也不危险,而且时常占便宜。当鬼子"扫荡"的时候,咱们趴在暗处,遇见零星的鬼子和汉奸,用什么家伙都能消灭他。消灭了他,就可以免得他烧房子、抢东西、捉人,还可以缴他的三八式。鬼子现在正准备"扫荡"咱们边区,子弟兵早已摩拳擦掌地预备和鬼子干了。希望你们也快快地准备好,以便到时候咱们好一齐保卫家乡。

最后,还有一点要说的,就是在反"扫荡"中咱们要想多多地配合打敌人,那就要特别注意密切联络,经常地互相通报消息。在反"扫荡"中子弟兵固然要多多地找你们、送消息,请你们也要自动地注意和子弟兵取联络,因为你们在道路和在行动方面比起子弟兵来那是更方便得多。

别的以后再谈,就此祝你们工作胜利!

(《晋察冀日报》1942年4月12日,《子弟兵》副刊第40期)

中国抗战两年必胜

尽管敌人的牛皮吹得多大，拼命造谣遮丑，反正只要两年工夫咱们就得打垮敌人，翻过今年，敌人的狗命就要完蛋了。

敌人既给中国四年多的抗战，拖得半死半活，还敢再到太平洋上，又给好些多民主国开起火来，完全仗着他的老大哥德国法西斯强盗，正在西方杀人放火，牵扯住了英美这些民主国家的力量，加上英美这些国家早先的准备不够，敌人靠着趁火打劫、浑水摸鱼的办法，今天才会在太平洋上暂时抢到一些地方。可是这种偷鸡摸狗勾当，就根本表明今天日本鬼子并不是有多么了不起的力量，何况抢到手的这些地方早被战争破坏，没法子把它变成现钱，敌人自己早就叫苦连天。何况抢这些地方的时候，敌人的海军本钱早花去了一大半，今后还要天天耗费下去，仗越打得大，耗费得更要厉害。一个人力物力快到山穷水尽的日本强盗，两年之内就不给大家打死，自己也会拖死的！

在联合起来打日本强盗的国家方面，中国的抗战力量一天更比一天强大，今天正在准备反攻，再过两个年头，一切都会准备好了。英美方面也正在准备自己的反攻力量，光只美国一个国家，今年准备拿出来打日本的本钱，就比敌人的本钱大过十几倍了。这些力量合在一起，压在敌人的头上，一个小日本怎能保得住两年之内不垮台呢？

敌人现在还想趁火打劫，还想帮着德国法西斯去进攻苏联，万一敌人要胡碰到强大苏联的红军手上，那他的狗命就死得更要快了。

苏联现在正在西方打得德国法西斯强盗接连大吃败仗，德国法西斯的军队，成千成万地天天在被苏联消灭，早已显出了败象，苏联照着这样胜利地打下去，眼看德国强盗今年一定要被苏联打垮了。今年德国法西斯强盗垮了,明年全世界上只剩下一个日本法西斯强盗,一条万人叫打的疯狗,那时候全世界反法西斯的枪口都对准着这条疯狗,日本强盗的狗命还能逃得脱吗?所以说中国抗战两年必胜,日本强盗两年必败。

可是敌人眼下正在拼命遮盖他死到临头的惨象,正在假装他还有一股子经得起打的劲头,正在四次"治安强化运动"里拼命欺骗造谣,正在他叫作"王道乐土"的地方拼命屠杀老百姓。去年冀东潘家峪的大惨案,敌人把村子里一千多老百姓都一起烧死杀死了,正是禽兽干不出来的事敌人今天也干出来了!咱们要加紧准备反攻力量,一定要给死难的同胞报仇!要加紧准备反"扫荡"的工作,准备武装保卫村选,武装保卫春耕,准备度过眼前的一切困难,迎接翻过今年的最后胜利!

(《晋察冀日报》1942 年 4 月 14 日,《老百姓》副刊第 98 期)

儿童们在自己的节日里

范礼

太阳才露出了温和的圆脸,随着旗子的飘扬,歌声的跳荡,从四方来了一群群神气勃勃的小军人——儿童团。他们的行列是多么美丽严整。他们是来纪念自己的节日,来检阅自己的力量,还要努力来开展今后的工作。

在大会进场的一角,搭着"儿童门",左右排列着用布折成的"四四"两个大字。在柏树枝丛中,点缀着两个五角星,愈显得活跃朴素。在会场西边墙上,五六张大色纸写着"动员儿童们全数上校!""要做劳动小英雄!"等。

庆祝大会就在大风中紧张愉快地进行着。

二千条光亮尖锐的视线,都望着主席(儿童主席)在讲话:"法西斯强盗使我们儿童受到了空前灾难、饥饿与死亡。他是残杀儿童的刽子手,我们要打倒法西斯强盗!"儿童们都举起了手,高呼。

贾一波同志,他很诚恳而和蔼地走上了台,说:"咱们抗战再有二年,一定把鬼子赶到东洋大海里去喂王八!苏联今年一定打败希特勒。"又说到要反对敌人的奴化教育,还要好好地念书、春耕,改善自己的生活。

纪念仪式完毕以后,紧接着是儿童们的军事体育比赛。在今年的军事体育与往年不同了,如李家口村儿童团的柔软操,表演起来非常伶俐;夹峪村儿童的抗战游戏——"打堡垒",就像真的一样。

儿童的文化娱乐工作,在全平山猛烈地开展着,并且有着各种不同的种类。今天儿童文娱工作是已经推进了一步。

紧张活泼的做法,真像前线我军打堡垒的情形一样。除此以外,差不多各村都进行了刺枪、劈刀以及打拳的比赛,接着是跳高、跳远、赛跑、健康比赛等项。跳远第一是八完小学的一个儿童——刘永明同志，年龄很小，跳了一丈一尺六寸。跳高也出乎意料之外，王树功同志跳了三尺六寸，跳得比他的身体还要高。赛跑也是刘永明同志得了第一名。接着就是健康比赛，经医生慎重的检查，第一是夹峪的刘红凤女同志，她的身体最健壮，骨骼也长得非常雄伟，视力也很强，呼吸正常，脉搏比任何儿童都好。

政治测验与文化娱乐比赛时，每村儿童都能答几个问题，尤其是了解政治问题更好一些。在这个当中有个共同点，可以说每个儿童都是热烈地要求进步，要求团结抗日与拥护共产党、八路军的。

如像东黄堽村的霸王鞭，它完全充实了当前的中心工作。李家口村儿童的春耕舞蹈表演得非常漂亮。东西漂里的秧歌舞，它们的内容都是儿童们自己创造的，演出得有声有色。儿童的艺术水平是逐渐提高了。大会的群众都说："儿童真不简单，出演的东西比有的正规剧团还要好哩！"

晚上是各村儿童剧团的演剧比赛，其中有动员儿童入校、春耕等——这些都是儿童们自己编的、自己导演的。

在发奖典礼中，东西虽然不多，而意义却很重大。宣布了模范教员孙学功、齐学成二位同志及他们做到的事实时，台下儿童呼出了"拥护孙、齐二位同志！他们是儿童的保姆"的呼声。接着宣布模范儿童、模范劳动小英雄、团长、小队长、分队长的姓名，他们都领了荣誉的奖品。

儿童们的情绪非常高涨，接着是临时动议，各村儿童团长代表全村儿童提出挑战竞赛：保证身体健康，提倡儿童体育；清洁卫生，经常洗手脸脚，提出捕蝇运动；保证动员全体儿童入校遵守儿童团规及学生公约；保证创造生产战线的劳动小英雄……

（《晋察冀日报》1942年4月15日）

奔腾着的唐河

周游

在奔腾着的唐河畔,我们看见了那不屈的中国妇女与儿童,他们是那样热爱着自己的乡土与人民,他们仇恨着敌人,他们绝不向敌人屈服的伟大气节,和为大众的安全而牺牲自己的悲壮的举动,是永远记在人民的心里的。

——编者

涞源柏泉的敌人,想把水堡龙门一带造成"无人区",所以他一次一次地到这一带,抢东西、拆房、捉人、杀人。现在房是拆完了,东西除了老百姓搬出去的以外,也抢完了,甚至一把破雨伞、一双鞋底、一套酒盅、四两辣椒面,敌人全抢去。

可是老百姓是热爱他的乡土的,于是在破墙角搭起了窝铺,用石头支起饭锅,山头上成天成夜放着瞭望哨,敌人来了就跑,敌人走了又回来。这样守着他们的乡土,耕种着他们的乡土。

一天,鬼子又到××村,人全跑净了,不过在支过锅的灰堆里还有火星,有剩下的饭粒,鬼子们嗅着,狗似的,从一条山沟又跨过了一条山沟。但是同样,鬼子只找见了灰堆和乱草,一个人影也没见得到。

鬼子的军官焦急了,用手抓着头发,军刀背"当当"地砍着石头。

"搜!大大的。'支那人'的没有?"于是一群黄狗,又爬过了一个山,终于在一个石洞里寻出一个十八岁的姑娘、一个十三岁的儿童,他们是那样地惊惶,而鬼子却是那样地狂妄地欢喜呀!

"哈哈!找到了的,花姑娘,好看好看的。"鬼子军官淫荡地笑着。

"孩子！'支那人'哪里的有？说的！"

这时姑娘和孩子却变得镇静而庄严。

"说的！"鬼子给孩子掏出一块糖。

"啪！"糖从鬼子手里被孩子打落了。"不知道！"孩子的回答是那么清亮而沉毅。鬼子跳起来，用刀背死命地抽打着小孩子。"不知道！知道也不说给你日本鬼子！"小孩子倒在地上滚着，呻吟着，血从棉衣里往外流。鬼子又打了他一枪，他挣扎着，抽搐着，死了！两眼望着天，两只小手抓满了泥土！

"你的，说！"鬼子又指着这姑娘，姑娘苍白着脸，却很坦然地说：

"这里没有人。"

"领着！找去的！"

姑娘用满含着泪的眼，看了看躺在地上的小孩，低着头向着山口走。

"大大的好，花姑娘的，跟'皇军'去的！"鬼子军官又一次淫荡地笑着，一齐跟着走出了山口。

山口前，便是汹涌的唐河，黄色的浊流，急急忙忙地奔流着。

"河那边，有人！"姑娘用下巴指了指前面一带重叠绵峻的高山，同时用力挣了挣被缚着的双手，很长地叹了一口气。

到了桥上，姑娘回头望了望背后的山，眼睛睁了那么大那么明亮，她突然大声地说："狗鬼子！上了我的当了！"就像海燕似的，她跃入了滚滚的唐河。

鬼子们呆了，癞皮狗似的回去了。

人们得救了，因为那一山沟实在有很多人。鬼子再一搜索，人们就会全被捕的。

人们用眼泪和厚厚的土，葬埋了小孩子，纪念伟大姑娘的墓铭，却深深地刻在人们心上。

唐河流得更急了，骄傲地咆哮着，奔腾着，因为它曾埋葬了一个中华民族优秀的女儿，而永远为她唱着悲壮的挽歌！

(《晋察冀日报》1942年4月16日)

把"矢"拿稳 把"的"认清

毛泽东同志曾提出过"有的放矢"的口号,从此,"矢"和"的"的字样就很流行。其实,这就是理论与实践联系的问题,在工作中要以理论之"矢"射中实际之"的",然后工作才能做好。在整顿三风的检查中,尤其要把"矢"拿稳把"的"认清;不然,整顿三风就是空话,说者徒费心力,搔不着痒处。中共中央宣传部发表的在延安讨论中央决定及毛泽东同志整顿三风报告的决定,就是明确地告诉我们在整顿三风中"矢"是什么,"的"在哪里。

在延安有些地方的讨论中,"矢"与"的"都弄错了。什么是"矢"?有人回答,说是民主和批评。在这种看法之下,便发生了讨论上与领导批评上等不健全倾向,有些绝对平均主义和极端民主的观念也夹杂其中,这样就必然使讨论得到不良的结果。至于"的"在哪里,也有一些人是不知道的,有一部分人的批评,是不出饮食男女的范围,另外也有人想在不讲卫生的事实中去寻找主观主义,在维持军风纪的现象中去发现形式主义,而机关团体和检查工作中、思想中,学风、党风、文风不正的偏向反而很少注意。

假如"矢"也错了,"的"又没有认清,则整顿三风的口号与实际脱离,真正的目标也会愈去愈远。

"矢"应当是什么呢?应当是正确的学风、党风、文风,中央宣传部决定中所指定的十八个文件,就代表着这种正确作风的方向。这些文件里包含着中国的和国际的丰富经验,这些都是党在各种时期中和各种不良倾向斗争的武器。遵照着这些方向,曾在不同时期中发生过整顿不良作风的作用;遵照着这些方向也可使今日我党各部分残存的不正之风纠正过来。只有真正领会了这些文件中所表现的正确方向，才算有了武装，才能进行战斗。因此，研究这些文件，领会贯通这些文件的精神与实质，就成了检查工作必需的前提。这个准备工作做得好坏，可以直接影响检查工作的结果。中央宣传部的号召"各同志必须逐件精读、逐件写笔记，然后逐件或几件合并开小组会讨论"，必须认真地不折不扣地做到，各机关各部门的负责人要对此事加以提倡、组织和检查，把全部领导的责任担负起来，把这个工作一把推给支部的办法是应当受到批评的。

"的"应当是工作，应当是每一部门的工作，应当是每一个同志的工作作风和思想作风。无论机关的或个人的工作，只要去想想，都可以发现许多三风不正的地方，这就是我们的"的"，这就是我们在工作检讨中要揭发的。无论对机关的或个人的工作都要加以历史的全面的考察，按照学风、党风、文风的脉络寻找毛病之所在，医好这些毛病，人就会健康起来了。"至于个人生活缺点，及小的技术方面，如果不是与政治的及组织的错误有密切的联系，则不必多所指摘，使同志们无所措手足。而且技术的批评一发展，党内精神完全集注到寻常技术方面，人人养成了谨小慎微的君子，必然要忘记党的任务，这是最大的危险。"

毛泽东同志的这个指示，是我们在工作检查中寻找"的"的时候要注意到的。

有了"矢"与"的"之后，还要注意不要把人也当成了发箭的对象。我们的"矢"所要射的是工作中的错误，而不是人，医病是为了救人，这个道理我们是不能忘记的。对于不正之风我们要揭发，对人则要爱护；对于曾犯过错误的人，只要他有细小的进步，都应寄予同情和鼓励，这样他的进步才能逐渐扩大起来。

"有的放矢"不能看成只批评缺点，只找坏事情，任何发展都有好的东西，都有正风，这是应当表扬的。表扬好处，可以提高工作热情,巩固工作信心,而且可以克服错误于无形。

正确地认清了"矢"和"的",才能在整顿三风中走上正路,否则就会走到错路上去,这是一个关键的问题。为了保证走的道路正确,希望大家多多研究中央宣传部所规定的文件,并对自己的工作多想一想。(《解放日报》)

(《晋察冀日报》1942 年 4 月 19 日)

意料之外

王宣

灵邱××村的自卫队实行了三天的集体生活，团结、紧张、活泼，激动了每个自卫队员的心情。三十一岁的队员杨现，尤其被集体生活所吸引，被参加抗日军的热情所驱使，遂坚决地首先报了义务兵的名，在全村六十八名报名的、三名入伍的里边，他着实起了模范作用。

当他入伍的前一天，村长和中队长对杨现的老婆有些不敢相信，遂以试探的态度征求杨现嫂的意见来了。

在路上他们早将要问她的话准备好，入屋之后，村长以乡间之称呼首先就问："忙啥呢，表弟家？"

"没啥事，吃罢饭了，洗洗锅，你们可稀罕啊？！"她揩了揩手上的水就忙着招呼道，"你看这土窑里连个地方也没有，你们看地方坐吧！"就说她就用条扫帚扫炕上的尘土。

"表弟（指杨现）报了名了，你知道吗？这是他自愿的！"

村长以杨现嫂的态度很痛快，也就直截了当地说出来。中队长却以为村长有些太鲁莽，两眼直朝着杨现嫂的脸上打量。

"那顶好了，正劝还劝不响呢，强如他自己愿意！"

"我们来的意思就是看看你的意见怎样。"村长怔住了，好半天才说出这么一句来。

"别说他了，就是我的孩子报了名，我也说不出别的来。"

"老杨成了你孩子了！"中队长一样好奇。

"你才是，现在人人求解放的时候，当志愿义务兵，一来为的是响应聂司令的号召，二来也是为自己求出路。尽坐在家里，终究也打不走日本鬼子，况且义务兵也有年限，够了三年，回来想干甚仍然能干。现在参加抗日军都是自愿地，谁愿意去就去，现在的政治办得实在好！"

杨现嫂接二连三地说了一席话，把个村长和中队长弄得又诧异又欢喜。

中队长连忙说："春耕的时候到了，用着人时张嘴吧！我们大伙儿帮助你！"

"那更好了，我把地佃出几亩去，剩个五六亩够我种就行了，你们再待一会儿吧，忙啥呢！"

…………

村长走在路上和中队长说道："看人家的老婆是什么样，咱家的老婆懂得养孩子，咱当了个村长，她还嫌耽误家里的事，气得我不住地对她闹饥荒。人家拉着三个孩子，种着几亩地，一点儿也不发愁！"

"她，不知多会学了这么一套，比我们还会说呢。"中队长始终奇怪杨现嫂能够发表出这些理论。

杨现同志入伍了，队伍还住在邻村××沟。一天杨现和两个弟兄回家了，杨现嫂说啥也不让他们立刻就去，连忙将碾下来的棒子面蒸了一锅馍馍给他们吃，临走又将他们三个人的衬衣留下给洗。

他们回队之后，队长告诉那两个弟兄："以后再不要去杨同志家中吃饭，他家中很穷，又有三四个孩子，去年打的粮食又不多。我们有公家发的小米就够吃了，帮助他倒是可以的。"两个弟兄口里没有回答一句，心里说："我们也知道这个，怎奈拒绝不了她这番好意。"

（《晋察冀日报》1942年4月23日）

我们热烈筹备着纪念五四青年节

斯基

五四青年节转眼又到了，全军区□队的青年同志们，都在带着愉快的心情，来迎接自己的节日。

四月十八日，军区直属队召开了一个纪念五四青年节的筹备会，讨论了青年节那天应该进行的工作。在这个会议上，我们决定了一些竞赛的项目，包括军事、政治、文化、体育、娱乐等等方面。

在军事方面有爬山、刺枪、投弹、射击等，还有一个全副武装的越野赛跑（要跑五里地那么远）和着装卫生大检查；在政治文化方面有青年战士的政治演讲、政治测验和文化测验；在体育方面有篮球、足球、跑球、排球、跳高、跳远等，并有日人在华反战同盟支部的野球表演；在娱乐方面有歌咏比赛和演剧。

我们的比赛，是以相当于营的组织来做单位。现在大伙儿都在卖力气地加油准备，要以欢乐的姿态，活跃在青年节的大会。

每天早操和晚点名的时候，你就可以听到操场上战士们洪亮而有力的歌声："像平原上的野马，像大海里的狂涛，要把敌人埋葬在罪恶的深渊，要把风浪腾起冲毁那全世界法西斯强盗！""保卫苏联，保卫中华，保卫一切民主国家！"他们在练习《战斗青年进行曲》和《反法西斯进行曲》这两个歌子。而在俱乐部里，同志们又在忙着排戏了——《年轻人》，这是他们的剧作者为了迎接青年节打夜工赶写出来的一个独幕剧。

（《晋察冀日报》1942 年 4 月 23 日，《子弟兵》副刊第 41 期）

七名冰夫的悲壮故事

——安新县白洋淀通讯

永昌

安新是在保定的东面,有辽阔的白洋淀,有滹沱河、潴龙河、府河等九道河的下梢。人民主要靠渔业及芦苇为生。在那里有句土语:"日出斗金。"人们每天打鱼织席,每天所进的钱就由此土语可想而知了。

交通主要是水路,非常便利。夏天帆船来往,冬季以冰床航行(冰床类似大床,有七八寸高,两旁下有铁条钉住,两头尖圆,在滑时没有阻碍,上面可搭木板,能坐十几个人,一丈多长的木杆头钉上铁锥,就可以使床前行),滑起来比普通木船快几十倍,行动非常便利。

敌人自占了安新城后,给人民带来了苦难的日子,由于敌寇烧杀的兽行,加深了他们的仇恨,所以曾发生了与一·二八抗战中车夫胡阿毛一样可歌可泣的故事。

那是在冬季的时候,安新城五十多个鬼子,在靠近府河×××村抓了七名冰夫,在刺刀威吓下,被迫驶到保定去,并把他们先打了一顿!

七名冰夫被迫驾了冰床□驶了,他们当中有个想起了他村的一片焦土与破瓦,想起他娘与三爷的惨死,特别是今天又挨了顿揍,他的心思飞扬到很远去,一阵交杂的乱想,都刺激着他的心坎——最后他想起来了,拿定了主意。

他先向他们打了个眼色,大家都不断地看他,由于他的撇嘴斜眼,大家不知是怎的回事,不知他的心思。

一会儿从远方传来一遍嘈杂的水鸭声，一个鬼子问："什么的?""是水鸭子叫呢!"他很大声地答着。

在他不断地哼着鸭子叫的小曲时，他的眼睛更转得不停。由于他不断地叹着悲愤的气息和多次的表情，他们都知道了，大家都点了头。

不远的地方，濮化到了（濮化即是河水每隔几里地就有一块不冻，好流通空气，冰凌不至崩裂），群鸭飞上天空。这时，在他严肃的态度下，在他们相互的眼角下，好像叫了个齐，一起四个冰床入了水，接着都沉没了。说时迟，那时快，鬼子是没有来得及防备，只听得"乒乒轰轰"的水声，"咕噜咕噜"地冒出泡泡来，冰床不见了，满七床鬼子及军火都沉入水底。这七名冰夫的死，就这样换了五十多鬼子的命。

（《晋察冀日报》1942年4月26日）

全边区青年结成一个整体

——纪念五四中国青年节

才丁

正当青年的节日到来的时候,根据军区政治部和北岳区青救总会的共同决定,我们全军区的青年队员一律参加北岳区青救会,成为青救会的会员了,在决定上并且具体规定了进一步亲密互助的办法。这件事情给我极大的兴奋,我想全边区地方和部队青年也同样兴奋。

为了坚持伟大的敌后抗战,为了迎接将来的更艰巨的反攻新任务和度过破晓前的黑暗,扫除胜利道路上的困难,我们全边区青年更进一步地亲密团结起来,联结为一个坚强统一的整体实在是非常迫切和需要的,而这次军区和北岳区青救的决定就正是为了这个目的。这该使我们多么兴奋和愉快啊!

从此,子弟兵青年和全边区青年的关系是更加密切了,我们子弟兵青年帮助地方青年的责任也就更加重了。在今后我们和地方青年要经常地互相提意见,经常地找机会在一起开座谈会、联欢会,互相参观、互相帮助。子弟兵青年首先要用自己的模范行动积极自动地、诚恳地帮助地方青年。比如每到一个地方,我们青年干部可首先和当地青年的组织(村青救会)接头,打听打听当地青年们生活、工作、学习的情形,发动全体青年队员用各种办法和当地青年接近,吸引他们自动地到咱们俱乐部来和咱们一起做游戏、唱歌、读报、开晚会、打球……或者用各种方式(上课、报告、演习)帮助他们学习军事、政治、文化,特别在军事学习上要引导他们有练习投手榴弹、瞄三脚架、利用地形等的习惯和兴趣。

再比如吧,我们子弟兵到了一个新开辟,或者青年的组织还不十分健全的地方，我们青年队除了设法和当地青年接近，吸引他们参加咱们的俱乐部外，还可以帮助当地青年建立和健全自己的组织（青救会、儿童团等），并尽可能地帮助当地的青年干部建立起自己的日常工作来。

青年们的利益是一致的，一个青年的进步就是全体青年的进步，一个地区青年的进步也就是全边区青年的进步，咱们子弟兵青年们要高度地发扬互助友爱的精神呀！

（《晋察冀日报》1942年4月30日，《子弟兵》副刊第42期）

战斗一样紧张的工作

——工人们迎接五一劳动节的热忱

焕洲

在三月二十日的工人大会上，工会主任讲了："迎接五一，我们要创造新的生产成绩，争取模范的第三支分工会……"他的话像铁锤一样敲打着工人的心弦，接着是雷般的呼喊："赞成！"工人们向空中举起了拳头。

第二天，战斗一样紧张的工作，在各个厂子里开始了。

纺绳组拉转纺车，像飞机上的马达，工人目不转睛地注视着它的转动，拉得越快，越快，纺车"呼呼"地叫着。

制膀组的缝线机一下也不停，"嗒嗒"地连放着，青年张义生便是个优良的特等射手，经过了一场激烈的战斗，精致的鞋膀便在他脚下做成了。

女工张国芬和贾容彦，饭只吃了个半饱，便跑回自己座位上干起来；陈生儿、李秀林都累得满头大汗；贾和义的手也被绳子磨破了，流出血来。可是他们不感觉一点儿疲劳，他们只感到兴奋和快乐。

贡献多的劳动，会得到好的成绩。三天后，各个厂子里像无线电台一样传播了胜利的新成绩：

赵之中、曹金法圈边一天圈到二十二双，贾和义、朱廷栋圈到二十一双。

孙起祥、王纪功一天上了十三双鞋，三个青年小鬼（陈生儿、王进中、齐心法）上了十二双鞋。

这些成绩是空前的，不只提高了数量，质量也加强了。

(《晋察冀日报》1942年4月30日，《子弟兵》副刊第42期)

学习光汉同志　完成光汉同志未竟事业

刘达

一九四一年十月十九号的上午，雁北的风已是刮得很冷了，在一个宁静的山沟里，一个被日寇烧得只剩两三间小屋的村庄中，我们雁北根据地的坚持者和领导者、雁北人民的领袖、我们最亲密的战友李光汉同志抛下他平生以来努力的革命事业与雁北广大群众，和战友们长辞了。

五年来的残酷斗争，损害了他的健康，终于在最后坚持领导两三个月反"扫荡"斗争中一病不起了。这是日本帝国主义戕杀了他，他是为了自己最忠实的革命事业与雁北广大群众而付出了最后的一丝气力，光汉同志已经对民族和人民尽了他最后的忠贞，完成了他一生为革命奋斗的崇高理想。今天他未完成的事业就落在我们雁北全体同志的双肩上，这个任务是艰巨的光荣的，我们必须学习光汉同志的精神，才能完成这个任务。

沉着坚毅、不怕困难，这是光汉同志一贯的精神。在坚持雁北的三年斗争中，曾遇到过不少严重困难与不少胜利，但他从未向这些困难屈服或被胜利冲晕头脑，相反地，这只能使他更加努力与奋勉。上级给予光汉同志的任务，光汉同志不但自己从来未讲过价钱，而且他还用极其诚恳、耐心、温和的态度去说服与教育其他同志坚决完成。

光汉同志是最关心群众利益的，对一切改善人民生活工作他一时都没有放松过，对某些破坏群众利益的行为他曾作过不屈不挠的斗争。一九三九年秋季的严重水灾和一九四○年春季，曾使光汉同志为群众生活而日夜焦虑，他曾用着各种方式冲破敌人封锁，从未被灾区调剂粮食救济灵邱群众，因而他成为雁北人民最敬爱的领导者。

对干部光汉同志是最诚恳和耐心的,他的恳切说服和耐心教育精神,可以使每一个干部心悦诚服,他对每个干部的缺点和错误不管或大或小,从未放松或姑息过。直到他身体已经感到不适就要病倒的前一天,他还为了帮助一个同志改正错误,勉强去参加一个两三个钟头的会议。因而同志们都感到他是一个严师和良友。

光汉同志的一切,都应当成为我们雁北同志的模范,我们要学习光汉同志的精神,坚持雁北阵地,特别是目前日寇正在准备侵犯社会主义苏联,雁北将成为我们直接配合苏联打击日寇的前进阵地,我们的任务更加艰巨和光荣了。

(《晋察冀日报》1942年5月1日)

铁一样地团结

李大成

敌人越临近死亡，他也就越发发狂地想作最后的挣扎。因此，咱们老百姓，无论什么时候，总不能放松自己的注意，以为敌人不会"扫荡"我们了。一定得牢牢记住：敌人对我们的"扫荡"和进攻，不会有一时一刻的放松，此后敌后的斗争是一天比一天残酷了。

在去年反"扫荡"里头，我们就已经亲自看过敌人毫没有人性的那种残暴情形了。见人就杀，见房子就烧，见东西就抢，这是谁都知道的。今年，敌人在"扫荡"晋东南等华北抗日根据地的时候，这种烧光、杀光、抢光的所谓"三光政策"，来得更厉害了，真是凡他走过的地方，恰像洪水冲过一样，人、房、财物，什么都完了！

敌人所以用这种毒辣手段，他的想头，是要把咱们根据地里的人、财、物，种种力量，完全消灭，来困难咱们；想用这一种毒辣手段，吓恐了咱们，不敢再和他作对，对他屈服；但还有一个想头，我们要特别指出来的，就是想用这种方法，离间咱们根据地里的军民团结。

敌人在洗过我们根据地的村庄以后，常常自己或派汉奸宣传说：他们所以血洗我们的村庄，是因为八路军住过这村庄；所以摧残我们的根据地，是因为八路军的坚持抗战。这真是毫没遮拦的屁话！谁不知道：敌人打咱们中国，就是为了强占咱们的土地，劫夺咱们的财物，奴役咱们的人民？谁不知道：敌占区里的咱们的同胞，在敌人极端残酷的压迫摧残和剥削底下，过着牛马一般的暗无天日的生活？敌人这些狂妄的心机，其实是白费了的。咱们根据地里的人民，确切地知道：正是因为八路军来在我们这些地区，我们才有今日，才能够没有被敌人所践踏，并且过着自由解放的民主生活。现在更是，八路军就是我们的父兄子弟、亲戚朋友了。这些穿了军装的我们的父兄子弟、亲戚朋友，跟我们是血肉相关的。他们拼着性命，不怕流血牺牲地和敌人战斗，正是保护他们的父母妻子、亲戚朋友，保护他们的家乡，保护咱们这些敌后抗日根据地里的广大人民！敌后抗日根据地的军队和老百姓，根本就是一体的，无论用什么鬼话，什么方法，都是离间不开的。

至于敌人的诡计，无论它怎样变化，我们都是看得清清楚楚的。烧、杀、抢劫，我们是看清楚的了；就是敌人所实行的欺骗的怀柔，我们也早已认识清楚。我们晓得：敌人假定给我们一点儿甜头，那也是用糖包着的毒药，说□□□□用□笑脸，那□的笑脸的背后，□□□着杀人的屠刀的。比方盂县最近假借"小米救济"的名义，抓去了一百七十四个青年的事，还不又是这种毒辣的阴谋的一种说明吗？

我们老百姓要告诉敌人：根据地的军民的团结，是你们日本鬼子无论用什么方法都离间不开的，我们要一直坚强地和你们这些万恶的强盗苦斗下去，直到你们滚蛋的那一天！

（《晋察冀日报》1942 年 5 月 7 日，《老百姓》副刊第 100 期）

一支深入游击区的艺术轻骑队

曼晴

当太阳落山，暮色苍茫的时候，我们出发了。

大家预先准备妥当，化好了装，用手巾包着头，分别带着汽灯、服装，和简单的小道具。大家都很兴奋，因为这是我们第一次到那敌人所谓"无人区"去工作。

武装宣传队在前面带着路，我们□排好队跟在后面，一路浩浩荡荡，向前方进发。

这时旷野里已经没有什么人了，我们想从这辽阔的平原上，望一望敌人的堡垒，因天晚了，没有望着，只看见东方土坡上，有三团野火，正熊熊地炽燃着。武装宣传队的同志，便提着枪，散开了。

到了我们的目的地——那是一个被敌人蹂躏得焦头烂额的村庄。天已经黑了，一群小孩子，从村里跑出来，远远地望着我们，带着惊疑的神情，只要你看一看她，或指一指她，她便马上跑开，不见了。差不多所有的女孩子，都还拖着小辫子，比起边区腹地的小孩子精神上真差得远了。

演出的地点选找好了，是在一家老百姓的大院子里，因为预防敌人的袭击，先找好了出路和退路，布置好了岗哨警戒着会场，随即召集观众，准备演出。

集合人却是一件困难的事，因为敌人时常到这个村子来，老乡们白天住在野外窑洞里，天黑了，才有一些人敢回来，所以最初只有一些小孩围着我们看，即便有几个大人走来，看一看又走了，我们很担心。

等汽灯点着了，才挂住了人，开幕的时候，院子里就拥挤起来，妇女们、老头子、青年壮丁站满了一院子，人还不断地增添着。

我们的舞台，便是院子的一方地；和观众的界限，是用棍子画的一条线；没有幕布，便利用天然布景，房子、门户、墙头、树、梯子、水瓮、锅灶，都被我们利用上了。

我们一共演了七个节目，当中的《喜爱》是介绍边区人民怎样参加志愿义务兵的，《后台的喜□》是反映伪军反正的，都是话剧。

因为预先已有了精细的分工、战斗的准备，所以演出很顺利地进行着，一个节目紧挨着一个节目，当中的间隔至多没有超过两分钟，观众的情绪到终了还是紧张的。

一连演了两个半钟头，节目进行完了，老乡们还不肯走，要求我们再演一场。

我们急忙卸了装收拾好东西，不到两分钟，便集合好了。这样迅速的行动，连武装宣传队队长也惊讶了。

回来的行军很快，在平原上，路是那样平，不但没有石头，连土块都是没有的。所以走起路来非常轻松，一点儿也不觉得疲累。

回到宿营地，天已经半夜了，村子里的老乡早已睡去，听放哨回来的武装同志说，在我们演戏的时候，堡垒上的敌人打起机枪来。在回来的路上也有人听着枪响。

四月二十四日战□

（《晋察冀日报》1942 年 5 月 8 日）

国旗飘扬在完县城上

本报特派记者 沈重

敌人占了完县城以后，在城外挖了护城壕，城墙修理了又修理，城墙上有大小二十个碉堡和火力点——伪军和伪自卫团在守卫着它。

春天给人们带来温暖，也给战士和民兵带来向敌搏斗的去了棉衣的轻快，每天在堡垒旁边活跃着。

新换防的敌军队长抓了抓他的头皮：

"建立二道封锁线！"

是的，自从三月底以来，敌人在完县及其邻近就增加了峨山、靠山庄、东山头等六个据点。

敌人觉得放心了，把仅有的兵力分散开去建立二道封锁线，完县城里留下十多个日军和一百多个伪军，离八路军是远些了。

驻在完县城里的敌队长打着哈哈："'皇军'驻屯以后，八路就没进过城，不敢来……何况现在？完县城，啊哈！"

峨山敌建立据点时，特务向老百姓宣传："'皇军'来，八路军就不敢来了，你们都回家吧，可以脱光衣服睡大觉了。"

四月十九晚上，城内圣人殿里放映有声电影，到十一点钟才演完，大家都困乏得回去了。伪军也都脱光了衣服睡了，伪自卫团在支应了敌人一整天后也在城墙上的看守屋里睡死了，只有城西一个碉堡里的伪军在赌麻将。

但是，自从当天十二时八路军和地方武装突然打进了城里，杀伤了敌伪二十余人，俘虏了四十多个伪军伪组织人员和缴获了十几根枪、一架警报机以后，敌伪都在极度的恐慌里了。

第二天早晨从望都开来了二百多敌军，整日夜在城墙上巡逻着。

敌人扣住了九个伪军，说是私通八路，闭了三天城门，清查户口，说："这次八路军有四五千，才敢打城，现在还有躲在城里的。"

夜里不知为了什么，城头上又响起了警报，八路军连影子都没有到城边去，敌人却自闹了半夜。

老百姓却痛快："八路军是连老百姓的门也不打一下的，光打日本，真是我们自己的队伍呀！"

十九日夜晚，八路军××部队和完、唐、望的游击队像夜风轻疾地挺到平原，分头向目的地去了。

战士的心跳跃着，"首长说得对，敌人空虚，我们有友邻部队配合，今天准拿下完县城。"低低地向旁边的人说。

"我们跟××队比赛啦，他们打唐县城，还有打曲阳的哩，今天够敌人受得了。"

"也让老百姓高兴。"

"那面国旗呢，带着了吧？"

"×队拿着了。"

"好，把胜利的旗帜……"这个人低低地哼起歌子来了。

"不许响。"排长在后边干涉。

"这回我们新战士得开洋荤了吧，排长？"一个新战士兴奋得忍不住问。

排长不作声。队伍沉默地绕过村庄迅速向前去了。前面就是封锁沟了。

爬过护城壕以后，战士还不知道所爬的高墙就是城墙，回来报告："还有一道封锁墙呢！"

一个伪军听到爬梯子的声响，在瞌睡里问着："哪一个？"

没有回答，人加紧往上爬，先头的人向堡垒冲去。

冲锋队的陈福有已经把手榴弹抛进伪军们正在打着麻将的堡垒

里了。

冲锋队占领了西城，分两路，各向南北迅速地扩充战果。伪自卫团光着屁股喊天喊娘地逃散着，警报机只响了一下，南城门楼上的伪军打了两排枪，完全被这个突然猛烈的袭击所惊倒了，吓呆了，逃了，有的不管三七二十一地先交出了他的枪支。

只二十分钟，我们就占领了南北西三面城墙。

城外的军队得到信号，喜悦着，各配合部队都动起来了，完县四野的堡垒旁边都响着枪、炮和手榴弹的声音，敌人莫名其妙地惊惶地挣扎着。

城里敌队长起先接到我们攻城的报告，慌张地然而却是怀疑地以为八路军不会打城，以为是攻打峨山。

然而八路军已经到了街上，到了门口，没有来得及穿衣服的日军和伪军们都逃到东大街高小里最后一个堡垒里去，抗击着。

战士为了争取时间没有去强攻，冲到伪警察所里去了。屋里面黑黑的。

"有人没有人呀？"战士问。

没有回答。

"喂，我们是八路军，有人吧？"再问。

"哎哟哟，是咱们的人！"一个人从屋里出来，忙说，"有人，有人！"

"还有吗？"

"快出来呀，咱们解放了啦！"这个人向屋里喊。屋里走出来二十多个人——是被敌人抓去受青年训，准备强迫去当伪军的青年，也有些伪军。

人们出来了。战士一边向他们解释叫他们别怕，一边嚷着："快走！"

"屋里还有枪啦！"伪军说。人们把十几支枪自动搬了出来，才跟着战士走了。

城里的八路军搜索着，冲锋队范□治和李清和早就把南北城门打开了。民兵把城墙破了个三丈宽的缺口，残余的伪军赤身露体地奔窜着，呼喊着，反正了。除了敌人最后的救命堡垒之外，其余的碉堡都吐着火焰。城，沸腾了。

老百姓躲在门里听着外面的声响，奇怪着："怎么八路军连买卖铺子都不进去一下？"他们深感到平日受敌人的欺骗。

军队攻打着敌人的救命堡垒，向敌人猛扑了两次，但是时间不允许再停留了，军队带着胜利吹起的胜号，在城墙西南角的最高处插上我们的国旗。

远处的鸡声唤来黎明，东方轻轻地吐出淡红色，国旗在晨风里愉快地飘扬，城里合作社仍冒着毁灭的黄黑色的烟火，八路军在歌声里撤回来了……

田野，在黎明里，渐渐地像战士的军衣一样地绿了亮了。

四月廿四日

（《晋察冀日报》1942年5月14日）

洪 上 明

一石

钢和棉花碰在一起，是迸发不出火花来的——在更大的困难前面，勇敢才能现出它的可宝贵的特殊性质来。

洪上明就是具有这种勇敢特性，善于钻困难的空子的一个人。

有些人常常把勇敢了解为只是那么一股劲，这是错误的。勇敢是和机智分不开的。但仔细分析洪上明的性格，要找出他到底具有哪几种特点来，也不容易。要他总结自己的经验教训，他常常说，"先瞄准，然后发枪"，或是"紧对着敌人的脑壳或胸口，你就发枪"，这是差不多的意义。这算什么经验教训呢？但实在说，这也是最好的一种说法。在敌人的面前，他的全部精神和生命，都集中在克制的意义上，此外没有任何多余的想头。

在三月底，他又走下敌占区去。

在洪上明的战斗动作中，常常含有一种颇大的顽皮性，但这绝不是如像某些人在日常生活中的一种调皮或诙谑的运用。他所面对的困难，是极端严肃的，但如果说事物或过程的本身已含有一种矛盾的话，那么这种矛盾就允许了他的这种战斗的顽皮性的存在。

在敌占区，敌人到处修碉堡，在洪上明去的这个地区，敌人的碉堡格外多。今天敌占区的世界出现了中国历史上最奇异的一种状态。那些凸现在地面上的碉堡和凹陷到地下的沟使人联想到：如果敌人有那么多的力量能够建造起更高更长的障壁来把敌占区整个围住盖着，不让一种政治和军事势力来摇撼它，甚至不让空气透进到里面去。——那么他准会那样干。除去这种物质的网子以外，敌人也到处撒下人的网子，敌人在使用着一切最恶毒最凶狠的办法。在这样的地区活动，谁都不能否认所存在的困难，不能轻视敌人那种骨髓里发出来的凶狠。

但在这种严重的困难与凶狠的外貌底下，如果一旦那些人的网子不起敌人所期望的作用，而且起了相反的作用，以致那些碉堡和路沟都变成废物，那么这岂不构成一种最可笑的事实吗？在这种场合就容许了洪上明的那种战斗的顽皮性的发挥。

敌占区的夜显得分外的阴沉森严。在这样的夜里有两种力量在巡行着。在大雷雨的暗夜里，我们常常看到闪电穿过层层黑云，在敌占区人民的心灵上，这时也正进行着同样的景象。有些村庄从小窗透出的灯光里，传出女人们凄厉的叫喊。有些村庄的灶火旁边，人们以感激的声音在呼唤："老洪！"

五里路有一个碉堡，两个碉堡当中，敌人放下两个或三个岗哨（伪自卫团）。到处密布着这样的岗哨，到处有时起时灭的火光。但这一切，都给了洪上明和他的队伍在行动上以最大的便利。哪一种动作是表示敌人出动，哪一种是表示没有敌人，哪一种又是表示敌人走到哪里。——这些都像洪上明自己派出去的侦察一样，告诉得明明白白。

"我知道你们是八路军，嘿，向哪里跑？"伪军们在碉堡上面这样大声地吓唬。

就在这个碉楼旁边的村子里，他们歇下来，打火吃饭。

"噢……嚎……"伪军们在碉楼上喊。

"噢……嚎……"伪村长在洪上明的身旁回答。

"八路军走了没有？"

"走了，没事啦！"

在这样的呼应下面，洪上明和他的伙伴们，放心地吃饭谈话，进行工作。

敌人本身，永远存在着一些无法解除的矛盾，洪上明总是能抓住敌人的这些矛盾，用他的话来说就是敌人的空子。

人们常说的话，往往具有正相反的暗示。譬如说我不怕这个人，或者就是最怕的一个。在战斗行为应具备的一些德性上，洪上明不常表示自己的意见，他不大说什么话。他和那些"哗啦哗啦"刺刺不休派是完全相反的，"懒"在某种意义上可以说是他的一种缺点。但在最紧要的关头，他就闪出鹰一样的瞅视来。

在他们这次活动的最后一次战斗中，他和身旁的一个通讯员遇到了超过他们二十倍的敌人，增加了这种困难境况的，是他残废了一只最有用的手，不能打枪。在战斗的这种场合中，遭遇、突袭等生死即刻判明的关头下，每个人生命中的第一个表现，是有各种不同的：恐惧、退缩、动摇、畏葸，或者是经过一种强力的克制，或者是勇往直前的攻击，或者是向着胜利的机智的闪耀——正视这样的瞬间，来严格地分析自己，这是很有用的。

死拼吧，有许多人在这时恐怕就要作这样的打算（因为以退避来保全自己的可能已经很少）。但在当时情况中，有比死拼具有更高价值与积极意义的一条道路，洪上明在一瞬间就很敏捷地抓住了这条道路。

当时的整个情形是这样的：村西山坡上有敌人的一个碉堡，他们一部分人在监视着，另一部分就进到村里去捉那几个敌人的工程师（这是将在平原上计划开掘三十余丈宽的大沟的一些造孽人）。村东就只放了一个监视哨，洪上明来察看这个岗哨，就遇到敌人。他两人以外，再没有任何能立刻来援助他们的武装力量，而且这时全部工作任务的完成，就靠他们两人能否阻止住全部敌人，还不但是他们两个人的安危问题。

夜很黑，发觉敌人时已相隔只几步远了。最前面的是几个肩木枪的伪自警团员,后面是伪军,他们这时正在扳枪机,且大声喊问。

"我们是八路军,你们后面有鬼子没有?"洪上明反问他们。

"没有……"

"好,兄弟们不要动!我们是自己人,都是中国人……通讯员告诉两面的同志们不要打枪!"他又转向伪军,"我们这里队伍很多,有任务,不打你们,你们枪上肩!"他几乎是用命令的口吻。

"是,是!"伪军们重又把枪背上,但又向前走。

"你们上哪儿去?"

"和炮楼上取联络去……"

"不要向前去,对你们没有好处。向后转……"

"是,是!"有些伪军把帽子脱下来鞠躬了。

后面并不是没有敌人,这时已经布□置开,而且大声喊那些伪军:"开路,开路(走开的意思)!"

随着村内第一颗手榴弹的爆炸,敌人也就发枪了,这时伪军都已跑散,洪上明和通讯员也已经安全地转移开。于是两方面对射起来,这对射的两方,一方面是敌人(碉楼上的),另一方面也是敌人(村东首的)。而两方面射击的对象,都是假想中的八路军。猛然地对打,继续了整整将及一个小时,火力都很旺盛,谁也不敢靠近。洪上明他们把任务完成了,枪声也稀疏下来,看样子就要停止。他一方面为了自己的队伍能更安全地走远,一方面也是为了助长这一幕滑稽剧吧,就又派出两个人去,分头在村东面和堡垒跟前,掷出几颗手榴弹,于是猛烈地对射又继续下来。

"噢……嚎……"碉堡上呼。

"噢……嚎……"村东首应。

碉堡上有人下来了,村东首的敌人也靠近前去,看看这场误会就要解除,但不知怎么,两方面的口令不对岔,于是一声枪弹过去,碉堡走下来的人中倒了一个（事后知道他是自警团的团长），后来才正式闭幕。

我看到洪上明同志，是在这次战斗过后不久。他的身躯很粗壮，具有一般贫农的朴直气质。他休息下来常常和孩子们在一起，但和孩子们周旋他总是居于失败的地位。他所活动的这个地区，从去秋以来，困难条件是空前增加了，在××几个区，一百八十个村子中，有敌人的四十一个碉堡、十三个据点。有一个区域里，几乎两个村子就有敌人的一个碉堡。在近半年的斗争过程中，类似上面的事情他讲了很多。但斗争的胜利，以及敌人到处暴露的蠢笨的弱点，他不怎么感到兴奋和重视。他知道敌占区人民的痛苦最深切。××一带每一家所遭受的，他都知道得很清楚。他的全部生活是经过极深重的痛苦和艰苦的锻炼的，这就是他具有的那种可宝贵的战斗特性的基础。从他所谈到的，自去秋以来在敌占区的斗争过程中，看得出他已积蓄了多么丰富的崭新的斗争经验。在斗争的新阶段新形式中，他是工作得很好的一个新型战士。在一种巨大的困难的背景上面，他所具有的那种战斗特性——人们叫作勇敢的——显得光辉灿烂。是的，敌占区的人民需要洪上明同志！

一九四二年四月二十日

（《晋察冀日报》1942 年 5 月 17 日）

母亲的温存和母亲的嘱咐

昌

我下课回来看见一个五十多岁的老太太,拉着一头白色的毛驴,正向卫兵问话,我便问卫兵:"这位老太太是哪里的?"卫兵还没回答,那老太太便说:"同志!我是×村的,是来找赵荣议的,我是他的母亲,来看望他的。"赵荣议原来是我们六连的战士,是这次志愿义务兵入伍时来的。我就把她领进我们住的院子里,把驴拴好,给她拿了一条凳子,刚让她坐下,恰好这时赵荣议同志从外边来了,一开口就问:"娘,你做什么来了?"母亲见了儿子喜得不知说什么好,停了一会儿说:"傻孩子,你还问我做什么来了?还不是看你来了呀?"说着便从驴架子上拿出来了一个很小的篮子,揭开手巾,里边是金黄色的小米面摊成的饼子,赵荣议接过来还未顾得吃就问:"我来了家里怎样?"老太太说:"你先吃吧,家里的事情你就不用管啦!你参加了部队,村里就优待咱家一些公粮,这饼子就是得哩!你在这里要好好地学,做什么要有个'主心骨'(主张),不要听别人的坏话,不要上坏人的当。你要跑回去,我可不依你!"赵荣议口里咬着饼子说:"娘!你放心吧,不打走鬼子,我是不回家的!"

(《晋察冀日报》1942年5月22日,《子弟兵》副刊第48期)

娘 的 心

杨富科

我来到连部的时候,忽然看见我的娘正坐在连部的炕沿上,我就叫了一声:"娘,你来干什么?"

娘回过头来,很惊喜地看了我一眼,但我已经看出娘的眼角上挂着泪珠。

我心里想:娘为什么会愁闷呢?一定是因为我参加部队三年多了,一直没有和娘见过面,现在猛然一见,她老人家心里一酸,就要掉眼泪了;同时,因为我们那里是在敌占区,在敌人疯狂的压迫下,老百姓的日子一定很难过,娘的心里一定有很多委屈和痛苦。

于是我便给娘解释了,告诉娘不要悲伤,再两年就会把鬼子打走了,现在咬着牙,再熬过这苦难的两年,就会有好日子过了。我在外面做抗日工作,也就是替娘出这一口气。我解释了以后,娘不但不啼哭,反而笑起来了。娘说:

"我儿真会说呀!在家里的时候,哪会儿说过这些道理?还是八路军好,能把我的儿教育这样好,能说这些道理。"

第二天,我牵着一个小驴,送娘走了一截子路。路上娘告诉我:

"儿呀!好好地干吧!娘的心指望着你替娘出气,你要在队伍上好好学习,努力工作,娘的心也没有什么挂念的……"

(《晋察冀日报》1942 年 5 月 22 日,《子弟兵》副刊第 48 期)

春天远离了高昌镇

沈重

春天,自从三月二十三日以后,蹲在唐县城东北十里地的镇子——高昌就失去了春天——敌人在那个地方修建了堡垒。

春天,大地温暖地呈献了它的绿色。高昌的树林绿了,然而高昌的土地上没有人,失去了耕种的土地也失去了绿色。

一个月另六天以前,在这块土地上是被人们歌唱着耕种着。然而,自从那个突然的日子以后,敌人给高昌带来了村西的堡垒,也给土地添上了凄凉。春天,被驱逐了。

人们到哪里去了?——给敌人强迫着拉去拆自己的砖房以建筑堡垒去了,给日本兵驮水浇他们生怕旱了的被强占的瓜田去了,给多疑而惧怕被老百姓用毒药毒死的敌军另外新挖水井去了,给怯弱的日本"武士"填平可能便于八路军接近他们的沟道或者是挖掘适合于保卫他们的"惠民沟"去了……总之老百姓(连妇女、儿童在一起)都整天地陷入被强迫支应的漩涡。

敌人只在呼喊着"绿化",而他的行动却在使人民"减产"。这就是一切日本的"理论与实践"和谎骗幕布底下的实质的具体表现和例证。

老百姓对敌人是知道得清清楚楚的,老百姓痛恨着敌人,他们给敌人以集体的反抗。只要在敌人铁蹄下,春天是不会来的。比如说挖沟吧,那是一个无止境的挖掘自己的土地,挖了一条,另一条已经在敌人的地图上等待着了。早挖成一天,也不过是多毁自己另外一些土地。因之,他们用怠工来反抗敌人强迫的劳役,挖十天也挖不了二尺深,即使敌人因急于完工而把所有的妇女、儿童都强迫了去。监工的伪警察看见许多人在歇着，喊了：

"怎么不挖？"

"你看，土这样硬怎么挖？"

一个日军气愤愤地把镢头夺过来自己挖了几下也掘不了多少深，气愤愤地把镢头"铿"地摔在地下走了。他的衰败了的被堕落生活损害了的身体掘不动泥土，虽然这个土地用力挖的话是可以挖的。

"不管怎样，你们响着家具就行。"伪警察说。

于是，每天老远就听见"咣咣"的金属的击碰，但是人民的土地却被侮辱得很少。

每天（指白天）日军们就在街上闲逛，跟着他们的无聊，打骂老百姓便是日兵在闲逛里的消遣之一。有好些老百姓已经尝到死去活来的"三宾"（打耳光）的滋味了。特别是一个"老斑鸠"对打骂老百姓是被著称了的，当这个"老斑鸠"从黑堡调来这里的时候，黑堡老百姓是曾经以手加额地庆幸过的。受了他揍打的人，正像高昌一位也曾经被敌人用粪叉打昏过脑袋的士绅告诉我的话一样，人是要"跟阎王见一次面"的。

这位士绅还很惊奇地告诉我，日本兵对于中国话里骂人的话语却是出奇地懂得多，什么都骂得出来，好像他们到中国来是专门研究中国的"骂人学"似的。这位老先生非常感叹。

我对日本兵最会骂人一事是半点儿也不感到惊奇的，这些被日本军阀所制造出来的兵士，其喜于和善于接近污秽乃是必然的事情。

敌人之惯于行使其污秽的行动实是最平常的事情。敌人一到高昌，就带来了一个戏班子，叫"和平剧团"，向老百姓说：

"我们来了，你看，你们就看到梆子戏了，行头漂亮得很，看戏不要钱，同乐同乐，啊哈——"

"和平剧团"演了四天戏，但是，老百姓吃不消了，光是吃饭就要去了老百姓二千元。演戏没有先要钱，但是要吃饭，饭不能说就是钱。戏班子的行头果然不坏，但戏班子的嘴巴，却比他们的行头说得（不是唱得）更漂亮，老百姓好容易才盼望到剧团要走了，临走时剧团没有要戏钱，却向村里要了一百二十元伪钞的画脸钱走了。画脸钱就不是唱戏钱，老百姓依然是白看戏，这种论调也只有日本人才想得出来。

堡垒的到来是随带着以人民的血汗供其剥夺和挥霍而俱来的。高昌在三十六天里，人民的对敌负担每亩地已经分到三元之多的数目了（当然，比在同时间里被敌剥夺到每亩地要出五元七角的高昌西二里的间淑是要小得多了）。这就是说：这些日子里仅只北高昌一村就被敌人剥削了一万五千元——其他被勒索的粮食、砖瓦和树木等还不算在内。组成高昌这个总称的五个高昌，在十天里，光是被敌人所追索的抗战五年来的田赋的一部就花了一万三千四百元，其他是可想而知的了。

堡垒的到来不仅是浪费和剥夺着中国人的财力，也在毁灭和剥夺着自然的美丽。不仅是高昌的绿色的树林受到了灾殃，即其邻近村庄的也遭受到祸害。放水的浓密的树林稀淡了，敌人从那里砍走的三手粗以上的树四百余棵，而不到三手粗的树木则被带走了一千多。

树林，像被敌人拆毁了运走的六万□□块房砖的房子一样，也是由人民的祖先或自己的血汗苦心建植起来的。人民在高耸的堡垒底下，他们是什么也不能算自己的，连他们的生命在一起。

像这样的野蛮的抢劫，人民是叫苦连天的。人民对敌的仇恨也因之愈深。

使人民对敌人最仇恨，一提起就要咬牙切齿，而以日夜的咒骂和抗拒的，要算是敌人对妇女的侮辱了。跟随敌人的脚迹，高昌已有八十二个妇女被迫失去了肉体的贞洁，其中二十多个是在敌人来了的第三天的一日内被强奸了的，两个十四岁的孩子被糟蹋了，而一个五十岁的老太太也没有幸免。对那年老的妇女的污辱是由一个特务来进行的，特务说："没米，吃糠也是好的！"

现在，敌人向五高昌要五十六个漂亮而不是小脚的青妇去"受训"。敌人要美貌年青而又不是小脚的妇女，老百姓是清楚地知道那是"受"的什么"训"。敌人是要老百姓乖乖地自己送去妇女以供他们玩弄，没有别意思，"经验教训"是太多了。

老百姓没有送去，反而把被敌人指定的女儿送到山里的亲戚家来了，有的却准备着自己最后的一去，像另外一个村子曾经在这种情况下所发生的把敌人杀死一样。

在这样一个被侮辱被损害的境遇下，人民对春天和其民主政府的想望是愈深了。当我们的工作员，到高昌去工作的时候，被一个从前并不进步的富农见到了。这个富农一定要他到家里去捏饺子吃，说："哎哟哟！你们真把我想死了！我们给鬼子逼得花了那么多钱，难道还不要我给你捏顿饺子吃？……你们要常来呀！"那个富农一定要这个工作员每隔十天去一次。而那里的妇女却都向妇救会要求："让我们到山里住几天吧！"

老百姓靠我们更近了，而对敌人是更加仇恨了。

有些日本兵整天低着脑瓜不知在想些什么，见了老百姓老远就喊："没法子的，没法子的！"希冀着能够接近老乡，但是老乡却厌恶地离开他们跑了，把他们丢在寂寞里。

但是，日本人是不甘寂寞的。作为接近群众的"日本手段"之一，就是"治病"。

每到赶集，两三个日本兵就到集上胡撞，乱拉人要给人"治病"。老乡始终是不敢被治。放水有一个老乡，为了省钱就开了洋荤，大胆地去试了一下。日本兵在他手背的疮上涂了一些叫不出名字的药。

这个第一次被治的人就遭了不幸,不治犹可,一治之下他的疮却延到手腕处去了。日本兵的首次"群众工作"就遇到阻碍,害得那个老乡花费了更多的医费,后来找一个中医看了才稍微好些。从此人民是离他们更远了,而且还流行着日本药有毒的传说。

这种日本"群众工作"的真实内容,其实还包含着恐惧的心理,在刚建立堡垒时尚有五十多日军,炮和机枪各一,现在却只抽留下五六个日军和几个伪警察了。兵力不足的基本弱点在这里深深地啃蚀着和为难着日本兵的心灵,而那些曾经在唱戏时故意露给人民看的大件(即炮和机枪)却不知轮流(敌人把一门炮或机枪轮流地在各个堡垒里陈列以掩盖其武器的缺乏)到哪里去了。现在,敌人只能用几杆大枪来吓唬着人民和防卫着高昌的堡垒及其生命。

敌人的"群众工作"其实只是由于他自己力量的软弱,在他的危险到来时(受我攻击时),企图让老百姓来掩护他。收买人心的勾当原来却是恐惧的行为。不然,贫乏的日本人何必花费钱财要来给老百姓"治病"呢?日本人不是慈善家,更不是个会做亏本生意的傻瓜。所以现在的日本兵(高昌及其他近我的据点都一样)将军装束之高阁,藏在堡垒里,平常都穿中国老百姓的衣服了。

一天,当大炮还在的时候,□着风,满天黄沙,日本兵以为有八路来袭就惊慌地打起炮来了。但是,不巧得很,日本的虚弱使日本炮弹也虚弱起来,竟落得那么近,掉在特务们住的屋上了。特务们大叫:"八路军大大的有!"逃散了。后来日本兵来,特务们说:

"八路军大大的有!"特务在恐慌之中。

"八路干活的没有。"日军说,他已经搞清楚什么事都没有了。

"炮弹落下的有!"

"风大大的吹掉的。"日军说,走了。

他竟把在恐慌中的失着归之于大风。

现在高昌的日本兵，每天太阳老高，就早早地爬进堡垒里去等待着他的傍晚、黄昏和可怕的夜晚的到来了——在夜晚，经常有我们的游击队去袭击他。

高昌虚弱的日本兵，现在，也失去了春天。他们是在恐慌和烦恼的当中。

春天，离高昌是更远了。

但不久的将来，春天的温暖和绿色是要给予世界上每一个人的。

(《晋察冀日报》1942年5月28日)

东诸侯炮楼上

——十三名伪军归来经过

劲草

五月十日的晚上，我们的一支队伍：两个武装宣传队员、两个区干部、七个民兵。——就这样一支简单的队伍呀，负着重大的使命，向曲阳东诸侯敌人的炮楼进发了。

这个炮楼，住着十三个伪军，大部分是曲阳人，被敌人抓去的。一个小队长，东北人。最近十几天，他母亲和他老婆从东北来了，所以他母子三口，住在离炮楼一百多步远的一间小房子里。

这一切，我们这支简单的队伍都知道。

这一夜，炮楼上的十二个伪军，没有脱衣服睡觉，恐惧吗？——不是，他们在期待着什么。不安的心情，使他们睡不着，像除夕晚上的孩子不能入睡，期待着天明一样。

守岗的，使劲睁大着眼睛，望着深黑的夜的原野，一会儿，仰着头，数着天上的星。

"时间还没到吗？"一个伪军问着，小声地。

"快了。"站岗的回答。

夜，继续着静寂。

人来了，是我们那支简单的队伍。什么声音也没有，一根火光在空中画了一个圆圈，于是，守岗的照样用火画了一下，走下来。

吊桥放下来，我们的队伍持着盒子枪，枪张着嘴，跟着守岗的进了炮楼。

"不要动！"我们的四支盒子枪，对着十二个伪军。

"为什么不动呢？我们收拾东西呀！"一个伪军坦然地回答。

"别开玩笑啦。"守岗的那个说。

大家很快地收拾东西，民兵背着枪和子弹，一箱新发下的手榴弹，也由民兵扛着。十二个伪军各背着自己的东西走出来。炮楼除了空架子以外，没有了一针一线。

"队长呢?"是一个伪军这样说。

"走。"一群人走向那间小屋子。

"报告，报告！不好了，八路军、八路军……"一个伪军大声吆喝。

"哼，哼。"小队长从梦中惊愕地坐起来。而像一阵旋风，人塞满了屋子。两个武装宣传队员的枪口紧对着他。小队长完全明白了，因为屋子里站着的，不只八路军，还有自己队伍的兄弟。

但，新从东北来的小队长的母亲，一个五十来岁的老年妇女，是如何害怕这样的场面呵！她，咕噜一下从炕上滚下来，跪在地上哭喊："我只有这样一个儿子呀！……可不要打死他呀！"他的老婆也惊恐地坐在墙角。

"怎么办呀？队长！"守岗的那个伪军说。

"走吧。"

…………

走出一段路后，一个武装宣传队员向空中打了两枪，像是告诉敌人，我们走了。

五月十三日，曲阳

（《晋察冀日报》1942年5月31日）

勇士跳井记

倪瑞风

昨夜在荆山一场恶战,敌人吃了很大的亏。天明了,敌人出来要报复一下。

"敌人又来了,老乡们快跑呀!"石家佐的游击组这样呐喊着。

小孩子紧赶驴垛子,老头子挑着粮食,老婆子抱着棉被,急忙地四散隐蔽。

青年的游击组员——石××同志,又到他们组长家里,取了两颗手榴弹,和组长一同走出村子。

"站住,举起手来!"谁知伪警备队已经到了。他们腰里的手榴弹被特务们搜了出来。

"你们是干什么的?"

"是本村的游击组,咱们都是中国人,你们看着办吧!"

"哼!我们知道石家佐的游击组是最调皮的,今天捉了你们,还有什么说的!"汉奸们完全忘记了自己是中国人,用绳子捆了他们的双手,带到日本鬼子的面前去。翻译官"哇啦"了一阵,鬼子马上发了脾气。

"快!——快的!"就由二十多个鬼子、特务、警备队把他俩围住。

"跪下!跪下!"他俩没有在敌人面前屈服,还是直挺挺地立着不动。鬼子"砰"的一枪,机警的石××把头一低,子弹"嗖"的一声从头上飞过去。鬼子凶狠狠地又是一刺刀,把石××的左臂上戳了一个透,他仍然立着不动,鲜血像泉水一样涌了出来。

"要怎样就怎样,要我们跪是不可能的!"组长也倔强地反抗着,只听得"乓"的一声，游击组长倒在血泊里。

石××心里想：这样死我是不甘心的。他用力猛地一挣，把绳子挣断了拔腿就跑。敌人和汉奸们，在他后面，一面追，一面不住地打枪。

跑有一里多路了，忽然一口井出现在他的眼前，他毫不犹豫地跳了下去。他没有知觉了，过了一会儿他睁眼一看，原来自己坐在水里，恰巧水并不深，又发现旁边有一个石堂，他就躲了进去。

汉奸们追到井边向下一望，下面黑洞洞什么也看不见，就把井沿上的石头都投到井里去。看看里面没有了动静，他们就走了。

"叭叭……嗒嗒嗒……"一阵枪声之后，鬼子们被八路军赶走了。村里人们也都回来了。有的挑粪，有的浇园，还是照旧地过着快乐的日子。

下午他的叔叔也扛着辘铲去园里浇菜，看见井上的石头都不见了，嘴里嘟嘟囔囔地骂着：

"谁家的小王八蛋，这样淘气，逮住了把手给他砸断。"一会儿水斗子哗哗地松了下来，石××伸出头去向上望了一眼，见是他的叔叔，他就喊了起来。上面听清了，才把他用绳子拉了上去。

现在他到我们卫生队来休养了，他常向人们告诉着他这段英勇的故事。

(《晋察冀日报》1942年6月2日)

十个"反共少年团员"

么璇

敌工科的院子里挤满了人,大家争着看新来的"小俘虏"。

他们整整十个,被称作连他们自己都痛恨的"反共少年团"。年纪和高矮都差不多,大的十六,小的十三。虽然他们中间很有几个不断地溜转着小眼睛,像很有几分聪明似的。然而我总想不通,灵山的鬼子为什么会把三支三八大盖、三袋子弹和二十多个手榴弹,轻易地让这些小孩子去把守离灵山十来里地的郭家庄炮楼。

那个姓夏,长着一对美丽的酒窝的孩子,指手画脚地说,自从八路军打进完、唐二县以后,把灵山的老洋鬼可吓坏了。巡逻的一班紧跟一班地在街上乱转,到处抓人,到处打枪。

"鬼子为啥叫你们守炮楼呢?"一个同志问。

"为啥?"他重复着,莫明其妙地直瞅着那个同志,"还不是中国人不值钱,鬼子兵不够用。眼下灵山百十个鬼子,八十多个统是刚从日本调来,比我们高不多的新兵。他们没有打过仗,连左右转都闹不清,时常到老百姓家去哭。可是,鬼子也不相信伪军,说他们的心大大的坏了,鬼子说只有小孩是'皇军'的大大的好朋友。"

"你们愿意跟鬼子做好朋友吗?"

"我们——我们愿意帮助八路军,杀他们个净净光!"

北瓜脸,拖着两道鼻涕的魏小牛,仿佛忽然想起了什么似的,也插言了:"他妈的,老洋鬼整天打人,把人打哭了他才笑!他们说日本死了死了的不行,中国人死了死了的没关系。"

大家都不约而同地沉默下来。

他们穿着破烂的各式各样的衣服:有的军装,有的便衣,有的绿色，有的黄色，有的四个口袋挤在一起，有的肩头上开了花，有的袖子短到大臂以上，有的胳肢窝里堆满了补绽，有的头上顶着一个污黑到辨不出是绿斜纹布做的日本帽，有的却把日本帽压在衣服底下坐着。

"看，鬼子真穷极了，把伪军们穿戴过的东西发给你们。"

"不！"脸蛋挺红的李二奎摇头否认，"三个月以前，帽子都是崭新的，是我们拿它当屁股垫，踢毯子，翻筋斗，扔着玩儿弄□了的。"

"怎么故意糟蹋新帽子？"

"戴这日本货不光荣！"

"衣服呢？"

"衣服是鬼子在去年秋天抢咱们边区的。"

由于人们问长问短，他们有点儿局促了。这时有人要求他们唱歌，起初他们不肯，可是经大家再三欢迎，他们只得唱了一个《工农兵学商》。由那个个子较高的孩子站起来指挥，一年半以前，当灵山还没有沦陷的时候，这个孩子曾是××村的儿童团长。孩子们说，老洋鬼子占了灵山以后，他们还常常唱儿童团时候学的歌子，汉奸们听见了也不管。那天在郭家庄还唱了好几个打日本的歌子哩。

"你们怎样过来的？"我早就想问的一句话，终于□不住了。

李二奎的眼睛格外发亮，他兴奋地叙述着当天的情景——十六号太阳刚□，他们十个人从灵山来到郭家庄，把枪和子弹放进炮楼，就在外面翻筋斗、踢毽子、唱歌。天黑了大家爬上炮楼躺着说故事，很晚了才睡着。后半夜，该李二奎和魏小牛站岗了，他们俩商量妥，换着打盹换着站岗，李二奎靠着墙根正要入睡，魏小牛用胳膊肘促了他一下，说有动静。

"我以为又是老洋鬼来查哨了，"李二奎尖着嗓子说得怪起劲，"没搭理他。不料就在这时候，手榴弹在屋顶上炸响，魏小牛也给吓啼哭了。"

大家哄然大笑。十三岁的魏小牛害羞地扭过脸去。

李二奎继续说自己的:"我想保准是咱们八路军来了,赶紧开开门喊:'同志们不要打,我们是少年团,老洋鬼不在这里!'紧接着炮楼下面也有人喊:'不要怕,我们是八路军,赶快扔下枪来跟我们到边区去吧!'这会儿,大家都醒了,七手八脚地往下扔东西,最后,我们也从梯子上被抱下来。"

"哼,你还忘了一节呢!"魏小牛抹了抹鼻涕补充,"地雷一炸,南边炮楼的鬼子追出来,机关枪打得真凶。多亏一个同志背着你跑了半里来地,要不你这小肉蛋准又叫老洋鬼抢回去喽!"

"哈哈哈哈……"大家快活得直鼓掌。

勤务员们抬进一桶面条来,他们要吃饭了。敌工干事老孙说:"别客气,吃得饱饱的。"

"回家来了,客气什么呢?"

他们微笑着,异口同声地回答。

五月二十日,大出击之夜

(《晋察冀日报》1942年6月3日)

单耀钧同志抢救一万三千斤公粮

——身陷重围誓死不屈

张彩亭

四月十三日下午,平山灵寿忽然增加了九百多个鬼子,四处抓民夫,要牲口,向我×分区出扰。×团供给处,得到这个消息以后,马上派粮秣员单耀钧同志,飞速到接近敌人的×村去坚壁那里存放的一万三千斤的公粮。

单耀钧同志到了×村,他一面向老乡解释,一面协同中队长动员了几十个自卫队,赶紧地搬公粮。

公粮一袋袋地从人们的肩上,移到山沟的窑洞里,已经运走有一万多斤了。忽然,西南方响起了枪声,自卫队们有点儿慌张起来,单同志马上向大家解释道:

"不要紧,枪声离我们还有五六里呢!那边还有咱们的队伍,鬼子一下是来不了的,咱们快点儿加油吧,马上就能坚壁完的!"

说着他亲自动手搬粮食,大家也不由得都加起油来,片刻工夫,一万三千斤粮食已经坚壁妥当了。

老乡们全都转移了,他自己仍然留在窑洞旁边。他想:窑洞还没有伪装,假使被敌人发觉了,这不是前功尽弃吗?他觉得自己的责任还没完成,于是赶快动手挖掘干土进行伪装,汗珠像雨点般地从他身体上流落下来,他也顾不得去揩拭。直等到窑洞的新土完全看不见了,他才含笑地离开了窑洞向东北方向转移。不料敌人这时已经包围了×村,北边山岗上的敌人早已发觉了他,无情的子弹蝗虫般地向他飞来。不幸,他的腿部挂了花,不能再跑了,他坐在草地思量:一个共产党员,为了完成任务,牺牲自己的一切,是光荣的……决心下定了，他马上把手榴弹盖揭开，目不转睛注视着敌人。

敌人已逼近他的跟前了，像野狼一样地来抓他，他毫不迟疑地掷出了他仅有的一颗手榴弹，"轰"的一声，两个鬼子送了命，而他自己也光荣地牺牲了。

敌人到了×村，饿狼似的抢走了十几只鸡，杀死了三条猪，就仓皇地逃窜了。

单耀钧同志亲手所坚壁的一万三千斤公粮，一粒也没有损失。

(《晋察冀日报》1942年6月5日)

冷落了的大亚公司

本报特派记者 沈重

那个坐落在唐县城内南横街，大门口挂着"唐县大亚公司出张所"的招牌的交易所，不是买卖着任何中国人的物品，而是经营着贩卖中国人的民族的灵魂的勾当。

大亚公司的主要营业不是掠夺中国人民的物资，不是日本组合，它是日本宪兵队，是特务机关，是经营各种情报的组织，是敌占区伪组织和被压迫下的人民的实际统治的魔王。在唐县的占领区，这里的魔王握有着至上的威权。它的职务是：让一切无耻都从那黑大门旁边□小门（大门是不常开的）里像狗一样地爬进来，扫除着廉耻和正义，要中国人投降，做狗或奴隶。

管理这样一种职务的是，平常好向人吹嘘着曾经是当过八年日本共产党员，而实际上却是地道的久居在中国做特务工作的日本浪人——后藤正雄。在他底下的是两个日本人：一个是被八路军俘虏过的高壮的庄稼汉——稻田，一个是身材和他的胆子一样小的中野。再底下，那就是中国的败类，刘达夫、耿轲等几个汉奸特务了。

大亚公司是随着唐县城的陷落而成立的，几年来，门庭冷落，小狗门也很少开关。尽是在城内跟伪县政府、警察局闹矛盾，作威作福，向人民敲诈，要花姑娘，及作一切下流的胡闹，它自己的职务是很少做成一件的，虽然那个后藤班长经常挟着空皮包到保定或石庄向他的上级请示去。请示回来，强打精神，把汉奸们申斥一通，说："中国人不行的！"他的工作却依然不行——哪个有良心的中国人愿意跳进粪坑里去淹死□？！

自从去年秋季以后，敌人企图继续活动，继续给根据地以迫害。唐县是敌我斗争的一个焦点，在后藤往返过保定许多次以后，他从保定接到了这样的指示：加紧军事与特务工作，周密调查，吸取各地防共经验，利用反共无民族观念的中国人，特别是叛变抗日阵营的干部，努力开展归顺工作，把唐县作为实验县。

果然，在这个时候，敌人的活动极疯狂，枪杀的事日有所闻。在困难面前，一个曾经是区助理员的败类——路贵姜，投向敌人了。路贵姜成了特务以后，整天领着敌人到村里抓村干部、抓老百姓、索公粮、指点洞口和坚壁粮物的地方。新去的汉奸助长了敌人的威势。

成天，敌人在各村陈列着他的军队，召开群众大会，威迫抗日干部和军人的家属和人民，叫人去自首，按单索人，成串地牵向城里，牵向大亚公司。一面用"我们调查得仔仔细细的，其余的抗日干部和抗日的人，我们不抓了，让他们来自首，自首了大家就太平无事，不然，你们全村的房子和性命就……哼！"来欺骗和恫吓人民，并限定期限，叫人民自己把干部送去。黑暗把游击区混翻了过来，抗日的干部离开了家，顽固分子结合了地痞流氓又抬起了头。

敌人是知道得清清楚楚的，在华北，他们的最大的敌人是共产党。日本特务机关长是不止三番五次地告诫过他的属下了。所以在大亚公司里的演出，也是以寻求共产党为其重心的。一抓到人，不管是什么人，只要他稍微沾着或曾经沾过抗日的边的人，就认为是共产党。至于干部，那么，便认为不会不是共产党了。

除了死，不承认共产党是不被允许的，敌人有各种各样的刑罚在侍候着被捉或去自首的人们，杠子、火棍、火链、滚水、辣椒、火炭……都摆在人的面前，等待着咬伤每个人的皮肉和蚀害人的生命。在严刑的逼迫下，××村承认了十九个共产党，其实那个村是半个也没有的。大庄子一个贫农叫王登可的，什么也不知道的庄稼人，被敌人打呆了，敌人还叫拿四百元去赎，他的老母现在发疯了，成天在村里喊："他不是呀，'皇军'老爷，饶饶吧！"有八个老乡是因为说不出什么组织而逼死在杠子底下，一个老头子也不能幸免。

就在类此的情况下，敌人登记了二千八百余名的共产党员。这许多奇异的共产党员使后藤及其部属整整大忙了一两个月，最后，总算把口供、调查表、共产组织序统表等等凑齐了。当伪县长王冠英接到一大册"共党自首表单"以后，叫他再加追问其正确程度的时候（敌人也知道这是不正确的），伪县长莫名其妙了，他打着东北话说："这许多人都说是共产党，叫我怎么知道谁是真的呢？我搅不了！"原封地退了回去。后藤也管不了许多，挟着空前的装满了文件的皮夹上保定请功去了，请功的结果是——由侦谍班长升做队长了。

身为队长的后藤及其走狗们在登记好共产党以后还忙了一些时候，忙着画地图，训练自首的人们，并从其中挑选他的特务工作人员。

那时，后藤们的确是忙的。他忙着成立六七十人的"洗红队"，成立各村的"灭共委员会"，把自首的人都放回去，分配了他的特务工作。后来，又把"洗红队"拆散，组织中心乡的特务组织，直到大亚公司剩留下十几个人，才又清闲了些。

现在的后藤跟以前有些不同了，清闲了些的后藤也还是以训练他的干部作为他的工作。只要一吃好饭，看看还有吃多余的残饭剩菜，便叫了起来："来呀！"侍候着的参谋们就来了。后藤把脚往桌子上一放，喷着烟说："吃！"这些参谋们便像饿猫一样贪□地狼吞虎咽起来。当参谋们把菜碗都舐了的时候，后藤就得意地笑着问："队长的东西吃着了吧？"拖长着声音。

"吃着了。"响着嘴巴的人回答。

"吃着了——就好了，大家要努力干工作，要积极干新政府的工作，大家的好处多着咧……"

"只要少打几顿就行了。"有人嘟哝着，队长是时常采用杀鸡吓猴的办法来统治特务的，虽然打以后又会请那人大喝大吃一顿，说："只要你改过就行。"现在，人们不由得发泄出怨言来了。队长

很明白,他现在是做着教员的角色,只横了那人一眼,便往下说下去了:

"干工作么——过左是破坏,过右了不干也是破坏,□适儿行了。"

"这可难了。"人们说。

"不难呀!你的心,我的明白,谁努力谁不努力我大大的明白。"

如此的训话是经常进行的。

大亚公司的第二种对汉奸们的有力的经常"教育"是——搅钱。大亚公司的共同的派钱办法是——用"通匪"的名义来敲诈。在"自首运动"中每个人都发了一注大财,刘达夫发的财比后藤还多。后藤搅钱的特点是——任人下乡敲诈,回来后关起大门搜,搜到的当然是边区票。就有话讲了:"红票的,啊?不是说不许带吗?拿来,统统交出来。"人们交出来,他收进去了。晚上,他把好的坏的都点过,破了的边钞都补得好好的,叫一个心腹拿去换了伪币存起来,或者是在窑子里就直接地拿出了边票。中野的抓钱的特点是在出发时吞没队长给的伙食费,一下乡便对特务们说:"弟兄们统统地随便地干活,有事我的说话。"特务们巴不得这一着,这样,他们可以当面胡来了。中野有时还和稻田在夜间偷卖公司里的粮食,很贱的价钱便自以为交易得很适当。

赌博在大亚公司里风行着。阴历三月一日,一个来玩的石井队长也赌起来了。牌一拿到手,便"卡打呢,卡打诺"数着点子,"赢了,你的'金票'的拿来!"

"不,你输了,"庄家说,"你是蹩十,我是地顺,你拿钱来!"

但是石井抢了钱就"嘻哈"地跑了。

有时偶然城里也来了《新加坡陷落》或《楚霸王》之类的电影,队长命令着都去。稻田活跃起来了,怂恿人去看,说:"去看看吧,和八路军的西战团的一个样,这边的工作落后,所以,来了电影,是突击性质。"

偏偏有人问："这个比八路的怎样？"

"八路的宣传工作、政治工作、游击战是世界第一。"他沉默了一会儿，低声向人说，"就是吃的没有，子弹小小的，不行。"

稻田眼看着自己这边的一切，他常常把自己陷在沉默的苦思里，这个庄稼汉了解他们的缺点，他希望着他们自己能够胜过我们，但是结论和事实却常常与他的愿望相反。后藤却不像他，他学会了好些八路军的歌子，唱了《共产党万岁》以后，又唱"老乡们……赶快参加八路军"，唱到"齐心合力打日本"的时候便拿着棒子"哈哈"地乱打起人来。当他接到村里送去的《晋察冀日报》的时候，他就喊：

"中国人心坏了的啊，报馆的心也坏了坏了的！"在那张报上有我们登载的同盟国飞机炸东京的消息。他对什么事都不去多想，虽然他经常躺在椅子上"嘶哈嘶哈"地考虑着什么。中野却又是另一种样式，小职员的他老在追求着虚荣，厌恶人家叫他"小个子"，如谁有困难称呼他一声"队长"，那么，什么都是好办的了。在队长不在的时候，他就学着队长的腔调，叫："来呀！"他又说："怎么规矩都不懂了的□！"来人出去喊了"报告"又敬了礼，他还喊"跪下"。可是对方照例地要求："算了吧，中野队长！"他满足了，"哈哈"的："算了算了的，你的心大大的好！"

三个人虽各有其不同的性格，但却共同具有日本人的迷信。在"自首运动"以后，忽而闹起鬼来了，说这里或那里有鬼，在哭，要向他们扑，拉住他们的脚使他们走不了，他们说是冤鬼找上他们了。后藤却向人说："这个房子哪里动了土，弄坏了，有鬼！"房子是好好的，旁人见不到鬼，只有他们才见鬼。

日本人对特务们的统治是极严格的，要是发现有三个人在一起谈话，就喝："开什么会，要私通八路，嘿嗯？走开！"平常不给特务们枪，即使下乡到附近村庄去也不给，负责中心乡的特务工作的指导员也要求不到撅枪,每逢下乡"讨伐",也只按名登记发枪,没有子弹,非到紧张关头是不给子弹的。日本人对其走狗们也极端怀疑的,生怕这些汉奸们一会儿会掉转自己的枪头。

升官发财了的刘达夫、路贵姜之流,现在是有功地摇摆起来了。先前,刘达夫曾被伪县政府因贪诈扣起来过。今天,刘达夫是可以一雪前仇了。

一天,伪教育科长段子恒等在茶馆里喝茶,新贵的刘达夫、路贵姜们来了,一见,就喝:

"段子恒,给提壶水!"故意使伪教育科长坍台。

段子恒当然不会给他的仇人倒茶提水的,不睬他。刘达夫气起来,拍打着桌子:"好,段子恒你小子,瞧着吧!"他回去了。

当天,大亚公司把伪组织里的人员段子恒等三十余人全扣起来,严刑拷打,把一个姓王的青年打死了几回,用火炭烧脊梁,臭气和嘶叫的声音充塞了房屋,连稻田也忍不住下泪,队长却坐在一旁冷笑,说:"稻田,你心坏了的呀?"刘达夫在问着案子,结果,那十八岁的青年招出了他和伪县长等都是共产党了。

后藤叫来了王冠英,夹头就打:"你的勾八路,乱七八糟,你的是共产党?"又用脚踢,"破坏新政府的工作!"

直打得王冠英,连声低头说:"是,是,不敢,不敢!"

当天晚上,王冠英把自己的姓朱的女人送到后藤那里,后藤才不追究他。但是段子恒及其女婿(姓杨,后受伤死了)等都是打得遍体鳞伤,又花了好些钱,才保全了性命,被送到望都押着。

有了这次演出以后,伪县长王冠英到保定去了,哭诉着向上级递了一张状子,控告刘达夫、路贵姜等:"私通八路,假意归顺,以灭共旗号,破坏新政府工作。"

三月十七日,伪县政府把刘达夫、路贵姜等十三人扣起,并发动各村联合控告他们,贪污的卷子堆到二尺高。刘达夫等被捉到了伪县政府后，当然，凡是曾经给予别人受到过的痛楚，他们全都尝受了。伪县长咬牙切齿地向伪组织人员演说："我的仇人是大亚公司的弟兄，和大队部的特务队！"

后藤在旁边得意地冷笑着，只说："每个人给一个平头，安心地待着，慢慢地就放出来了。"他给他的在狱中的狗仔们每人剪了一个平头。可是当□天刘达夫的妻子跪着去求他救命的时候，他却说："我也没有办法呀！"至今，这些汉奸还没有出来。

四月十九日夜，我军袭击唐县城。那时后藤正与稻田喝酒，一听说八路来，就仓皇奔逃到大队部去。稻田连枪都忘了拿，吓得腿都走不动，叫特务回去取枪，不住乱说："大大的厉害，你听，八路军进城啦，唱歌咧！"其实当时我们没有进城。就在这样惊惶的时候，后藤忽然大叫一声，倒了，不知哪里来的弹片陷进了他的大腿。到第二天，人们把像猪一样叫唤着的他载到保定去了。

五天以后，中野接到命令，叫他任大队部的特务队长，即时准备出发去边区"扫荡"。他急愁得很，不愿参加"讨伐"，向人们说："我的外边的溜达溜达，谁也不许胡说八道，说不知道，明白？"他去躲起了，但是终究没有躲好，被人找到了。他气嘟嘟地回来，把剩下的二十元边钞你一元他五角地分给人，把自己的相片送给人，说："你的想我！"

"谁想你？你死了也活该！"人嘟哝着。

"什么意思？"他没听清楚。

"他说大大的想你。"有个人给解释了，他才点点头。"好的，你的好！"

他把子弹抛得远远的，只带二十粒，说："小小的带着，行了！"他又流着泪给家里、给朋友、给后藤写信，向他们告别。

临行时，他支开腿和臂，挺起大指向大家说："我的回不了的，我的三分区的司令员！哈哈——"他大笑着走了。

过了一些日子，他居然又随着军队回来了。人问他："回来了？"

"嗯！"没有表示一点儿高兴。

"八路军有？"

"大大的有。"

"你可以休息休息的了。"

"休息？放屁！我还要到东边南边溜达溜达的，没办法呀！唉，没办法！"

果然，不久，他又"讨伐"冀中去了。

现在，留在大亚公司的只有一个稻田了。他是什么事都不管的，整天地睡觉、沉默着。偶然有人问他干了些什么事，他回答得很简单，只有一个字："顽（儿）——"尾音是长长的，他拖着皮鞋回到房里去了。

没人管了的特务（只留下几个人了）也整天不在家，在外胡搞着。中心乡的指导员听说队长伤了，连城门也不进了。

大亚公司经过一度热闹，今天是又冷落了，小门也不见开，整天闭着，比先前更加阴森更加凄凉了。

乌鸦，成天停在大门里的门楼的巅上，用嘶哑的声音，在唬叫着。

五月十九日

（《晋察冀日报》1942 年 6 月 7 日）

朱食的战斗

周奋

日本特务机关喜欢对沦陷区的中国老百姓讲："八路军不成的！八路军净是烂游击队，吃的是烂黑枣……"

然而，日本人虽然一方面喜欢讲讲，但一方面却又强迫沟里所有的村庄，绕着村子周围建筑一道围墙，墙的外边又要挖上一道沟，层层地筑起防御工事。

但是日本特务机关还总喜欢说"八路军不成的""八路军没有了"。

是五月二十四日，"大日本皇军"又集结了行唐、化皮、灵寿、付家村、牛城、正定精锐部队共八百余，围攻了沟里的一个村庄——朱食。这一天的炮火很炽烈，战斗开始两个钟头，"大日本皇军"来了第一次增援，一个半钟头以后，又来了第二次增援，两次的增援并且□了装甲汽车十辆、坦克两辆，行唐、灵寿、正定、平山、获鹿五个县的警备副司令官藤田亲自来指挥了这次战斗。

清早，行唐就出动了二百多人马，到达了第二道封锁线，在南寨堡垒附近把八路军挖好的一个交通壕封锁住了。午间，"大日本皇军"以最神勇的动作在朱食村的东南面和西北面前进着，八路军的连队已经陆续靠近朱食村子去了。

×区队区队长彭龙飞会见了×团×营营长，决定在这个村子顽强抵抗。这两个不同番号的部队立即统一行动起来了，两个部队统一在一个最高指挥者指挥，区队长彭龙飞同志担任了这个职责。命令传达下去了："坚守下去！"

战斗开始了。×区队的同志们说："今天的战斗，有我们的老大哥，有我们的×团哩！看鬼子有多少送死的！"

×团的同志们说："我们和兄弟部队携手作战，我们有强大的战斗力！我们怕他什么呢？"

"轰……噗……""轰……噗……"

炮弹落在阵地的周遭，震撼着大地，"轰隆"，它爆炸着，但爆炸声的尾音很低沉，和一般的炮弹不同，一阵一阵的烟雾升起了，发着一股臭气，气息呛着嗓子，战士们的呼吸感到了障碍，有些个鼻孔渗出血液来。

"毒气过来了。"

"哪里有毒气！没有毒气！"第四连四班长姚振山解说着。他害怕大家惊慌，匆促中想到说这句话。其实，他自己也已经感觉到呼吸不大舒适了。

"真有毒气，闻到有味。"

"毒气我见过多了，几分钟就过去了。——好，大家防毒，把手巾弄湿，封着嘴，或者用尿泡。"

姚振山同志是一个二十二岁的青年，从前是工人，现在是中国共产党的优秀党员。他是久经战阵的抗日战士，战士们听着他的话，又安心地打出他们的枪弹。

在东门，第一连的同志们万分紧张地监视着前边，瞄准着枪，前边二百米突左右，一百多个敌人上起刺刀冲过来了，虽然也似乎分成两三个一组，但队形是密集地冲过来，用日本话叫喊着杀声，来势汹汹地冲过来了。

支部书记转过他的庞大的身子，面对着大家：

"同志们！战斗到最紧急的时候了！这就是我们发扬狼牙山五勇士精神的时候！"

"对！对！"机枪班战士周凤山同志一搭腔，又转向连长说，"连长！是时候了，我们上房打吧！"

"好！但是打了之后，马上下来！"

周凤山端着他的机枪上房顶去了。连长彭庆山同志看见前边树林中有一个摆动着他的右手的人，他立即拿起一支步枪，瞄准着，"这准是敌人的指挥官了"。他发射，头一抬起，就看见那个人倒下去了，他倒在地上，两手还不住地抖擞了一会儿。

周凤山在房顶上打开了机枪，头一抬起："打着了！"他高兴着，立刻就下来了。周凤山近两个月来的射击，有了一个飞跃。一个多月前，他检查了他的射击，他问过教员，为什么自己的射击是按照"三点成线"这个要点的，但还是打不中呢？在这之后，他修理了他的机枪。四月中旬敌人出扰两次，他就在二百五十米突的距离射中了他的目标，在伏击南寨敌人的时候，他又收到了同样的效果。

在周凤山和旁边友连的机枪射击之下，"大日本皇军"第一次的冲锋被打垮了。

"同志们！敌人冲过来一百多，我们机枪一打，他就躺下一半啦！不信，可以去看看，在那里摆着哩。"胜利的消息，从连队传到连队，连队又响起了反应：

"守住自己的阵地！"

现在"大日本皇军"又增援上来了。他曾两次用装甲汽车配合冲锋，一次在东南方，一次在西北面。当装甲汽车向着村庄猛驶过来，三挺机枪瞄准着它。"噗——"装甲汽车的车轮泄气了，它成为其他汽车运动道路上的障碍了。于是，敌装甲车、坦克车疯狂地围村旋转，转了一个圈又一个圈。

班长姚振山掌握着全班的射击，他们是不像"大日本皇军"那样随便发射的。新战士任更申在这之前还没有打过枪，战斗中很沉着勇敢，但他只被允许打了二十八发子弹。姚振山不时地鼓动着大家。

敌人第二次冲锋了，姚振山揭开了手榴弹盖，粗声地说：

"同志们，如果敌人上来，用手榴弹送他回老家！"

他说话间，一个炮弹在他的侧后边爆炸了，炮弹伤了他的右肩。

他走到副班长跟前："我挂花了。"

副班长一边招呼卫生员过来上药，一边说："不要紧！你歇一会儿吧！班里的事情我负责！"

"同志们！我挂花了，你们要服从副班长的指挥，你们好好地打，不用管我，敌人如果上来，用手榴弹送他回老家！"

姚振山同志说着。战斗又继续下去了。

战斗直到黄昏以后，我军即按照部署冲破敌人防线撤回根据地来了。

这里，让我讲一些朱食战斗结束以后的故事吧。"大日本皇军"不是强迫沟里的每个村庄，都要修筑一道围墙和挖一道沟吗？可是现在，"大日本皇军"又觉得那道围墙和那道沟非常讨厌，简直是完全要不得，叫它多存在一个钟头也不好！"大日本皇军"立刻下了命令，叫把墙拆了，把沟平了，还没有修筑好的村子立即停止修筑。

沟和墙简直是讨厌！要不是它，"大日本皇军"怎么会伤亡了三百多？"大日本皇军"的藤田副司令、藤川中队，还有二个小队长，怎么会死了死了的呢？要不是它，两辆装甲汽车怎么会被打坏了呢？

"大日本皇军"很善于假设，但如果假设八路军果真像日本特务机关说的那样"没有了"或者"是不中用的"，那保准"大日本皇军"不会发生这个变故了。

六月一日，"大日本皇军"在灵寿城召开了一个追悼会，在会上，讲了打死八路军六百多，还打死了一个八路军的团长，但是，这里"大日本皇军"又忘记一件事情了。战斗以后，老百姓忙着把尸首装运上汽车上去，一汽车又一汽车地，老百姓亲眼见到了是些什么人。八路军的团长，大概是说的彭龙飞吧，但"大日本皇军"又扯了一个很小很小的谎。在六月四日，彭龙飞还在一个大会上检阅了他的队伍。而在六月一日那天，所有到会的日本人，都为了藤田副司令、藤川中队长的死了死了的，没有例外地哭了一场。中国老百姓心里都在暗笑。"日本又大大的有升官的了！好，让他们多一些升官的吧！"他们相互谈论着。

六月六日

（《晋察冀日报》1942 年 6 月 11 日）

敌寇"精神训练"在正定

陆望

十九号那天,正定敌人把以前几个叛徒都叫进城里去了,到了二十号的黑夜,敌人说要这些叛徒引路到各村去检举,计划是十时出发,下一时到达目的地。叛徒们的臂膀用绳子绑得紧紧的,交给伪"治安军"牵着,像牵驴一样。

天还没有大亮,二区十八个村子的伪村长,都同时在各村敲着锣,大声喊着:"男男女女带良民证、相片到村外点名!"人们从梦里惊醒,迷惘地急急向村外走,"呀!包围了!"——十八个村子同时被包围了。

点名场摆着两张桌子、三把椅子,椅子上坐着敌人情报室主任——汉奸翟敬侯等几个东西!

开始假意一个一个点,后来敌人说:"今天天气很冷,抽着点吧,省事些。"结果是有一百四十七个人被绑走了。

审问这一百四十七个人的仍旧是汉奸——翟敬侯、赵金廉、王颐轩他们三个。开始问的时候,装着很客气:"坐下!坐下!"

"你破过路没有?割过电线没有?"

"我修过,我也破坏过。"

"你在党不?"

"在什么党?我不懂!"

"你还不承认,你村里有人咬着你哩。"

"那枪毙了,我也没法。"

"啪!"桌子一拍。"好!来人!搞在木笼里去!"

这样把人们一揪,三天两天,吃不能吃,喝不能喝,坐不下去,

立不起来。屎尿就拉在木笼底下，汉奸们不断地在木笼旁边走来走去，劝着说："你们只要承认点儿不好就行，不然怎么完呀！"没奈何人们只得说了：

"对啦！我算是共产党，把我放出笼去吧！"

"那么你同谁是一小组？"

"嗯，还有什么组？"

"是的，一个小组顶少三个四个人呀。"

"那……那我同你手里的马棒和木笼是一组。"

"哼！你们这样狡猾！那么支部书记是谁？"

"什么书记？"

"打！"翟敬侯这无人心的东西恼了。

"是！是！是！我就算是书记。"

十八个村子，一百四十七个被捕者，于是都又成了支部书记。七天之后，审完了。每个人都得押个手印，说明自己是甘心愿意前来受"新民精神训练"。

每天四个钟头的讲话，伪队长来讲，伪民政科长来讲，伪建设科长来讲，顾问汤田来讲。

是被绑来的第十六天了，每个人都操心着他的家，大家以为"训练"完了，明天就可以放他们回去了。但是晚上点名以后，每村一个人被敌人叫到新民会的上房里去了。

房子的中央并排摆着三张大桌子，大家围着坐下，每人两块糖、一把北瓜子，有茶叶水，还有一品香、胖娃娃（香烟）。当差的小汉奸来替这十八个乡下人轮流着擦火点烟，翟敬侯和汤田等也忙着来招呼大家："吃！吃！喝！茶叶水！"大家坐静了，没有去吃去喝，心里都跳得"扑通扑通"，不知道这又要出个什么主意呀。

"今天叫你们来没有别的事，"汤田说，"第一大家熟识熟识，第二交个朋友。'大皇军剿匪'不是一件容易事情，大家都得帮忙，担任点儿工作……"

十八个人的心更跳得凶了："这怎么办？不得了！"

"我不会担任情报！"

"我家里没有人，太忙！"

…………

大家都抢着要表白自己决不能做这件事，宁静的空气给弄乱了。

"啪！"汤田把桌子一拍。他恼了："你不干？"

翻译警告着大家："还是担任了吧，不然还得受苦！"

十八个人你望着我，我望着你，脸上失了颜色，屋子里又寂静了好久。

"那……那我们不会，得教给我们。"

"这不对了吗？你们一月报告两次。"汤田像教小学生一样说，"你如果要往东去，你就先向西走；要往南去，你就先向北走，多绕几个弯子，总要人不注意你才行……"

"那我们向哪里报告呢？又不认识。"

"你离哪个炮楼近就向哪个炮楼报告"，翟敬侯他一面说着一面由汤田手里接过来一些纸条，上面写着"西岐"字样，"你拿这到各炮楼上去接头就行，但只准你们几个人知道，除此以外，上不能告父母，下不能告妻子，不论天好的亲朋厚友，要走了风声，八路军一知道，你的脑袋就完啦。"

十八个人都低着头，心里难受，但是不能说，不敢说，也说不出来。他们回到自己住处以后，刚一进门大家就问：

"喂！叫你们去干什么？这么大工夫。"

"没有事。"

有的把被子蒙住头"呜呜"地哭去了，有的背着身子擦眼泪，有的坐在房门外边，两手托住腮巴，唉声叹气的。十八个人没有一个人高兴。

"到底叫你们是干什么？打了吗？"

"比打更厉害！更难受！"

紧说着翟敬侯又来了，仍旧是每村一个人，十八个人被叫走了。这样一共叫了三次，这一夜床铺上没有鼾声，只不断地听到有人在长吁短叹。五十四个人的心里在发愁、难受，想着：这怎么办？

当这十八个村子的一百四十七个受完"新民精神训练"的同胞，离开了正定车站之后，他们舒了一口气，乱骂着说："想要改变我们的脑筋，瞧着吧！"

(《晋察冀日报》1942年6月11日)

帮助麦收的第一天
——军区政治部帮助麦收小记

田郎

火热的南风把田垄间的麦子，烧成了一片金黄，子弟兵又开始了帮助老乡收割麦子了。

六月九日的早晨，在××村的操场上，聚集了众多的欢跃欲狂的干部和战士，有的带着绳索，有的挟着扁担，也有的拿着明亮锋利的镰刀，静待着动员令一下，便一齐勇敢地驰赴战场。

出发前的动员吗？这已经成为不必要的了——真的，哪个干部战士不深切地了解帮助群众麦收的意义呢？所以一开始，就由指导员根据经过详细调查的每家需要劳动力的多寡，有计划地加以适当的配备，一组一组地，由地主人领导着走向麦田。当老乡们把各组一一带走以后，操场上还剩着以指导员为组长的五六个人，没有工作对象，于是他们便自动地到老乡家里去找工作了。

初升的太阳，用它的刺目的万道金光，逼射着这成熟的麦田，把广阔的田野映成了灿烂夺目的黄金地毯。清新醉人的芳香，一阵阵地透入人们的鼻管。田野在欢笑，在跳荡，热情而响亮的收获曲在麦浪上飘扬。

"加油啊！""谁敢和我比赛？"……高亢的挑战声不时响起，大家埋着头，一步一步地向前移动，刀片接触着麦秆，发出"嗤嗤"的悦耳的音乐。粗野的麦秸，醉汉似的向两边纷纷倒下，弹指间，每人身后都堆积起一垛垛的麦秸，很快地就有人把它捆好。

在割麦的同志中间，有些是熟练的老手，有的还是初次，但不管生手熟手，都是尽心竭力地严肃地工作着。

有许多同志工作本来很够忙的，但他们自觉地抽出时间参加。比如：各科的科长们，他们是有着繁重的工作的，但他们仍然抽出时间来参加，而且干得非常起劲；伙房里边工作很艰苦的，人数并不多，每天要应付几百人吃饭，确实是够忙的，但是他们自己也挤出时间抽出四五个人来参加，如林得海、静其贤、桂福林等。他们都是具有熟练的劳动技术和高度的生产热忱的。

还有一些同志，刚离开都市的学校不久，并且身体还不大好，本来应在家里休息的，然而他热情勃发地要求去参加。如李宁同志，病了很多天，但他仍然固执地要去参加，因为镰刀使用不熟练，他便拿起扁担帮助老乡去挑送麦捆。

下午，刚吃过晚饭，大家又都出发了，这一次参加的人更多，而干得也更起劲。

天渐渐地暗下来了，人们陆续地往回走，老乡们三三两两地拉着闲话："这样多的人，不用三天，就可以割完了哩！"

"哎，不是人家军队上帮助，咱可真收不起呀……"

这一天的成绩究竟怎样呢？这里我可以写出一个极不完满的数字：

共参加了二百零四人（政卫连在内），工作时间——六小时，割麦计共五十九亩八分，背麦捆四百六十五个。

这只是第一天啊，明天呢，明天会有更大的成绩被创造出来的。

（《晋察冀日报》1942年6月12日）

李 英 龙

——记朱食战斗中的一个新战士

周奋

这已经是黄昏以后了，月亮还没有上来，班长姚振山不知怎么知道队伍要突围了。他从地窖里上来，他是战斗中挂了花暂时坚壁在老百姓家里的。

李英龙迎过去说："我搀着你！"

班长姚振山是个倔强的人，他坚决地要和队伍一同冲出去，虽然他是个挂了花的人。

但有些同志觉得李英龙是个新战士，靠给他一个伤员或许会累着他，有人先去搀着班长了。

"你不用管了！你走吧！"

出了村子不久，在炮火中，他看见一个影子走出行列去了，很快地他眼睛就跟上了他，随即走过去。

"指导员，你上哪儿去？"

指导员的声音显得微弱："我挂花了。"

李英龙紧接着说："你挂花了，我搀你。"

他们班走在他们连的最后边，怎么办呢？指导员伤得很重，同志们又都走过去了，丢下指导员是绝对不可能的，整天在一块上课，一块游戏，一个锅吃饭，怎么能随便丢下一个同志不□呢？况且又是指导员。李英龙决心要背走指导员：

"我背你赶队伍去！"

但指导员没有回答他。他用很大的力量支撑着身子，左腿感到有些痛，背上指导员，指导员的头贴伏在他的脖子上。走了很长一段路,他都没有说话。

他赶了有二三里地的路程,着实累得不成了。他停下来休息,道路上一支队伍急急地走过来,李英龙焦急地嚷着:

"你们来一来吧!我们指导员挂花了。"

在后面担任警戒的三排长也赶来了,他听出叫唤的是李英龙的声音。他招呼了正在前进的友连的几个战士来,帮助着李英龙。李英龙看见三排长,静静地说:

"不能丢下指导员啊!"

李英龙抚摸一下他的左膝盖,左膝盖微微有点儿肿大了。原来他也挂了花,炮弹片穿破他膝盖肌肉的外层。李英龙的家是在敌占区,有一个叔叔和老娘。他再不愿意受日本法西斯的迫害和侮辱了,在去年反封锁斗争时,投奔到我根据地来,今年春间,即参加到子弟兵的队伍里来。他是一个雇工,作战很勇敢,也特别懂得革命队伍里的团结友爱。

他们赶上队伍的时候,李英龙又早已从别人身上把指导员换到自己身上背着了。他们歇下来,指导员的衣服和前胸已经为血黏结着了,他们又不敢动他,因为这样也许更会影响他的伤势。

他在微弱地喘息着。另一个同志要去背他,但他用力过猛,他往高一抬,指导员就喘不过气来了,那一瞬间,像是死去了似的。

"不要动咯,不要动咯,先叫他歇歇再说!"李英龙慌急地说。

突然,他们的侧面传说有情况,队伍又要移动了。

"走呀,走呀,丢下他,不用管了!"有人在说。

"千万不要丢!刚才还在阵地里头都没有丢,现在还能丢吗?"李英龙看了那人一眼,争论着。

那个人不说话了,但他也并不来管他。

指导员渐渐好过来了。他也似乎模糊地觉着周围的一切,他看到

身旁站满了人,好像突地想起了什么似的,激昂地说:

"不要紧的!同志们,我死了也不屈!我死也是为了革命,李英龙,你们给我报仇!"

"不要紧,我们决不会丢下你的!"李英龙紧紧握着他的手。

他们又动身了,但并没有情况,那是我们增援部队过沟来接应了。李英龙和张国强他们替换着背指导员走,后来他们又找到一块木板抬着,出了沟,李英龙发觉他的左膝盖肿疼得更厉害了。

但他并不把它当一回事,他也不觉得困,人在脑子忙着想事情的时候,是不会感觉困的。他们回到根据地里的一个村子,鸡叫二遍了,指导员要喝水,他就去烧开水了。

但指导员不能坐起来喝水。

李英龙想了想,记起了一个好方法,他到外边找到一根麻秸。

"用这个喝吧!躺着喝。"

第二天午间,李英龙找到副指导员,把昨夜有人说要丢下指导员的那回事情汇报给他。"他应该受批评的!"他动了动他的高鼻子说。

(《晋察冀日报》1942年6月12日)

挽歌唱起来吧
——何彬追悼会速写

黄钢

当台上挽歌唱起来的时候，何彬同志的孩子小彬，在别人手里睡觉了。这一岁多的孩子，右臂上□着黑纱，没有听进挽歌，也不知道这里有什么事情在进行。

孩子的母亲许芸同志，右边的头发上加结了淡咖啡色的短绒绳，右臂上也□着黑纱。头发上的短绒绳有一点点抖动了，因为她的面孔抖动了，因为有两滴眼泪流出来了。

不要回忆，共产党员的妻子！不要作哀痛的回忆！

宁可想起些别的事情！

想起那家乡——武汉的街道吧。那街道上现在还留下什么遗迹？好多年以前，不是何彬在那里活动吗？他由他自己出钱翻印过《田中奏折》，他散发着那小册子，一面散发一面解释，他是这样宣传的。过去了，二八战争的那一个严重的时期，武昌街道上的叫卖报纸号外声音，商家们为祝贺上海抵抗的鞭炮的喧腾。何彬长大和成熟起来，在课外读物的训练底下，在自己所组织的秘密群众团体的无数经验里。他带引过我们（你忘记了吗？湖北的学生），他带引我们往建设厅去请愿，还有露天睡在汉阳门江边。他教给我们什么精神?！

不要回忆吧！宁可想起些别的事情。

不必要往他遭难的地方想去，那并没有什么好看的景色。有二十八个特务在一个地方追踪着他，这中间有两个是他中学时候的先生，中学时候的军事训练课教官现在做着特务，要捕捉他从前在操训上见面的学生。

这是为什么呢？这是为什么呢？

不要回忆吧！宁可想起些别的事情。你是到过武昌近郊的农村去过的（呵！假如你到过），你在一九三七—三八年去那里寻找何彬吧，在一片稻田旁边、一些村落里和一些农民中间，何彬和他的同志们在做些什么事情？

你说，这是正大光明的，这是每一个救亡工作者经常的生活。你说，在武昌每一个工厂里，那时候都能够找到何彬的踪迹。你说，在工人们当中建立共产党的支部，这不是很应该的吗？你说，我们自由中国的人民应该有这些权利。

然而不。

这是另外的人们用武器和刑罚这样来回答的。

还是不要回忆吧！宁肯想起些别的事情。再想想何彬的幼年吧。他是地主的儿子——他并没有带共产党员的证明信件走到这世界来的。共产党员有什么罪？地主的儿子何彬，他的祖父爱给他城市里的糖果吃，这吃坏了他的牙齿，却没有混乱他的心。终于他把心交给了穷苦的农人和工人。这有什么罪？这不是很自然的吗？吃糖果的人厌弃这食物了，为了要想大家都有些这一类的好东西吃。

一切与这相反，同志！一切与这相反，同志！

学生到街道上来做什么？市民们到农村里去、到工厂里去做什么？你自己有了甜美的食物还不好吗？还不好吗？

你说："将军先生！我们的想法在最后那一点上与你有一些不同。"

你说："我们不但赞成三民主义，而且在许多地方实行着三民主义……"

你说："这一切都证明了我们没有放弃共产主义，反而是共产主义的最高理想叫我们这样做的……"

你说："共产党员绝对不能在别的任何信仰下面受别人的雇用而

做事。"

于是在黑夜里,何彬同志就因为这样的回答在牢狱里被枪毙了。

于是在我们这追悼会里,只看见他的照相,但没有棺木;于是在我们这追悼会里,它最初的召集人是刽子手和他的绑架的看守者,而不是我们在延安这些发出开会通知来的人。

我们是受攻击的,我们的同志死了。我们是被迫而发言的,我们的喉音里尽是委屈。我们是站在黎明的那一边的,因为全中国人民是站在那一边。

我们同志的妻子许芸还在这里,他们的孩子小彬也还在这里。小彬在人们讲演的时候醒过来了,他睁大了他的无知的眼睛来看这会场。

他的母亲走上讲坛去了。人把小彬抱到远一些的地方去。怕什么?同志!你怕小彬听了他母亲大声讲演吗?不要怕,同志!反正这些革命者的后代人总是要知道的——有一天小彬总会从新在他母亲口里再听到这些话,如同今天在会场上所讲的一模一样,一模一样!

"我是感觉光荣和骄傲的,因为我的丈夫忠实执行了他对党的宣誓……"

"我是感觉光荣和骄傲的——有一天小彬会这样说——父亲是一个忠实的共产党员。"

挽歌唱起来吧!再大声一些,再大声一些!让一切的敌人都听见吧!让他们的耳朵仔细来辨别这到底是给谁唱的挽歌吧!(《解放日报》)

(《晋察冀日报》1942 年 6 月 13 日)

过分乐观和悲观都是不对的

林英

抗战再有两年就可以把鬼子打垮,这一真理是全国老百姓都知道的。可是,却有一部分同胞(主要是敌占区的同胞)对这抗战最后两年,还有两种错误的看法。一种是:每天坐在家里高谈着,抗战再有两年就可以胜利了,咱们立即就要获得解放了。好吧,咱们喝一杯,乐一乐,过去五年简直把人苦坏了。一种是:哎呀,抗战打了五年啦,老百姓已经受不了了,还要两年,这真是活不了。好吧,管他娘,"做一天和尚撞一天钟",有一分钱就花一分钱,没有钱也得卖掉衣服裤子花他一顿,反正就是这样的年头呀。

很明白地,这两种看法都是有害的。前一种看法是属于乐天派,这种乐天派是被快要到来的抗战胜利把脑子弄晕了,这些人好像感觉从现在起便可以待起来花天酒地地大吃大喝,抗日工作也可以马马虎虎地爱干不干。大家都知道,麦子熟了,不去收割,要想使它变成馒头掉到嘴里来,这是不可能的。何况,敌人在临死前还要拼命地挣扎,像猪死前还要大叫一样,而这种挣扎,对我们必然会是最残酷最毒辣的。因此,咱们决不能以为抗战只要两年就胜利,就可以等待。相反地,只有更加百倍地加紧我们的工作和斗争,到处打击敌人,才能保证在两年内一定打垮鬼子。后一种看法,是一种悲观失望的看法,也是不对的。这些人还没有看清抗战胜利的前途,他们认为五年的抗战已经够长时间了,但是,我们平心想一想,五年的时间,我们已经千辛万苦地熬过来了,为什么会熬不过这最后两年呢?!俗语说得好:"天下无难事,只怕有心人。"只要我们有决心干,有百倍的勇气,再加上今天国际上绝对利于咱们的条约,再加上敌伪内部的厌战反战和千万件困难,我们肯定地说:"只要大家咬紧牙关,再作两年的艰苦奋斗,咱们一定会过好日子的!"

总起来说一句,这抗战最后的两年,将是最残酷最艰苦的两年。只要看看这几月来敌人对华北各抗日根据地的"扫荡"情形,便可以得到证明的。那么,在这两年中,我全边区的同胞,尤其是敌占区同胞应该赶快纠正这两种不对的看法,更加坚定地团结起来,和鬼子打到底,才是我们应该走的正路!

(《晋察冀日报》1942年6月23日,《老百姓》副刊第106期)

"矢"呵！向偏见射吧！

见

偏见是可怕的——即使是真理，有时也会被淹没在偏见里。

偏见者大致先不听你说的是什么，只要你嘴巴一动，没说上两句，他就在心里下结论了："你还会说出什么好东西来呢！……"于是他轻轻地微笑着（这是一种害人的嘲笑），头昂扬着。

譬如：有一首×××的诗，偏见者甚至连诗读都不读一下（遑论调查研究），当他一看见那诗的样儿与他所欢喜的诗的样儿不类似、不同，他就在心里下结论（有时竟公开高谈阔论）："这不会是什么好诗。"关于偏见所造成的可悲的、可恶的例子真是太多了。一次，我读了一篇作品，这是我多少带着偏见的心理读完的，我没有从那作品里发现到好处。不久以后，我极诚恳地下决心地把那篇作品再读了一次，我立刻发现了它的好处，而且有不少好处。

我想：我们应该反省吧，在我们的生活史、工作史上有没有偏见的踪迹呢？

我想：我们——时代的使徒们，应该向偏见作决斗，作最后的决斗呵！

自然，偏见是有来由的，偏见是这么可怕，而又曾经是好像不可免的事。这首先由于人认识真理、把握真理的程度不同，而又由于我们虽被称为大众的服务者，实际上我们的灵魂还未锻炼成大众的灵魂。我们的胸口、眼光常常只注视着片面，只注视着我们所接近的事物，于是凡与我们的习性不惯的东西，就容易被我们摒弃之。社会上，一样东西，他欢喜，而我不欢喜。我们个人的爱恶几乎成为"评论之尺"了。有一句很有名的名话"我不欢喜这个"，就流行于我们中间。

人，总离不开主观。但要这主观之不成为主观主义，不成为自由主义、宗派主义的堡垒的大石块，就得将个人的主观溶化为社会的主观——使个人的主观和客观事物发展的规律调和起来，而且要前者服从于后者。我们试回忆许多民众的代表者们的世界观，哪一个主观不是千万人的主观的结合体呢？

年轻的射手们，我们是爱好进步的！"过去并未过去"，我们要用新的"矢"（这是伟大的共产党人所指示给我们的"矢"，希望又不要取起偏见的"矢"）来射击，将射击的新胜利来洗刷着过去，开拓着未来。

六月八日

（《晋察冀日报》1942年6月24日，《晋察冀艺术》副刊第41期）

百发百中的炮手们

——九颗炮弹，打垮了两个堡垒

周培林　荆坡

五月二十一日的夜晚，我们的队伍，像风一样迅疾地挺进到罗村据点附近。

二十三日下午一点钟，队伍提前吃了晚饭，在炽烈的阳光下，兴奋而英勇地向罗村前进。天气真热啊！每人的身上都流泻着汗水，口里干得发火。

到达目的地了。队伍隐蔽地伏在山岗棱线的后面，窥探着那村边上的两座大堡垒，里面的敌人还在趾高气扬地摇晃着——他们连做梦也不曾想到我们摧毁堡垒的利器——大炮，已经妥善地架在山岗的鞍部了呢！

在晚霞辉映里，炮兵们紧张地进行各自的工作——瞄准，构筑掩体，拿炮弹。大家都以低下的姿势，在山坡上下来回地奔跑着。在这紧张的状态下，人们很清晰地记起了政委在出发前所讲的话："为了配合冀中弟兄们的反'扫荡'，我们来攻击敌人的据点！……同志们，不要忘记了一九四二年提高炮兵技术的号召——五发炮弹要命中，十发炮弹准要打垮一个堡垒……"

看吧！我们这次一定要创造更优秀的成绩哩！炮手们心里都这样想。

"叭！"平静的空气里，突然传来了清脆的枪声——步兵已接上火了，双方的机枪激烈地争吵起来。测量班把距离测量好，副连长亲自下手，把目标精确地瞄准。

"咚！"阵地里响起了第一声炮，□星□目的火光，在堡垒的最下层一闪□□一团浓密的爆烟，慢慢地升腾起来了。

电铃响了，说那堡垒的最下层是实的，打不进去。

"瞄高一点儿！"炮兵指挥在命令着。

两颗炮弹，几乎同时地飞了出去，也就在相隔极短的时间内，落在堡垒的中层了——两颗炮弹合力地凿了一个大洞。

敌人慌乱了，用机枪和掷弹筒拼命地向我们阵地射击，但炮手们以沉着刚毅的姿态，在修正着瞄准器，使它更准确。

"咚……咚……咚……"当第六发炮弹在堡垒跟前爆裂的时候，里面的机枪、掷弹筒，都一齐停止了射击，堡垒像死去了的巨兽似的颓然地倒在浓密的炮烟里了。十几个敌人和它一起遭受了毁灭的命运。

"打得好！"×团长兴奋地喝着彩。四周的掌声也雷动起来了——从步兵指战员到老百姓都一致欢呼跳跃。

×政委走了过来："打第二个……第二个更好打——绝对不要浪费一颗炮弹……"

"咚！"第七发炮弹，像一只机灵的小鸟一样地从堡垒的炮眼里钻了进去。

"你看，咱们的炮兵真有眼啊！"大家禁不住欢呼起来。第八、第九发炮弹也都紧接着飞出，在堡垒的炮眼附近炸裂了。里面的敌人呢，他们的遭遇是和第一个堡垒的没有两样啊！

队伍开始向敌冲锋了，雄壮的杀声和稠密的机枪声、手榴弹声，混合成奇异的交响。

当我们炮兵任务已经完成的时候，大炮又敏捷地爬上了骡子的脊背。

"过去十五发炮弹才能解决一个堡垒，上级号召还是十发消灭一个堡垒，而我们今天，才九发，就打垮了两个堡垒！这真是空前的成绩哩!"

"可不是,就拿敌人以新式的完备的观测器材,还不能每发必中吧!"

在路途上,人们兴高采烈地在闲谈着。

(《晋察冀日报》1942年6月26日,《子弟兵》副刊第35期)

"练习"

——敌人暴行的一断片

□血

灵寿城内敌人训练着三十几个娃娃兵,老百姓叫他们"新鬼子",或"小鬼子",因为又瘦又小,所以整天想家,当然更不会打仗。这使得一个叫作广田的队长很纳闷,特别是纳闷他们的不会与不敢杀人。

"我进中国以来,已杀人三千多了,你们……"他一面夸耀自己,一面训斥娃娃兵。

这一天,广田队长忽地将整日纳闷着的问题想出了一个好的办法:要娃娃兵"练习"杀人。

于是便拿东城南村的八个老百姓来"练习"了。

"练习"是在南门外的沙滩上,广田队长先做个样子让大家看。这杀人的老把势,拿着刺刀,一下子刺进了一个人的胸膛,人翻身躺下,血喷出来,死了……

广田队长笑着,让娃娃兵们刺第二个人,娃娃兵们的头有朝下的,有转向另一边的。的确,他们没有敢看广田队长刚才的动作,他们愣住了。

"去!"广田队长指着,于是第一个娃娃兵托着枪,看着枪上的刺刀,踌躇一下,走向前去,两手颤抖着向第二个人身上一穿,人大叫了一声,跳了两跳,这个娃娃兵丢下枪,回头就跑。这当然触怒了"练习"的指挥——广田队长,没有武器的老百姓俘虏大喊一声就能将"皇军"吓跑吗?!"站住!"

娃娃兵面色苍白地转了回来,到躺着的人旁边,闭着眼睛,咬着牙，猛地拿住枪，一下子把刺刀抽了回来。以后一个个的娃娃兵"练习"着杀，我们的同胞呢？广田队长说"练习"着死。八个人死完了，还有的娃娃兵没有"练习"，于是在死人身上再"练习"。

因为是"练习"，当然用不着再捏造罪状张贴布告。

这是第一次的"练习"，第二次"练习"便是众人痛恨的城东大屠杀。

现在娃娃兵调走了，又来了三十几个，因为不是纯粹的东洋货，于是"皇军"下令又要"练习"，"练习"东洋话，被抓去当伪军的，在大街上一律不许说中国话，敌人认为这个掩护兵力不足的办法似乎很巧妙。

一天，在纸烟摊上出现着一个穿军装的兵。他看见纸烟，又东张西望的，刚要说话，东边走来了一个"皇军"。

他张着嘴没说出话来。

一忽儿"大——把沟的！"他不熟练地说了这一句，看看"皇军"过去了：

"娘的！烟！多少钱？咱中国人，不会说东洋话。"他擦着头上急出来的大汗，拿着烟去了。

(《晋察冀日报》1942 年 6 月 27 日)

再　生
——从茂田江纯同志看在华日人共产主义者同盟

莫艾

【新华社延安二十六日电】汗珠像雨水一般从茂田江纯同志的两颊旁边不住地流下来，但他好像没有这回事似的，还是把吃奶的力气都用在向上伸着的那只斜着的右拳上，在日本同志面前、在中国同志面前、在朱总司令面前，嘴里沉重地念着："当我加入在华日人共产主义者同盟时……"每一个字的声音如蚕豆大的冰雹落在静静作响的石板上。

在马、恩、列、斯和毛泽东、片山潜的巨像底下，这里已没有种族的界限，都是为了同一目的而奋斗的同志。他像在座所有的同志一样，全身的筋络都兴奋得抖起来了。

从即将毁灭的法西斯军队跳到了这全世界劳苦人民大众的阵线里来，谁会不是这样兴奋的呢！在两年前，一九四〇年七月，他像一条被豢养的犬马一样，行军在山西的兴县，他的上司——万恶的日本军阀，不管他的脚跑烂了，快不起来，劈头就两下耳光，左颊右颊，马上各各泛出了五条指杠……难道这就是因为"圣战"的缘故所赏给的吗?!一九四〇年一月以前，每天十小时都伏在账桌上，在军火老板那双凶眼督视下的他，手乱眼花地不停地算着阿拉伯的数字，气都不敢透出一口。不过是为了一个月六十块钱薪俸的缘故，一个人在另一个人的面前应该是这样的吗？

所有这些问题，在两年以前虽然使他苦闷过，但他不过是一个不可解释的谜罢了。他那时正在东京一家军火工厂里做工，由于战争扩大、兵源困难的原因，虽然他还是一个技术人才，同时也没有受过军事训练，但为了救急，谁也分说不得，终于被牵到中国战场上来了。

"华北已经明朗化了。"茂田江纯在出征之前对他的母亲说，"妈妈，你为什么舍不得儿子，长官说得好，这一次到中国去，正是官费旅行哩！"那时，他像已经梦到了天堂似的。"小学课本上不是就说过吗？中国是一个最美的地方呀！"到华北去，不要打仗，只是做些肃清"残匪"的工作，这个机会不是太美了吗？

跳上火车的时候，在东京市政府做小职员的哥哥夹在人群中，挂着眼泪，踉踉跄跄地跑来送行，偷偷地背着人再三叮嘱他道："勋章不足奇，只愿见弟回。"这些对于"武士道"的"渎言"，像冷水泼在他的头上，多么扫兴呵。他眨了眨眼睛，眉头一竖，拿出手帕向他哥哥面上一挥，在"呜呜"哀号的汽笛声中，东京离开他渐远了。

"呀！美丽为什么是一片焦土？"他在太原琨川训练的时候，在村子上到处见到的是败垣颓瓦，而弟兄们谁都像疯狂了似的整天价地哭笑无常。在茂田江纯最觉得奇怪的是既然中国是乐园，为什么弟兄们要自杀？为什么有些弟兄出去了就不见回来？尤其是那他最恨得牙发痒的每天酗酒打人、叫他取饭奉侍的老兵，要警告他："别一个人向外跑，当心'支那兵'，八路军共产党要杀头呀！"

"杀头呀，多可怕呀！"那些老兵故意用手劈他的颈子，这恶相更使他对于美丽的中国渐渐地不像来时那样兴奋了。他才是一个二十二岁的孩子，但在他开始了解到战争的可怕，尤其痛恨那些酗酒打人、专打初年兵的老兵。"要不是为了'天皇'的缘故，妈妈的真要和他拼一拼呢！"提到"天皇"使他想起了书本上的"光荣"的"武士道"，而自己就是"光荣的武士"，"不要辱没了道呀"，于是又自觉地胆壮起来了。

只受了三个月营地训练的茂田江纯，在他第一次的战斗中，在兴县和蔚汾河之间，他的所属部队越生（九旅）上部三十八大队被冲散了，当他退到某个村庄上的时候，在他几十米达的周围有人在向他用日语喊话："日本弟兄，放下枪来不杀你们。"

"不要上当让他们的杀头。"他一面自言自语地说，一面扳枪向着人声响处打去，可是喊声越来越多，但并没有回他一颗子弹，他不禁迟疑起来了，难道有这样讲义气的军队吗？再把眼前一看，八路军第一次出现在他的面前了，恶狠狠地向他们望了一望，觉得并不像理想中的可怕，而且不像有杀害自己的模样。"死到临头百思起"，母亲的眼泪、哥哥的赠言、老兵的残暴，飞快地交织在他的脑子里了。"圣战"第一次在他面前打着问号，现实的死的问题，又逼到面前，正要自杀的时候，八路军已和善地到了他的面前了。"人生不会有第二次活，试一试吧。"索性把枪一扔，自己闭着眼睛躺在地下了。

一九四〇年七月，茂田江纯在兴县被俘，经过了半月，他到了延安了。在前方也好，在途中也好，到了延安也好，他总装着疯，见人就骂，甚至做出许多恶作剧的事情，越是八路军优待他，尊重他的人格，便以为八路军另有用意，食物也不大吃，人们劝他散步也不……差不多整天地躺在床上，在歌唱东京的小调，等待迟早总要到来的死。他认为被俘即是一生完了，是"天皇"臣民所不能忍受的羞辱，而且俘虏他的竟是这样衣装褴褛、食物恶劣的"共产军"……这是一件耻辱中之耻辱。无论怎样放任他自由，他总觉得这是"共产军"想害他的毒计，他是绝对不相信被俘虏之后不被杀头的。但是，一月、二月、三月之后，八路军优待他的情形始终一样，毫无把他当俘虏看待的意思。一九四〇年十一月三日"明治节"，龙泽三郎、大谷正等六人向东遥拜，大呼"天皇陛下万岁"的笑话播出之后，他原来以为这六个人要免不了杀头的，但结果丝毫是没有人来干涉他们。

"怎样，八路军究竟是什么军队，难道真不杀我们吗？"在留延日本弟兄遇机解释底下，"武士道精神"教育着的顽固心理渐渐打破了。

茂田江纯是日本工农学校的学员了，那里有自己的组织（同盟会），什么事都可以自己去做，"中国人是不来干涉的"。开学的那天，几千的中国人为着他们学校的成立致以热烈的祝贺，这是他所梦想不到的。虽然是异国，为什么比本国人还要亲昵呢？

"哦！原来除了民族国家狭义的界限以外，世界上还有更伟大的'阶级'两字的存在。"在学校里，他从许多政治经济的书籍中，从教师们的讲解中和现实时事发展规律的铁的明证，他接受了历史唯物论和唯物辩证法，他像所有的同学一样，共产主义宣传的威力和中共对俘虏的正确政策，在短短的时期中使得他们的人生观与世界观发生了根本的革命的变化。"天皇""武士道"以及"一个月六十元薪水""粗衣恶食打胜仗的八路军"……这些谜都解下了。

马克思的理论不是教条，而是行动的指南，茂田江纯以及和他一样的同志们，在马列主义以及当前的伟大事实的昭示下，更进一步地告诉了他们："既然看清了自己要走的道路，行动起来吧。"而现有的反战同盟，是要进一步地给日本人民大众自己谋福利的还是不够的，在森健等三同志计议下，茂田江纯同志立时响应，并共同具体地拟定了要建立"在华日本共产主义者同盟"宣言，为打倒日本"天皇"制度与资本主义的剥削制度，解放日本劳动大众而斗争！

在延安短短的两年里，他们已坚决地把枪弹发射的方向朝向曾经奉若神明的日本"天皇"和日本"将军"中了。

茂田江纯同志说："我是作为一个无产阶级战士而再生了，新的生活给我以从所未有的勇气，那么，谁将没落而衰亡呢？！"

（《晋察冀日报》1942年6月30日）

华北联大三年的回顾与展望

成仿吾

整整三年前，在延安各界热烈纪念七月节的当中，华北联大的几个组成部分陆续集结了。匆忙地完成了出发准备之后，我们一直地向东、向东，渡过了黄河，突破了同蒲路以及其他的一些封锁线，在陈庄歼灭战的庆祝声中，我们到达了我们的新的阵地——晋察冀边区。

三年中，由于边区各界的帮助，由于中共中央北方分局的直接领导，由于全校教职学员的一致努力，我们在这个敌后的新的阵地也收到了不少的成绩。三千多同学经过训练，在政治知识与工作能力上一般地都提高了，部分地解决了边区干部缺乏的困难。对边区的文化教育建设有了一些帮助与推动。学校为自己也培养了六十多个新教员，编印了一些教材，壮大了自己，也多少提高了自己。

但是工作中的缺点是很多的。在半年来整顿三风的工作检查中，全校教职学员热烈地检讨了学校各方面的工作，揭发了工作中的各种缺点与错误。主观主义、宗派主义与党八股都是有的。而教学工作中的教条主义是普遍严重的现象。我们的教育基本上是新民主主义的。但是还没有能够全面一贯地贯彻党的路线。我们虽然尽了很大的力量，但是如果从理论与实际、所学与所用一致这教育原理来看，从我们的教育目的来看，我们却没有完成应有的任务。

现在我们正在继续学习二十二个文件，还要更深入地检查我们的工作，求得彻底改进我们各方面的工作。这次检查出来的优点与缺点，我们已经□□它们作出一些新的决定，来开始改造我们的工作。

今后华北联大的教学期间将要一般地延长到一年以上至两年。入学程度也要提高，一定要适合于各院各系的规定，这样来保证联大进一步的正规化。课程方面，专门课增加，政治课将要相对地减少。一切教学工作要更多地依靠于两方面：一方面，教员对同学的了解、关心、帮助与模范作用；另一方面，同学的更高的积极性与创造性。

经过了这次的初步的工作检查以后，华北联大将要更加发扬优点，逐渐地肃清三股歪风及其他的缺点，向着新民主主义大学□□□地迈进。华北联大成立于抗战二周年，与抗战息息相关，随着抗战的进步而进步。无疑地，华北联大将在抗战建国的伟大事业中贡献自己的一份力量。我们希望边区各界继续给我们以各种的帮助，来补救我们的不足。

在学校三周年的今天，我们对于散在各方的一切校友们有如下的希望：

一、希望你们根据整顿三风的精神，彻底纠正工作作风与思想方法上的不正的东西；特别要更虚心，不要自高自大。

二、希望你们根据亲身的经验，对学校各方面的工作提供意见，使我们检查工作的材料更加丰富。

黑暗快被消灭了，把文化的烈火更壮健地燃烧起来！

(《晋察冀日报》1942年7月4日)

记 突 围

洛灏

一九四二年四、五二月，抗敌剧社深入×地敌占区进行艺术宣传活动，在崞县×××，其第一队不慎遭敌袭击，方璧同志即在此战斗中殉难，胡朋等同志负伤。这里只记下突围的经过。那是四月十六的下午，我们遭受了敌人的袭击。

稠密的火力封锁着×××，枪弹急速地从脚跟擦过，一出村，敌人只离我们一百多米达了。

一共十三个，上午还完成支持了二个钟头的宣传活动，知道敌人痛妒我们，打算吃了晚饭就回定襄去。

穿过土墙，枪弹从胡朋的脚跟打进脚背飞出来，她敏捷地用土用裹腿绑住了伤口，而她还镇静地说：

"不要管我，我可以走。"

一个两丈多高的断绝地，横在我们前面，我们不知是在一种怎么样的情形下跳下去的。

接着，我们又翻上一个土坡，敌人跟踪追赶我们，立刻前面的高地又被封锁了，二个战士抢上去，倒了一个。于是，在坡的低洼处，我们都利用了地形隐蔽起来。

当我身上感到凉的时候，似乎才发现自己的衣服都被汗水浸透了，我看看大家的脸，有的白得厉害，有的又红得很。

一种犹如破竹的声音，"抓活的呵，抓活的"。几个穿短衣带东北口音的伪军，在断绝地那面乱吠。我们最小的一个十五岁的同志，一面在烧着自己的日记，一面咬着牙咬他，二只大眼睛在被泥土淹没了的脸上发愣。

我探视周围的同志，我看见我们身边只有一根大枪和二个手榴弹了。我们静默得谁也不说话，但我们的意志是完全一致的。我们都知道万一用完这些武器应该是我们勇敢的时候了。这样，我们的心倒比刚出村那时候又安定得多了。这时候，好几个人忘了嘴上的土而吃起梨来，而有的在挖土埋自己的文件、笔记本……

轻机枪、步枪，打得周围的尘土乱飞，有的地方上被打得如同蜂巢。

当突然发现敌人离我们只有十几步的时候，我的汗毛都竖起来了。人混乱地向机枪封锁的那个地方扑过去。

一个、二个，安然地冲过去了。

机枪，"嗒嗒、嗒嗒嗒、嗒嗒……"

呵，不知是哪一个中了枪弹，不幸地滚下山坡去了……

我通过机枪阵地的时候，敌人离我更近了。

"又是个断绝地！下不去。"

"往下跳！"

"往下跳！！"

"只有往下跳！！！"

不知是谁在说，不知是最勇敢，不知是谁第一个往下跳……

"抓活的呵，抓活的。"东北口音更近了，就像在耳边一样……

醒来，已经是一片暮色了。

等我发现半个身体还躺在别人身上的时候，我一望四周都是陡峭的五六丈高的土崖，于是我才想起枪声、突围、跳崖、东北口音……我宛如做了一场大梦。

我们炊事员杨正文身上还压了三个人，他第一个从崖上跳下来。

我看见杜锋，他好像死去一样地躺在地上。

袁鹏程的腰也直不起来了，他身上也压了人，张友的脚背肿了一倍。

我们的同志在崖顶招呼我们的时候，杜锋才醒过来，我不敢凝视他那血肿的头部，我惊讶地看见杜锋身下还压着那支捷克步枪……

在一个土洞里，找到了胡朋，胡朋手指还扣着手榴弹的拉火线，她一看见我们，几乎忘记了枪伤想站起来。

郭低沉地告诉我说：

"方璧死了。"

我们像淋在涌沱的雷雨里，肌肤都收缩起来……

我们看见方璧倒在一个斜坡下，额、腹部枪口约有六七处，头发披散了，血、泥，淹没了她全身……

一个老乡说："上午我还见她演戏，演得可真……怎么……"

方璧死了，老乡和战士都陪着我们落泪……

在春天、在梨花树下、在我们心里，用我们自己的手亲自埋葬了我们亲爱的、热情的、沉静的、倔强的同志——方璧。

敌人用四百多兵力袭击我们，他们打算是打个歼灭战的，而他们只打死了我们的方璧，而敌人的警备队长和十几个"皇军"，不是也给我们定襄基干队的一个排打死的吗？

方璧死了，方璧是勇敢战死的！

我们都懂得怎样来处理自己！

（《晋察冀日报》1942年7月12日）

咱们都来批评落后的村干部

新星

咱们实行民主选举村干部，是要他替咱们老百姓办抗日工作，真正来谋利益的。如果有个别的干部办事不积极、不认真、不公平、有私心，那咱们就应该善意地批评他，指出他的缺点来，帮助他进步；如果这样的人一次两次还改不过来，甚至越变越坏了，假一些什么名义，欺骗和压迫老百姓，那咱们就要更加严厉地批评他，必要的时候，还应该大胆地请求代表会罢免这样的落后分子。为什么要这样呢？因为干部像房子的□梁，他不沾，村里的工作便要受很大的影响，咱们的利益就要受影响。但是说实话，这些人的确还是村里比较有见识比较有能力的人。因此，只要他们不是存心来破坏工作，咱们还是应该耐心些，好好地批评他们，帮助他们进步，让咱们的抗日工作好起来！

（《晋察冀日报》1942年7月14日，《老百姓》副刊第108期）

献给何云同志

一石

一九三八年冬季，一天深夜里，一支小小的队伍集合在西安车站上，准备东进，渡过黄河，深入到□□去。

当时，正是广州武□甫失守，敌人回师北向，华北战局走上"扫荡"与反"扫荡"的第一步。在文化战线上作配合，"坚持华北抗战！"——这就是这支小队伍中的每一个人所怀抱着□共同目的。

这支小队伍的组成：一个年轻的编辑部，一队青年记者，一群健强的工人，十几箱的机器和书籍，他们所扶持的旗帜是《新华日报》(华北版)。站在这支队伍前面的，是一个身材瘦削面上时时浮着压抑的微笑的青年人，这就是何云同志。

夜风挟着沙土袭击屋瓦，电线在寒空中作凄厉的哀吟，把纷乱黑暗的西安留在身后，我们怀抱满腔汹涌，昂扬兴奋的热情，随着车轮开动前进了。啊，何云同志！在日后艰苦的日子里曾多少次我们对这个创业开端的场景深情地追怀！今天，你的容音笑貌犹清晰地浮现在我的记忆里，数年来我们共同踏过的艰难道路犹历历在目，但传来消息，你竟已战死了！

车抵华阴时，潼关已不通车，便雇用牛车载负着我们的机器工具前进。入夜达潼关西门，大炮震响起来，敌人开始对潼关作这一天中最激烈的轰击，并传说当夜敌人企图抢渡风陵渡。在炮火下，我们的队伍通过潼关城的大街前进。潼关已经是一片废墟了，夜月照着残瓦颓垣，我们是被包围在死寂与凄凉的景象中，偶然见到的只有一二只饿狗在一些残破的小巷子中□巡。我们鼓舞着年青的勇气，前进呀，前进在一座死城中。突然一颗炮弹在我们身后爆炸开来，我们最后面的一辆牛车被摧毁了。帮助着车夫把残剩的器物移到其他的牛车上，我们继续前进。到达东门了，一个战士在寒风中呛咳着，他睁着惊奇的大眼，问我们是干什么的。东门高距在黄河岸上，俯瞰着下面一片苍茫的冰色。"潼关千古险，多少英雄泪！"事后我们曾多少次反复咏唱过这诗句。出东门，急阪直下，车声"隆隆"如雷，炮声已全听不见。在月黑中，回首潼关城，只看到一阵阵无声的炮火从地上飞起，正如投巨石在熔铁池中飞溅起的通红的溶液。——突过了，突过了！我们《新华日报》（华北版）突过了敌人所加给它的第一次危难。

此后，我们是翻越了王屋山的长坡险道。千重山，万重山！我们的队伍和机器迈着沉重的步伐在艰难的山道上行进。有时上行一道山坡，需要半天的时间，下行一道山坡，又需要半天的时间，正如李白诗所描写的："三朝共三暮，鬓发尽成丝。"有时，山阴的下坡路，全部为冰雪所封住，滑不堪行。多少次飞奔的车轮带着驾马向岩石撞去。农夫抚摸着已死的良马悲泣，犹如自己的生命，我们则捡拾着散失的字模和机件，亦如自己的生命。——终于，艰险的山道也为我们所跨过了！

在短促几天的突击筹备中，我们争取了红墨印的第一张《新华日报》（华北版），于一九三九年的元旦日，在千千万万的大会群众间飞扬着、传递着，以喜笑的颜面阅读着。

漳河啊，漳河啊！你还记否？在初春的一天傍晚，两个青年人沿着你的岸畔并行。初春的暖气尚未能消解你全身的冰串，夜寒降来的时候，你又发出冰结的脆裂声，像在作那两个青年人的话声的伴奏。

就在这一天，我随军东征。从此我们有一段长时间的别离，我出东阳关，从岳飞的诞生地——汤阴，越过平汉线，经过黄河所淹没过的沙梁和枣林，在鲁西郓城梁山的周近，我参加了远征军的□□次胜利，后又跨过东平湖，从泰山脚下通过津浦线，翻越沂蒙山区的高岭，直达距海滨百里的地区。到一九三九年冬天，我重返旧道，过滏阳河，从摩天岭冰滑的险道再投入太行山的怀抱时，我们重又相见了。

和我最后作别的，那个武军山下的小小的村庄，那一片为白雪所覆压着的松树林，那些朴直的农民，那一群唱着优美的山歌的孩子，和那一个年轻的编辑部，那一群健壮的工人们，让我向你们致最亲挚的怀念与祝福吧！

那个十八岁的优秀的汾阳青年人，我更其怀念着你啊！我从山东归来，有一天我曾问过你，你最喜欢的事情是什么，你说你喜欢的事情是和何云同志在一道工作。你告诉过我：在一间大窑洞里，你和何云同志一道在作抄写，作校对，直到深夜里，疲倦和睡眠袭来，再也不能支持下去的时候，你俩一个靠□在圈椅上，一个伏首在桌子上就睡去了。两个人会一下突然醒来，继续工作下去，于是又会在疲倦中就桌椅上睡去。——现在敌人夺去了你亲切的工作伙伴，夺去了你所尊敬的教师，我知道这所给予你的痛苦，是不可计量的。

"《新华日报》（华北版）的长征与冒险啊！"你是带着快乐的奋激一样叫出的。

华北版壮大了！我看到一些不认识的新人，看到一些新的建设。在连着的热情的几昼夜中，你述说了你们在□期间的创造和斗争：改善了打纸版，发明代用的新材料，创造了油墨的制造法，解决了纸源的困难。在紧张的战斗期间，《新华日报》（华北版）的编辑部和印刷机坚持在前线上工作着，甚至某某友军的司令部曾打电话问过这个报馆来询问的前方的情况。你们曾如何和河水斗争过来的，你更曾详细地讲述了你单人独□遭遇敌人的冒险故事。

"《新华日报》（华北版）就是这样在奋斗着，在十个月中，以将近一千万份的报纸分送到华北人民的手中去！"你以同样奋激的热情这样叫出。

还有那个上海来的产业工人！在战争期间，你负着何云同志给你的使命，向漳河对岸运送机器和铅字，你英勇地督率着一群农民和暴涨的河水斗争。但是到后来在你见到何云同志的时候，你是最痛心地号哭了的，原因是河水终于吞走了你两箱铅字。那时你曾得到过何云同志的亲切的安慰。现在你所失掉的是你最亲密的兄弟和朋友，那么你向谁痛哭呢？痛哭也不会给予你心灵上的安慰吧！

在我的窗外，暴风雨在旋卷着，在震撼着。南北太行山的文化战友们的悲痛与愤怒，正蕴积着像这暴风雨同样的力量。何云同志，你安息吧！在战斗的道路上让一块里程碑竖立在你倒下去的地方，我们又将继续前进了。

一九四二年七月十日

（《晋察冀日报》1942年7月15日）

悼包森刘诚光同志

克

冀东分区副司令员包森、政治部主任刘诚光等同志,在今春冀东的反"扫荡"中,英勇地牺牲了。

他们五年来在发展与坚持冀东游击战争中,把冀东将近一半的地区和热南的一部创造成抗日根据地,把敌人深远后方变成我们的最前线——不仅把抗日救国的大旗,高悬于燕山之岭,而且推广到曾经被敌人奴役了十年的热南。

他们曾身经百战,屡挫强敌,屡建奇功,粉碎了敌人在冀东的屡次大"扫荡",俘虏了敌国皇室贵胄的赤木大佐。五年来他们没有一天不是处在频繁紧张的战斗中,历尽艰险,备尝苦辛,他们曾经取得伟大的成功,也曾遭受不少的挫折和困难。然而他们没有因为有成功而骄傲,也没有因为长期紧张而感到疲倦,更没有因为受到挫折而灰心失望。反之,却能愈挫愈奋,再接再厉,一直战斗到他们力所能及的最后的一秒钟!

他们都是苏维埃时代的老战士,包森同志曾参加过内战时的渭华暴动,曾尝过三年的铁窗生涯,他不仅是战场上冲锋的好指挥员,而且也善于团结各阶层人士和自己一道同敌人斗争。刘诚光同志以童年而参加苏维埃战争,是雪山草地的开拓者,是万里长征的英雄。他在参加红军前,虽然文化很低(只读过两年小学),然而由于多年来的自强不息,不断地提高自己、改造自己,四年以前,就能阅读列宁主义,能作党的建设的提纲了。他的特长是爱钻爱问、工作踏实、学习努力,他已经知识分子化,已经成了一个优秀的布尔什维克,在冀东的坚持中,显示了他优秀的政治品质。

今天，我们来纪念这两个冀东战场上的开拓者，纪念这两个百战英雄，我们痛悼□□□永远离开我们，痛惜我军特别□冀东的大损失，痛惜中华民族的不可补偿的损失。我们要学习他们的临大敌而不惧，学习他们长期工作而不感到疲倦，完成他们的未竟之业，踏着他们的血路而继续前进。

(《晋察冀日报》1942 年 7 月 15 日)

十二头骡马
——一个漂亮的伏击战速写

胡泽民

这是五月十五号的晚上。

一个老乡汗流满面地飞快地跑来，喘着急促的气，伸着大拇指，跳跃着像炒豆似的一个字一个字地从嘴里迸出来："同志们，可好了，昨天敌人从易县到金坡有一百辆大车送给养，大概明天就要退回，你们不打吗？"在他还未等到我们的答复，就又紧接着用充满诱惑与鼓励的语气说："这可是便宜事，这可是好买卖啊！"

便衣队长赵光明同志——黑大个，体育健将，从前是一连连长，他一贯地爱打仗——听说以后，可乐极了，立刻跑去报告主任。足智多谋的×主任当下就如此这般地告诉了他们战斗部署，赵光明同志和侦察连长陈万品同志，带领了四个班，乘着徐徐的微风，借着朦胧的月色，跳也似的一口气奔到大小龙华间的游击区。东面山坡上放了一个班，警戒大圈的敌人；西面山上，放了一个班警戒金坡的敌人；其余两个班，秘密地埋伏在隐蔽地。当布置妥善的时候，天已大明了。

一直到十二点钟的时候，果然远远地望见三十多个鬼子押着一百多辆大车摇摇晃晃地走来了。大家都屏住了气，一声不响，看看他们走进了我们的伏击圈，赵光明同志用鹰似的尖锐的眼睛，看得清清楚楚了，于是，他响亮地喷出一个钢铁样的字——打！

子弹"噼里啪啦"地乱叫着，蝗虫一样地向敌人飞去。鬼子被吓昏了，把大车一丢，四散逃命，像草鸡一样钻在麦地里发着抖！

大车这时都各奔东西，一溜烟地跑了。

大圈的敌人听到了这个消息，赶紧派了二十多名骑兵来增援，我们神勇的机枪射手——刘玉堂同志，迎头就是一梭子，把鬼子打得翻身落马——那马也不顾主人了，从鬼子身上乱跳乱蹦地狂奔开了。鬼子弄得遍体伤痕，咬紧牙，忍着痛，逃窜回去了。

这时，看守大小龙华间堡垒的十多个伪军，如临大敌，战战兢兢地吓得呆了，瞪着大眼，互相凝视，只是颤抖地祈祷似的说："八路军可别打我们，咱们都是中国人呵……"

天将正午，我们牵了十二头骡马，喜气洋洋地走向原来的防地。

几天以后得到分区首长一封慰问信和三百六十元奖金。

(《晋察冀日报》1942年7月17日)

鼓一把劲熬过最后两年

林英

咱们抗战六个年头了,啥苦头都尝过,啥困难都被熬过来了,现在离最后胜利也只二年了,说起来,这真是一件值得高兴的事。但是咱们还不能太高兴,正像中共中央《七七宣言》中说的:"路虽则短,却尚有极大的困难。"咱们还得鼓一把劲,熬过最后困难的两年;要不,这六年的苦头,都会是白熬的。咱们怎样才能熬过这最后的两年呢?要熬过它,办法很多,但最重要的,第一件还是要壮大八路军、边区子弟兵。眼下,全国正在积极准备战略的大反攻,咱们边区八路军正是先头部队。不用说,先头部队是极重要的,他越强壮那咱们反攻胜利就越有把握。在敌人那方面,他也明知道自己命根子活不长了,他就一定要比过去更加残暴更加疯狂地来进攻咱们,挣扎一下这最后的命运的。因此,咱们又得花很大的力量,来打击敌人这最后的企图,保住咱们的边区。

第二件,就是努力生产。这件事情提得很久了,虽然收到了很多的成绩,但是还不够,特别是今天敌人对咱们死劲封锁,一切东西都要咱们自力更生。因此,今后咱们一方面要比过去更努力地生产,多种粮食,有饭吃,什么都好干,利用一切空闲时间进行副业生产,解决咱们日用品的需要。另一方面,咱们每一个老百姓就应该实行最低限度的节约,坚决反对过去那些腐化浪费的现象;同时,咱们更应该反对眼下敌人拔庄稼,反对敌人抢粮食,拒绝和反对敌人的各种勒索。

这些,就是摆在咱们边区老百姓面前最重要的事,也就是咱们熬过最后两年头两件应该做的事。

(《晋察冀日报》1942年7月21日,《老百姓》副刊第109期)

记六战士

老荀

五月八日"扫荡"冀中的敌人以众多的兵力合击我宿营在定南王莽村的少数部队。我部队巧妙地转移了，但由于通讯员的错误，把警戒班里的六个人忘掉撤了。

剧烈的战斗已经逐渐静寂，大街上也没有声响了。郑福元去街上看了看，连忙缩回来，说："不行，敌人进了街啦，满街都是光膀子的棒子队。"张俊琴和张耀宗不信，分头去侦察，可是等了好久，不见回来。

怎么办呢？两个孩子——刘小青和陆运东着急了，大家商量了一下，说："撤吧！"于是，四个人撤了。

在找出口转移的时候，碰上了两个姓张的。冲了五个街口，都给枪子堵回来。但终究从西北口撤出来了，那里没有敌人。

奔跑着，跑到西里村南河滩里的柳树行里，大家都跑不动了。柳树行密密的，二十米内看不见人。大家休息下来，商量着办法。张俊琴说："四面都有敌人，我看得待到晚上才能转移哟！"

在树林里待了一点钟，焦急着。

发现东面有人讲话，大家趴下了。那是陈庄的敌人，路过这里。敌人大队已经过去了，没有被发现。但却给一个走在后边的汉奸看到了，嚷起来："喂喂！这儿还有几个八路军啦。"

一个日军喊："啊哈，大大的啊！"

六个人赶紧跳起来就跑，敌人跟后就追。

一个汉奸喊："头里截住，跑不了了，缴枪吧，不杀你们！"但是谁也不睬他。枪子在"嘶嘶"地叫。

被追到西里村西南的河滩，孩子刘小青被机枪打中了腿，但仍是继续奔跑。

剧痛刺着孩子的心，叫了："老乡，跑不了啦！"

张俊琴说："咬着牙还能跑吗？"

"跑了。"孩子咬紧了牙。

张俊琴怀着满腔的仇恨，叫孩子走在前边，自己端起枪放了两响，两个敌人倒下了。

敌人还是追击，不停地跑。风在耳边叫，汗洗着全身，五月的太阳像火一样地毒。

就在最紧张的时刻，那个刚从保卫家乡大队转过来的新战士，十八岁的布尔什维克的陆运东的腰上也中了一枪，只哼了一声，倒下去了。这个孩子是怀着保卫家乡的心而参加部队的，现在，他是对家乡和民族，都尽了他最崇高的责任了。

孩子刘小青哭起来了，是奔跑着流泪的，不是为腿上的痛苦，而是为那么年轻的伙伴的丧失。

五个人的心跳动，五根枪一齐射向敌人，追的人伙里有人喊着妈，倒下去了，孩子的腿没有疼痛，跑得更快。

到了尧村一看，前面就是韩台据点，那里有"膏药旗"，就回向西南跑，快到西牛林了。刘永如的肩上也负了伤，但仍然鼓动大家坚决跑，不当俘虏："记住我们是八路军呀，死也不当俘虏！"他向大家喊。人奔跑着。

西牛林的村北有好些老百姓给敌人逼着在修汽路，有一两个伪军在监督，都惊奇地望着被追者与追者，后边是枪声。

张耀宗假装是伪军，喊着："还不跑，八路军追来了。"老百姓就散乱了。

通过西牛林的时候，又把二十几个车子队引上了，敌人又增加了。五个人的鞋子都给污泥拔掉了,但还是赤着足在地里跑,车子失去了作用。敌人掉在后边,五个人脱险了。

这天,他们从上午九时就与敌人开始作生死的赛跑,到下午二点才结束,连跑了四十多里路。一百多个敌人没能追得上五个,他们胜利了。这不是旁的使他们胜利的,而是八路军的坚决,坚决到底使他们从艰险里跨走过来。

当天晚上,他们又找到了主力。在五月十四日第二次王莽战斗的时候,他们又拿起没有离开过身肩的枪支射杀了敌人,连负伤者也在一起。

(《晋察冀日报》1942年7月28日)

七七抗战五周年感言

松林居士

敌占区士绅松林居士，饱历沧桑，洞察世局，博览群书，经纶满腹，文章练达，老成重望，而关怀祖国，热心抗战，尤可敬也，兹承居士惠赐鸿文诗篇，词严笔健，殊为珍贵，用特逐日刊登本报，以飨读者。

滔滔事变，莽莽潮流。大陆风云，瞬息千变。回忆欧洲大战，始则奥塞构兵，继则俄德开战；英法起于西，日本应于东。中美始调停而讲和，后因潜艇而宣战。一时战云陡起，腥风血雨，弥漫全欧。拼协约国无数之头颅、无量之金钱，莱茵河一战，始得推倒强权，占有最后之胜利。而我以瘠弱之国家，赖友邦之提挈，亦得参与巴黎和会，因以维持现状、巩固主权。以后年年今日，逢公理战胜之纪念日，悬旗结彩，表示庆祝之热忱。尔时我滥竽学界，追随缙绅先生之后，来城庆贺，但见红男绿女、黄童白叟，与莘莘学子，热烈高呼，我不禁感慨系之矣。欧洲闭幕，巴尔干问题，既经解决；世界列强，虎视眈眈、鹰视瞵瞵，正移其视线由近东而及于远东。而太平洋之潮流，遂为全球所注目；中国之安危，又为太平洋安危之导线。我国朝野上下，漠不关心，悠悠忽忽，光阴坐废。试问此数年，我国内政外交上，有何成绩之可言？所难忘者，"清党"而已，兵祸而已，财政空虚、索薪索饷而已。国家当此风雨飘摇之际，正不知前途呈若何现象，有何成绩之可贺哉？当时为军阀时代，只得如金人三缄其口，其实不惟不可贺，而外患潜滋，隐忧方殷，实为可吊矣。日本觊觎中国，垂涎已久。趁中原多事之秋，以迅雷不及掩耳之毒辣手段，突入东北四省。我国军队在不抵抗之下，日人遂得长驱大进，如入无人之境。致一千三百万公里的土地,三千万同胞,已陷入暗无天日之地狱矣。狼子野心,得寸进尺,实现大陆政策,高唱三月亡华。霹雳一声,全球震动,卢沟桥之事又起,连陷天津北平,继陷河南河北。山东山西,相继失守;武汉南京,亦迭告陷落。烽烟万里,所过丘墟。亲爱同胞,任敌屠杀。锦绣城市,任敌蹂躏。比唐之乌啼花落、水绿山青之悲,悲莫悲于此矣;比宋之魂消雪窖、泪洒冰天之痛,痛莫痛于此矣。正是我瞻四方,处处靡所骋。一时新愁旧恨,百感俱臻。自料前途,绝无佳境。人生到此,真生不如死也。后虽参加抗日工作,深恐大势已去,落晖难挽。既得《持久战》一书,细心领会,不觉击节称赏,拍案叫绝。毛公真我国之救星也。中国不亡,赖有此尔。宜乎薄海同钦,万流景仰,谓当代之伟人,谁曰不宜?遂不觉转悲为喜,确□最后胜利,终属于我。我之感想如此。

(《晋察冀日报》1942年7月28日)

纪念"八一"

战士 何□□□

"八一"是我们八路军的生日,我是八路军的一分子,过"八一"我就像过我自己的生日一样。我有许多的话要说又不会说,又不会写,我只好宣誓:

我坚决坚持边区抗战到赶走日寇出中国,永远保护边区老幼同胞。

我什么样的困难困苦都不怕,红军时候同志能吃什么苦,我也能吃什么苦。红军时候吃不到的苦,我也能吃。发扬艰苦奋斗的精神。

我是把老百姓的利益看成是自己的利益一样,我的利益和老百姓的利益在一起,所以我参加子弟兵,为老百姓打鬼子,为老百姓种地收庄稼,为老百姓做别的事情……我们大家一道干。

抗战明年最后胜利。胜利以后是个新中国,我要努力了!

(《晋察冀日报》1942 年 8 月 1 日,《子弟兵》副刊第 56 期)

井冈山的哨线

周奋

一

初冬,时间又到了夜晚,井冈山更加寒冷了。

井冈山上有红军,红军和当时的敌人作战,在井冈山上打游击。

红军从来是不忽略警戒的。红军在山腰挖有壕沟,在壕沟里警戒着。

但是,壕沟以外,还要放出步哨。

二

红军战士在壕沟以外守卫着,寒风吹来,红军战士觉着骨子里头也好像有什么割进去。他抖擞着,但还挺直着腰;双手已经合抱在胸前了,但依然紧托着枪瞪着前方。

是的,是的,红军战士也的确感到冷。如果在屋里,红军们可以烤火,把山上干枯的树木砍来,烧起熊熊烈火,红军们整班整排地围起来,在火的旁边开讨论会、讲故事、唱歌,困了就围着火沉沉睡去……但在这里,这里不能烤火,红军战士也没有想着烤火。

在哨上,过了十五分钟了!

"□,冷啊,冷得不行。"他招呼带哨的说。

"□,是的,穿着单衣服就像没穿一样。"

"不能想到办法吗?"

"想什么办法呢——好,我到排长那里看看去。"

带哨的走了,但他又回过头来说:

"但是,你可当心着点儿!"

"差不了！你走吧！"

带哨的找到了排长，排长和他们是同样地在这寒冷的季节，还只穿着单衣单裤；假如破了，就剪掉裤脚作为破的地方的补丁用。带哨的看见排长，排长也冷得在哆嗦。

"排长，哨上冷得不行！"

"那么——好，我到连长那里看能不能想到办法！"

三

在壕沟里。

连长和党代表（注）也同样是穿着单衣和单裤，两个人相互靠拢地坐着，两个人一同盖着仅有的一条军毯。呵，是的，真冷，红军的连长和党代表也的确觉得冷。在家里，他们也同战士们一起烤火，但在这里，连长和党代表都没有想起烤火。连长才到前边巡视了一遍，回来又和党代表相互靠拢着。

"连长，哨上太冷了，能不能想些什么办法？"

"把这毯子拿去！"党代表在排长刚把话说完之后，他把毯子一掀，站起来说。

"对！拿去！"连长接着站起来。

"那么……"排长把毯子接在手里，还想说些什么。

四

在哨上，红军战士轮流替换像披大衣似的□着那条□有的毯子，在寒冷的夜里守卫着。

红军的连长和党代表在壕沟里相互靠拢起来，越靠越紧了。

（注）红军当时在连队里有党代表，相当于今天的指导员。

（《晋察冀日报》1942年8月1日，《子弟兵》副刊第56期）

无比地团结和顽强

徐风

三连赶到白庄（深泽城东北约十里），天已大亮了，这是五月三十日的清晨，几天来敌人正在疯狂地"清剿"。

战士们挖着工事。连长正要派侦察，忽然村西南"轰轰"地响了两炮，他知道战斗又来了，马上叫大家准备。这时才知道，村里还住有××旅的半个连、×区队的一个连和三十多个民兵。

敌人包围了村庄。村里的几部分队伍和民兵，战斗情绪高极了，大家原来都不相识，可是这时已变成一个统一的战斗组织。各部队的负责人自动地集合起来，商讨着怎样和敌人打，怎样利用地道作战和转移，又成立临时指挥部，公推带领三连的张副营长当指挥员。

以不到三百人的队伍抵抗一千多敌人的战斗开始了。老乡藏在地道下，战士和民兵们进入房院和街口的工事里。冀中反战支部的日本朋友东忠也参加了战斗，他和战士们并肩卧在第一线上。

战斗一开始就非常激烈，不到中午，敌人已在村西口猛冲了五次，每次都被我们打垮了。有的战士挂彩两次以上都不肯下火线去；有的战士被炮弹掀起的尘土埋住，抖一抖身上的泥就又站起来；日本同志在敌人冲锋的紧急情况下扔出了两个手榴弹。猛烈的杀伤，使敌人简直不敢再冲了。鬼子官发了冲锋的命令，敌兵却睡在离我阵地只有二三丈远的麦地里动都不动，只是"呀呀"地用嘴喊着回答他。三连的二排副，现在的机枪射手笑着说："他妈的，你们上呀，怎么不上？嚷叫什么呀？……"日本朋友东忠也喊话了："我也是日本人。弟兄们，你们这样拼命为了谁？过到八路军这边来吧，把枪口向你们的军官打！"他也会说中国话，一次敌人发了口令，叫用掷弹筒打我们重机枪阵地，他听了赶紧通知，果然机枪刚转移，炮弹就落在阵地上。

副营长派了一个排带一挺机枪从地道钻过去，到村西南二里的小固村打敌人的屁股，这样更把敌人打得头昏眼花了。

中午，远近据点的敌人全被调来，这时我们已经打死打伤敌人四百多名，更把敌人的指挥官晋藤联队长也打死了。敌人死尸摆了村外一麦地，我们伤亡则只有二三十人，不当再和增援的敌人打下去，就决定从地道转移。六个民兵自告奋勇打掩护，副营长不让，他们却说："不要紧，打这个咱们是老手！"就这样，他们在通街口的一座地下堡垒里，又打死了冲进街来的二十多个敌人。

文化教员带着二十多人和一挺机枪走错了，上面敌人已进了村，他们就钻到一个秘密的洞里藏起来，一个老太太用东西替他们把洞口挡好以后说："我给你们放哨。等日本子走了，我再喊你们出来。"后来他们真没有受一点儿损失就出来了。

敌人占了白庄但却不敢下地道。直到下午，这些强盗们才在地道上挖了一个口，放毒气，放手榴弹，可是我们早已转移。这些发疯的杂种们，是因为死得太多，没处出气了。

（《晋察冀日报》1942 年 8 月 1 日，《子弟兵》副刊第 56 期）

四次赵户战斗

沈重

在今天，冀中的游击战争已经到了极复杂的犬牙交错的形态，封锁沟、线与敌据点构成的图案如同星罗棋布，敌我的争夺已不是片的斗争，而是每一村落的夺取了。此次冀中反"扫荡"战中，我军在赵户坚持了二十五天的村落战斗便是这一复杂斗争的证例。

在敌人不断地残酷"扫荡"晋深极地区的状况下，坚持赵户是与坚持×分区南及西部的斗争有极大关联的。赵户坚持了，那么，就可以保证晋深极地区东西两半部之联系，最重要的可以彻底粉碎敌人急欲打通无定（无极至定县）汽路的阴谋，保证其他部队活动之依托。坚持赵户是有它相当大的意义的。因之，我们坚守在许多据点包围中的赵户的二个连和地方武装便有击退敌四次进攻的灿烂战绩。

敌人对赵户是异常重视的，所以在反"扫荡"开始那天——五月一日，就来进击赵户，而他的结果是遗留下八匹马和用大车载回四十多个尸首回去。进攻的加道大队长生气了，说："明天的呀，调飞机，调坦克，调大炮！"

"干什么？"人问他。

"打赵户。"他说。

果然，第二天，赵户又展开了战斗，只是没有像加道所说的飞机、坦克。加道带来的仍然是大车，大车的用处不是载回胜利品，而是战败品——二十多个伤兵和尸体。

第三次，五月八日的赵户战斗使敌人的伤亡更大，八十多人。敌人气极了，跳着脚。但是，敌人是不会忘记赵户的，遂有二十三日以一千左右的兵力对赵户作第四次的进攻。

五月二十三日晨七时二十分小陈敌二百五十余人假说到赵户附近的大陈营去开会，实际上都是等待着各路敌人的配合。

赵户像其他的日子一样，在警戒着，准备着紧张的时刻的到来。九点半，东侯骑兵到赵户西南。十点，无极的汽车到达小陈，七级与初村的骑兵经大汉营也直趋而来了。

十一点半，敌开始在赵户西北面的土堆上用火力侦察，前三次的经验已经使敌人不敢昧然前进了。

民兵已经把各处的地雷、爆炸群安好，老乡进入地道，游击小组在各个口子上管理着爆炸，战士们在村外第一道防线里安静地等着，眼望着前方。

大陈营的敌人首先与我扼守南边的部队接火。东南与西南面的敌人也包围拢来，二十分钟后，三面都包围了。

战斗进行着，在散兵壕里的战士们用子弹和手榴弹来杀伤敌人。敌人"呀呀"地叫喊，机枪一打，留下几个尸体又退下去了……

到下午一时，敌人在各个村口上散留下许多尸体和枪支，进退两难。他恼火了，决定拼死攻击，战斗紧张起来了。

炮火摧毁着前沿阵地，平射炮攻打着围墙。

在猛烈的炮火下，我们坚持着，机枪射手边成杰给炮火掀起来的土埋了五次，但却依然擦净他的机枪向敌人射击。七班副张连魁和张文克趴在一起，炮弹把张文克炸飞了，张连魁动都不动地注视着敌人和他的班。虽然他还只是一个十九岁的青年，但已经是一个老战士了。他关照新战士说："打枪要沉着！"在这里，他表现了他自己就是这样沉着的模范。

伪军被逼着冲锋，老远就退回去了，向日本人赌气说："拉你们的尸首，要你老子去送死？不去！"他们怎么也不去了，躺在地下不动。敌人叫骂着，咬紧牙集合起队伍向我冲来。我们等他接近，一顿手榴弹又把敌人打了回去。战士们说:"你们来吧!再有多少人也打不进来。"

敌人不断冲锋,东边冲了四次,南边十多次。冲锋的次数恰和留下的尸体数成正比例,东面三十多,南边留下的尸体依战士们说:"数也数不过来,总有八九十吧?"

战斗在火热的阳光下剧烈地进行着。敌人留下的机枪只有八米达远,在工事里的战士却不能去取。机枪打得太猛了,战士们用杆子去钩也钩不过来,只好叹息着,仅把四支步枪弄了过来。

炮弹像雨,逐渐把前沿阵地摧毁了。敌人打了四百八十多炮。

下午三点,我们部分地退守村边房屋。

五时,我们扼守南口,那里,敌人的尸体最多。敌人急了,无耻地放了毒气弹。战士们气得骂起来了!"你放毒怎么着?要么你过来!"枪射向敌人。

我们是知道敌人的阿Q精神的,知道加道大队长的脾味,他是爱惜尸体甚于活人,他宁可丢掉五个活人的生命也要把一个尸体拖回去的。我们下令大部兵力退到地道里去,小部兵力扼守要口,让敌人把他们的臭尸体捡回去。在各处,敌人捡到了一百八十多个死人和将近死亡的重伤兵。

敌人看见自己死伤太多了,想最后捞点儿本,他们不甘心地仍要攻击街口,致在这里使我们李三子同志发挥了他的奇迹。他在南口的房角上用他五六年来掷手榴弹的经验掷了一百八十多个手榴弹,打死了八十多个敌人,使敌人一直到最后也没有进街口。在另一个地方,一班副班长徐四也有着同样的勇敢,不过他只打了四十多个手榴弹。

经验告诉敌人,赵户的街道是不能够轻进的,在那里有许多个连发地雷和爆炸群在等待着他们。加道大队长自己是知道这个味道的,在西侯他曾经给炸去一只耳朵的经验将永远记在他的心上。

这时，×村的十二个游击小组自动地由一个侦察员的带领到赵户西南敌人拴马的地方把马桩子打掉，马跑了。消息传到敌人的耳里，以为是那里的增兵，很快地就撤了。而我们的机关枪，却又从地道里出来，向敌人追击去了。

东侯的敌人喊着："大大不够本的呀！"就逃回去了。

在这一次战斗以后，无极城里加道大队的八个士兵被恐惧啮蚀了他们的心，一齐服毒，死了五个。南蒙的小队长再也不受加道的调动到赵户去了，他说："别的还好，就怕那轰！"赵户的手榴弹使他吓伤了胆子。这次，加道没有请他喝酒，也没有笑，就把他杀了。

一九四二年七月

（《晋察冀日报》1942年8月4日）

冀中宋庄之战

——一个新型的平原村落战

周游

一、向光荣的英雄们致敬

宋庄战斗,我们以两个连少数的兵力,在平原上依据一座被孤立的村落,对抗着二千五百拥有精良装备的绝对优势的敌人。就在这种兵力众寡和装备优劣殊异的对比情况下,我们无比英勇、坚决、顽强、果敢的冀中子弟兵部队,杀伤敌寇坂本旅团长以下官兵至一千二百余人之多,而自己仅伤亡七十三人,战斗从白天打到黑夜,整整坚持了十六个钟头,而最后胜利突围而出。这是一九四二年冀中空前激烈反"扫荡"中一个惊天动地的模范战斗,这是人类的智慧和勇敢在残酷战争中一种神奇的创造。在平原游击战争的历史上,在整个革命战争的阶梯上,它都将居于特殊崇高的地位,而永远炫耀其不灭的光辉。当我提笔来写它的时候,我抑不住自己心灵的感动,我谨向宋庄战斗光荣的英雄们致无限热烈的敬意。同时,还须得请他们和读者一同原谅我的,就是用一支像我这样生硬的笔,来复写由血肉所创造的如此雄奇壮伟的场面,是难以圆满传达出它本身的完美性和生动性的。我只有忠于自己的责任,用最大的努力来反映真实,其他就不暇去计较了。

二、队伍开到宋庄

六月八号午夜十二时,我们这两个连在七级村外沉黑的广场上吃着早饭。不久便出发了。经过九里地的行军,队伍转移到深泽东北十五里的宋庄。这时天刚明,是六月九号了。

打仗,随时随地都会到来,我们的战斗准备是经常的,每个人都带了九个手榴弹,密密地挂满着一腰围。到了宿营地,第一个任务就是做工事。我们的口号是:"谁多挖一锄头,谁就少挨一炸炸弹皮!"因此不管如何疲劳,人们总是首先马上挖工事。在宋庄周围,从村外到村里,一共做了四道工事。

宋庄是一座有四百多户人家的中等村落,分为南北两部,两者相距约三十米达。我们两个连住在村北,还有两小队的民兵游击队也住在一起。在村的南部,住有×旅一个临时组成的混合连——实际上只是半个连的兵力,六十八个人。

队伍从七级的转移,是因为有许多显著的征象,说明敌人向七级一带合击。因此,我们主动地跳出他的圈套,进至靠近敌方的地区,从侧面打击敌人。到达宋庄后,周围的情况已经异常紧张,四外密密层层的敌据点,都控制着相当大的兵力,而且已有出动的模样。估计我们难于平静地度过这个白天,免不了会有战斗,而且战斗一打开,就必须坚持到天黑。因此队伍进村不久,即动员老百姓出村,只有一对青年男女和一个中年瞎子自己定要留在村里。此外,还有八只黑色的山羊,用铁链锁在羊栏里。

三、坂本旅团长之死

几天以前,在宋庄东南的白庄曾打了一个激烈的战斗,结果敌人吃了不小的亏,死伤约计四百人,还打死他一个晋藤联队长。就任不久的"真渤特区"司令官坂本旅团长,他对白庄战斗的惨败感到很大的伤心。他是一个勇于负责的将军,因此,虽然在六月九号早上,他在西固罗开了一个忙碌的会,却打定主意还要亲自去白庄一行,追究那次战斗致败的地理上的原因。

九点左右,坂本旅团长带着一个由三个日本人所组成的参观团,由宋庄北面的冶庄头出发了。从冶庄头去白庄，须得经过宋庄的东边。敌人没有知道在自己的鼻梁上就隐藏有八路军，在他们心里，这里也是属于所谓"确保区"了。

旅团长的出巡，仪仗是十分煊赫，前面是三十几个手执军刀的威武的骑兵，后面是两个中队约二百多人的步兵卫戍队。他看不见我们，我们呢？当他们一出冶庄头的时候，我们担任警戒的战士，就已经作过"北面发生敌情"的报告。因之每个指战员枪弹都已上膛，取着瞄准待放的姿态了。

九点一刻，坂本旅团长的大驾，到了宋庄东北离我们阵地前沿约三十米达的地方。我们发觉了这是"皇军"的高级官员，便在指挥员的命令下，一致开火了。说时迟，那时快，我们一挺重机枪、三挺轻机枪、一个掷弹筒，马上同时集中火力，瞄准自己的目标射击。掷弹筒打得特别准，一颗炸弹落在坂本旅团长跟前，便把他的头壳炸碎了。他的骑兵随从和参观团的武士们，也在我强烈的火力下消灭了。

这边的枪声一响，走到村北的三百名卫队，立时就分两路从东、北两面直扑我们的阵地。这是一支不同凡响的精悍的卫队呵，他们的钢盔、制服全是新的，武器装备也全是新的，战斗精神也颇顽强。他们以班为单位，端着轻机枪举行集团冲锋，可是一冲近我们第一道阵地跟前，就被手榴弹打垮了。这些"武士道们"，一班完了一班又上来。在末末了，这群旅团长优秀的卫队，至多只剩下五十余人。

一支笔不能同时写几方面的事情。当我们的战士与卫队群举行激烈战斗的时候，附近各据点的敌人已陆续增援上来。宋庄东、西、北三面都有枪炮声，都有敌人的冲锋和我们手榴弹的炸响。

战斗已经如此凶猛地展开，东南面的深泽、高庙、大执要一线也有敌人的重兵封锁，一打就走是完全不可能呵。我们坚强的指挥员，一切都了然于胸，决心是迅敏而坚定，部署是沉着而周密的。我们决定在第一、二两道工事上周旋八小时，第三道工事坚持到天黑，我们这两个连,是必须顽强地坚韧地进行一整天的村落战。但我们是进行游击战争,对于村庄的坚持,只是为了把它作为战术上的凭依,以便于达到一个这样的战略目的,即是在消灭敌人中来保存自己。因此我们的指挥艺术和战术动作,是主动而机灵的。

四、两种射击

起先,我们依据村外菜园土墙边的第一道工事,杀伤猛扑而来的敌人,把敌人几次的冲锋压下去了。

敌人冲锋是"呀呀"地狂号,我们的战士默不作声,我们的机枪和步枪,一点儿也不乱放,敌人一进入我火力圈内,便猛投手榴弹,大大发扬了近战火器的威力。子弹是宝贵的,我们的口号是:"谁能节省子弹,谁就能坚持到胜利!"战士们都奉守着这个信条,不瞄准便不射击。

在东边,我们一连七班长李清斋同志,这个特等射手,他在土墙下用跪射的姿势接连打了七枪,由北往南运动着的敌人,不多不少地被他打倒了七个。可是他兴奋得忘记了敌人正用狂蜂一样的枪弹对付他,他立起来招呼临近的同志说:"瞧,我要再来一个!"头部暴露,不幸法西斯的枪弹夺去了他勇敢的生命。

在村西庙台上,发现敌人安起一架电台,同时有三挺轻机枪在那边扫射。二连副连长庚治国同志,当其中一挺机枪的射手和弹药手正在接运子弹的时候,他选择这个机会打了一枪,一下把两个敌人都打翻了。这架机关枪也就停止了叫嚣。

二连机枪射手边成杰同志,这个汉阳兵工厂干了九年的技术工人,他用一梭子子弹,打死了二十七个敌人。后来为了节省子弹他让机关枪休息着,却拿起步枪跟敌人战斗。他两枪打倒了四个敌人,第三枪打空了,他就不再放,握起了自己的手榴弹。

敌人的冲锋是继续着的。在一门三八野炮和两挺九二式重机枪的掩护下，一群敌人，每十个端着一架轻机枪向着我们村的东口冲击。冲锋的"武士道们"，离我们已不很远了，我们的手榴弹正准备拉火，可是敌人掩护冲锋的炮弹直飞过来，却落在冲锋者的人群中，炸了。接着又是一炮、两炮，全落在这一带。三个炮弹替我们省下了一些手榴弹，敌人躺倒了三十几个，不得已回去算账去了。

敌人把机关枪、步枪扔在自己的死尸旁边，离菜园墙外也不过丈多远，可是我们不能出去拿，因为敌人的火力很强烈。但敌人也不敢过来取，因为我们的手榴弹也是怪厉害的。通讯员芦文彩同志，他用一根长竿伸出去，机关枪倒没有捞到，却把两支三八式钩过来了。

五、最险恶的两小时

战斗继续进行。

我们的部队坚守宋庄一村，不仅打了坂本的卫队以及附近各小据点出来的敌人，而且打了深泽、无极、定县、饶阳、旧城、安平远近各大据点增援来的敌人。综计敌人参加宋庄一战的兵力，不下二千五百人。他们用了各种口径的大炮五六门，掷弹筒三四十个和众多的轻重机枪及瓦斯筒，炮烟飞绕着村庄。

十二点的时候，宋庄南面我们那个混合连也跟敌人打上了。这六十八个指战员差不多打完了仅有的一点儿子弹，苦战了三小时，在下午三点，他们突围出来了。这以后，战斗围绕着村庄北部进行，情势是很严重的。

三点至五点，是敌人最疯狂的两小时，他的突击兵力最大，火力最猛，冲锋最凶。也就是这个时候，敌人举行总攻，我们第一、二两道工事差不多全被炮火毁平。个个独当一面的战士，这时按着计划完全退到了第三道防线——在村边房角工事里。战斗已经坚持了八小时以上了。

总支书记来回地走着，他向战士们喊："谁能沉着应战，谁就能

坚持到底！""谁能去危险地方，谁就能得到安全！"

这些鼓动口号都起了实际的作用。

民兵同志们防堵着西南角，敌人曾不断冲击这个地方。战斗的场面是如此凶猛，民兵们直嚷着要三八大盖。于是二连五班长陈文如同志跑过去，把自己的枪交给他们，并说道："我跟你们在一起打！"而民兵们也都沉着不慌了。

二连四班的战士们，差不多伤亡了一大半，可是班长张文生同志，单独坚守一个房角，与三方面的敌人对战，打了两个钟头，他用手榴弹击退了敌人的进攻。战士王子仁同志，卧在街上一座厕所旁边射击着，突然一颗炮弹飞来，把厕所完全打翻，他从土堆里爬起来，依然坚持自己的岗位。

这都是随便举的几个例子呵。

后来，村西南角被敌冲进，有十五个敌人带着一架轻机枪上了房。二连副连长庚治国同志急了，领着一个民兵通讯员，悄悄跑进这个院里，他们每人手里握着两个手榴弹，同时往房上掷去，把那爬上房顶的敌人全打掉了。但敌人继续上房，他是决心要站住这个最初的立脚点，而我们也加上两个民兵继续投弹。敌人连上三次，我们连打三次，四个人打了四十几个手榴弹，敌人在这座房顶上的伤亡便有四十名以上。

新战士赵端生同志，在西南角的另一处朝房顶上打手榴弹，他打死了两个敌人，自己也受了伤。

战斗更加紧张剧烈，而天是快黑了。我们又适时提出这样的口号："再坚持半点钟，我们的天下已经来了！""再熬过半点钟，我们就完全胜利！"

在一连二连的接合部，村的东南角上，敌人拼死连续四次冲锋都没冲上，尸身和重伤的动物摆了满地。我们眼见敌人一个小队长完全失去了再冲的勇气和信心，他的迟疑不前，被他的上级指挥官在阵前枪决了。

天黑以前,敌人举行的冲锋不下三十次,可是冲进街打出街,冲进村打出村,我们的战士在指挥员机动灵妙的指挥下,发挥了充分的火力,粉碎了敌人一切攻击的计划。敌人曾一度施放喷嚏性的毒气,但我们事前有备,没有遭到丝毫损害,敌人真是一点儿办法也没有呵!

六、我们的天下

夏天的黑夜,迟迟降临,近九点时,夜幕终于在战火不熄中完全拉下来了。这时候,敌人的伤亡已经过半,一天恶战,到现在面对着可怖的尸场的暗夜,不得不停止了进攻。但是疲倦极了的残余敌人,仍然封锁包围着村庄。他在零散的枪声中杂以浓密鞭爆,借以迷惑我们,同时并在村外道沟旁边点起来一堆堆大柴火,这样来防止我们不意的突击。

敌人还企图能够把我们围住,等待他期望的新的援兵到来,然后为他们旅团长和横躺竖卧的死鬼们找什么补偿,可是现在是我们的天下已经来了。

十二点左右,夜已深沉。我们决定现在突围出去,便集结兵力,部署一切。

二连连长王国旺同志带了一个通讯员向东南方向走去,他走在前面,不小心地走进了敌人的封锁圈,他受了伤,通讯员何淘气同志不怕危险,紧紧地扶着他,把他救出来了。

一连二排向东北角突进,走到道沟旁边,敌人还没发觉,因为他们守在火光后面,反而看不清前方;而筋疲力尽的武士们,一大部分在死尸旁边沉沉地睡着了。我们的战士从死尸的身上踏过,也从睡了的敌人身上踏过。"嗯……嗯……"敌人在地上发出梦呓似的叫唤。战士杨连保同志,他好奇地去摸一个躺着的敌人到底是死的还是活的，却被他咬了一口。当敌人的哨兵开枪后，我们便投了几颗手榴弹，扔在敌人睡觉躺着的地方。接着我们便跟敌人拼起凶恶的刺刀，有的战士把刺刀都刺弯了，就用枪托去打，勇敢的贾满□同志，曾使枪托打破了一个敌人的脑壳。

一连战士吴吉彬同志，在突围当中用刺刀杀□了敌人的机枪射手，夺了一挺歪把子出来。还有一个战士却在敌人睡着的地方背出一架机关枪。

昏迷的敌人被我们一冲，□慌□了。有一个突然惊醒的敌人，竟跟着我们突围部队跑，后来我们发觉了他的钢盔，吓得他直往回奔，结果被我们打死了。

我们的部队，就这样突了出来。有的是静悄悄地突出，有的是拼刺刀冲出来的。在突围当中，我们有十四个同志受伤，九个同志阵亡。

可是，敌人却并不知道我们已经全部突围走了。这也难怪，他怎会相信跟自己打了一整天的对手就是这么一点点子人咧？他以为我们是一支庞大的兵团呵，因之，区区两连人突围出去，他并不以为然。他们仍旧围住村庄，不断用零散的枪声，吓唬着他们心□上的村中的八路军，使得空村的深夜继续不能安静。

据说第二天，天一明敌人就举行冲锋了，他们冲进村没有发现半个人影，十分觉得奇怪。后来一股敌人冲至圈羊的院外，武士们的叫嚣，把吊住了的羊群惊得乱跳，铁链"当当"作响，敌人在灰蒙蒙中以为遇见了八路军的伏兵，便"噼噼啪啪"地打起枪来，"呀"声不绝地喊着冲锋，跟羊群打开了激烈的战斗。村中枪声一响，村外的机枪大炮也轰鸣起来。这时候，保定的敌人八百余已经开到增援，可是现在他们只能把八只山羊歼灭，我们八路军是早已游在平原的大海里去了。

七、副连长的插曲

二连副连长庾治国同志,他带着机枪射手边成杰向南方突围。突出以后,他不知怎么忽然想起在那儿还有一架轻机枪没有带出。"咱们返回村找枪去吧?""行!"

于是两条黑影,低低地弯着腰背,飘忽地行走在火光照射不到的阴暗地带。黑夜盖住了整个战场,零落的枪声和沟边的火丛,反而使人感觉着更加荒凉与落寞。

幽暗蒙蒙中,他们摸进了村子,可是摸遍了也没找到什么枪——其实我们所有的武器都已分散带走了,可是他总觉得丢了一点儿什么东西似的,他一定要心满意足地走了才好。整天的恶战,是使他的神经过于紧张和兴奋了。应该补说一下的,这个副连长是一个十分勇敢的人,性情却有点儿直劲。前五天李贵子战斗,他曾被敌人的炮弹埋了一次,耳神经全震坏了。当他和我见面的时候,他的耳朵还有点儿聋,要大声说话他才听得见。

没有找到枪,两个人又摸索着出村,在血肉模糊的战地,尸体横三倒四,几乎到处都是。副连长在暗中边摸边走,把几具死尸身上的手榴弹和子弹都解下来,揣满了自己一怀。他还摸出一些吃的东西,那全是浸透了血,湿濡濡的。

从昨天晚上十二点吃过一次早饭,他们打了一天半夜的仗一直没吃东西。在摸出敌人的哨线以后,他拿出染了血的食品让机枪射手一同来吃,机枪射手不想吃,他便独自个儿吃了。

在黑沉沉的道沟里走了一阵,副连长还感觉着不满足。"老边,咱们再去让敌人消耗一下吧?""行!"机枪射手赞成他这个新的主意。

两个人重又回来,摸到敌人跟前一连放了十几个手榴弹,口里大声嚷着:"村里的同志们,坚决地守呀!我们十七团、十八团都增援上来了!"

于是,敌人的机关枪、掷弹筒一个劲向他们这个方向打过来,乱糟糟地打个不停。

"痛快得很!"两个人从心底里笑着,便又在暗漠漠中消失了。

最后,他们走了三几十里地,天快明时,在大定村又找到了自己的队伍。

八、尾声

一场惊天动地的战斗,到这里,已经告结束了。

现在,我们应该列举几个数目字,来表示双方的消耗。

敌人被打死的:计有坂本旅团长一员,以下官兵六百余名;被打伤的:有官兵三百余名。伪军被打死和被打伤的:有官兵二百余名。合计敌方伤亡一千二百余名。

我方呢?阵亡三十二名,负伤四十一名,共计七十三名,其中有连级干部四员。消耗子弹约计九百余发,手榴弹二千一百三十余颗。

不久,敌人开了坂本旅团长的追悼会,也被迫宣布宋庄一战他自己伤亡了九百六十名,而我们被歼三千。这当然是很难得的,因为他说出了接近真实的自己伤亡的数字,但我们在宋庄却只有两连人。

既然造谣是三千,就更证明敌人受创的惨重。他愈掩饰,就愈显出他啼笑皆非的苦相。宋庄战斗,确是激烈无比,而我们的军队,给敌人在人力、技术,特别是精神上的打击,实在是异常巨大。坂本旅团长新任"真渤特区"的"扫荡"司令官,是抱着多大的"剿灭"冀中的雄心呵,而现在却自己葬身宋庄之野,做了悲惨的"沉默的英雄"了!"皇军"对冀中"剿灭作战"的"赫赫战果",难道就是这么一回事吗?

关于敌人的故事,还有几点值得一说。

饶阳出来的敌人是三百多,回去的只残余九十几个。马垒出来的敌人有一百多,回去的却只二十八名,其中有一个中队长幸得生还,可是他太悲哀了,自己用手枪打死了自己。有七个兵士也在向东方膜拜之后,一起上吊死了。

子位残余的敌人,回去没处出气,互相埋怨,竟然自打起来,打了一个多钟头。

传说参加宋庄作战的敌主力,曾有一部系从南洋战场调回来不久。他们叹气地说:"在南洋作战也没打过这样的苦仗,一个村庄的争夺,'皇军'牺牲了这么多人,真不值得!"

最后,我要说一个关于我们方面的故事。

留在村庄里的那个中年瞎子,在部队突围的时候,由我们一个侦察员把他领出去了。他眼睛看不见,耳朵却听得见仗是打得那样激烈。八路军打仗,老百姓的高兴是难以言语来形容的。瞎子出村,自己的脚曾踩过敌人的尸首,我们的侦察员告诉了他整天作战的状况,他的闭住的眼睛,曾欢喜得流出眼泪。第二天,他到了东内堡,他遇见人就讲说八路军打仗的情形,人们围着他,跟他的感情一起共鸣。他激动地说:"我要做八路军的宣传员,我是他们救出来的。"至于留在村里的另一对男女,却因不听我们的劝告,在白天跑了出去,被敌人的刺刀挑死了。

瞎子有四十多岁,是一个算命的先生,他成天在各村流转,到处播扬宋庄战斗雄壮伟烈的事迹。

(《晋察冀日报》1942年8月7日、8月8日连载)

奔袭安平城

——冀中骑兵坚持深安路战斗之一

周翔

我们冀中的铁骑兵,带着"坚持深安路斗争"的重大任务,开到深县、安平地区,那是今年一月间的事。四个月来,他们协同民兵,不断地打击敌人,坚决粉碎他修路的计划。

四月下旬,敌人集中力量从安平城往南修,在城里控制着七百多名民夫和一百多辆大车——这都是从附近各村庄抓来的,抢来的。

过去,当他们正在修路的时候,只要我们一打枪,民夫们就趁乱逃散。而现在,敌人却鬼得很,用伪军监视着民夫。如果遇到我们军民的袭击,伪军便让民夫卧下,谁也不许乱跑。

这样,要阻害敌人修路的计划,首先就得把掌握在敌人手里的七百民夫解救出来。因此我们决定攻打安平城。

这是釜底抽薪的办法呵。

安平,这是敌人的老据点。自从一九三八年春天烙上那两脚兽的血爪,这儿还没有遭遇过任何严重的攻击。因此,敌人把城墙砌高,并在周围挖了三道又宽又深的护城沟以后,便稳稳当当地住下来,以为可以长久这样平安地待下去。他做梦也没想到,离得远远的我们这支铁的骑兵部队,会对他来一个突然不意的奔袭。

部队是在晌午的时候出发。人马飞奔,尘土漫天飘扬,声势壮极了。

傍晚,部队进到离城八里的地方。我们在这里才进行战斗动员,宣布与解释今夜攻打安平城的战斗任务。消息的突然宣布,战士们都感到惊喜,因为大家都以为是日常的夜间演习,却没想到这是真正的战斗行动呵,而且攻打县城这还是第一次。人们情绪高昂,紧张和兴奋,也就可以想思了。

半夜一点,我们开始攻城。带着自己创造的能伸能缩的梯子,大家都悄悄地越过了沟。城里有一个中队的日军,都住在北关。防守城门的都是伪军,每门约一班人。我们攻城是从东关开始,起先没有放枪,当我们的战士伸长梯子,爬上了二丈四尺高的城墙,对方却还没有发觉。直至黑影从城头落下,伪军才仓皇地打起枪来。城上城下都是我们的人,我们喊话:"八路军包围了安平城,你们缴枪吧!"我们一打手榴弹,全班伪军便都把枪交出来了。

这样,我们就顺当地进入了城关。按照自己的任务,部队分别向预先的目标迫进。接着,战斗便在城里县署衙门、宪兵队驻着的烟店和北关日军营房各处展开了。

二连指导员李献忠同志,带着一群战士攻打伪县府,仗打得相当激烈。他自己打着盒子枪,首先上房,激励战士们向前猛冲。机枪射手李立忠同志,端着轻机枪边打边上房。我们曾带有几颗土造的照明弹,能点四十分钟。当指导员打了一颗照明弹的时候,整个衙门都亮起来。轻机枪强烈地射击,手榴弹像雨点一般地飞落,战士们都冲进去了。

烟店的战斗也打得很凶,宪兵队控制房顶,纷纷扔下手榴弹来。班长刘裕兴同志真够勇敢,曾有一颗手榴弹落在他的脚边,它还没有炸响,刘裕兴抓起来就向房上掷去,炸在敌人身上。

打了两小时,各处的战斗,都已经解决。只有北关的日军,被我们围着,一直没有敢出来。县署和宪兵队,是完全打垮了。宪兵队长、日本指导官都被打死,伪县长失了踪——事后听说,这天晚上,他光着屁股,带着自己的老婆,吓得全身发抖,钻到一家老百姓的地洞里躲了一夜。

一切敌伪机关都起了火。重要文件和电话机一类的军用品,都归

了我们。

安平城整个被我们控制，我们很好地进行了自己的工作。首先我们解放了七百多个被圈住的民夫，这些受苦的同胞，真是欢天喜地，兴奋极了。大家都庆幸自己得救，把一百多辆大车推出来，替我们装运着从敌伪手中夺来的胜利品。

我们又打破了三所监牢，放出了二十几个抗日的"罪犯"。敌人的合作社、警察局，都给我们捣毁了。

当枪声静止，城里的老百姓都打开大门，看着隔别四年的惦记着的八路军，口里直喊着同志们。我们的战士纷纷前去慰问，让大家别要惊惶。这天晚上，敌伪的机关、商店虽然都遭破坏，而老百姓却没有受到分毫损失。

在城里，我们进行了两小时的战斗，而后又安稳地占领了三个钟头。直到天已大明，太阳升起，我们才撤了出来。

这次战斗，我们杀伤敌伪百余，俘虏伪军四十多。缴获的胜利品，有三十几支步枪、十几架电话机、几十辆大车的大米、食盐、文件等等。我们只有几个战士受了一点儿轻伤。

而我们最大的胜利，就是达成了□救七百民夫的任务。这样，就迫使敌人停了十来天的工，没有修得成路。

部队回到驻地，安平城边周围的村庄都纷纷送出猪肉、鸡蛋、酒，前来致殷勤的慰劳。他们大都是被解放回家的民夫们的家属，附来的慰劳信全是充满感激的言辞。老乡们是多么高兴呵！

（《晋察冀日报》1942年8月11日）

动机与立场

罗迈

在整顿三风的运动中,我们欢迎高度的热情,欢迎纯洁的动机与愿望,我们反对消极冷淡,反对任何的恶意和邪念。不这样,整风运动搞不起来,也搞不好。

我们同志间,在自己说错了话或做错了事的时候,常常郑重地声明说,"我主观上不是这样",或"我的动机不是这样"。对的,一个共产党员,他的动机和主观愿望,应该是纯洁的,是好的,而对一个革命同志,如果他有错误的话,也是应该把他的愿望和动机同他的错误区别开来看的。

但也要知道,好的动机和愿望,只是主观的出发点,常常不等于客观的现实的真理。例如:革命冒险主义者的主观愿望,一般地是为要革命,但他依然是冒险主义者,他的冒险主义的错误损害了党和革命,以致严重地损害了党和革命。所以我们不能单凭自己的动机来衡量自己的行为是否正确或错误,尤其不可拿"纯洁的动机"和"革命的愿望"来宽恕与辩护自己的错误,以致妨碍自己对错误的觉悟与改正。

同样,好的动机和愿望也不等于正确的立场。

共产党员的立场,就是无产阶级的立场,换句话说,就是观察问题和处理问题是立足在无产阶级的利益和党的原则之上。一个共产党员在任何事变的面前,首先要求自己站稳立场。立场不对,就是根本不对;立场错了,就是根本错了。

自然,一个共产党员的言论和行动,归根是有立场的,但不一定就是无产阶级的立场,或完全符合于无产阶级的立场,不一定符合于党的原则，可能立场不稳（指无产阶级的立场），也可能失去立场（同上）。例如自由主义是资产阶级的立场，革命冒险主义是破产的小资产阶级的立场，极端民主主义和平均主义也都是小资产阶级的立场，它们都是反无产阶级的立场。而共产党员有了上面所指出的这种或那种倾向时，便是立场不稳，便是立场上有了偏向。

无产阶级的立场是具体的，不是抽象的，它必须在每一个具体问题和具体场合上表现出来。例如"改造思想作风，改造工作作风""团结干部，团结全党"，是我们整顿三风的目的，又是立场，是我们研究文件的立场，又是检查工作的立场。在精读文件时、在讨论会上、在批评和建议时、在墙报上写文章时，都应该遵守这个立场。"在讨论中发展争论，在规定检查期间内，不管是正确的或错误的意见，都得自由发表，不得加以抑制"，但我们每一个党员应有的立场，却是力求自己说得正确，做得正确，事事合乎党的原则。

主观主义、宗派主义、党八股，其立场是错误的；自由主义、极端民主主义、平均主义，其立场也是错误的。一句话，都是反无产阶级的立场。在整风运动中，要肃清主观主义、宗派主义、党八股的残余，又要克服自由主义、极端民主主义、平均主义的倾向。我们的武器是二十二个文件，我们的立场和方法是二十二个文件，轻视二十二个文件，离开它们去找法宝，或自作聪明，或单凭主观愿望，单凭热情与信仰，是不行的。须知动机不等于立场，目的更非方法，而单只好意也可以产生恶果的。

一个小资产阶层中生长出来的人，他的立场和习惯，一般都是小资产阶级的。由于对共产主义有高度信仰，对革命有高度的热情，对党有充分的信任，他加入了党；但同时他或多或少地带来了小资产阶级的劣根性，一时转变不过来。虽然不能说，他在某些具体问题上的立场就等于他的全部立场，更不能说，一有了错误的立场就不能转变到正确的立场，但是也不能因此就否认了他在哪些具体问题的立场上究竟有错误，而由错误的立场转变到正确的立场也不是一件易事，必须有主观的决心和努力，而且还要从长期的实际行动来检验自己。一般地说，由小资产阶级立场到无产阶级立场的彻底转变，要经过革命理论的熏陶，尤要经过革命斗争的锻炼。长期的革命斗争，才能将一个共产党员的无产阶级的立场锻炼得像钢铁一样。

整风运动，是理论的学习，又是实际的锻炼，应该坚守即知即行的原则。精研文件，是为了运用文件，运用文件才能精通文件和发挥文件，才是"有的放矢"的学习态度，我们大家应这样地努力才对。

(《晋察冀日报》1942年8月14日)

攻打神堂堡

汇记

神堂堡在雁北的山丛里,是繁(峙)阜(平)大道上的咽喉,一九三九年冬敌人在这里就建立了据点。

上月,我们部队在神堂堡附近打了一个胜利的小伏击。当地老乡们兴奋地来看胜利品,有一个花白头发的老乡说:"这些可恶的洋鬼子,可见了老爷!"

我们部队去袭击神堂堡的据点,是这样的。

战前,战斗动员开始了。

十八个突击队员腰里插着手榴弹,手里拿着明晃晃的大马刀,突击队长——一连副排长谷凤山同志在大声鼓动着突击队员们的时候,一旁挑夫田起忍不住了。

"指导员,我也去吧!"一个短粗的个子出现在队前,他一手提着一袋子手榴弹。

"你参加突击队,可以吗?"

"可以,可以!"田起说,"百团大战时,北口峪枪风岭,还有在东庄战斗时,我都参加了突击队,我缴过三八大盖,还有钢笔呢!"

同志们的战斗勇气,像乘风破浪胀得鼓鼓的船帆,在崎岖的山道上,队伍潮水一样地涌向了神堂堡。

六月二十二日,天色刚明,神堂堡堡垒的铁丝网被砍断,手榴弹"轰轰"地起来了。

突击队长谷凤山,他帮助民兵背了半夜梯子,现在是用梯子的时候了,他领着十八个突击队员冲上去,再冲上去。五次冲锋中敌人施用四次毒气,恶战中间,他负了伤,但他不下火线,最后他负了重伤,昏过去了。醒来时,他像睡醒了一样,关心地问着:"怎样?敌人消灭了吧？"在一旁的担架上，躺着挑夫田起，他也负了伤，他的脸显着苍白，但他的嘴角上挂着非常愉快的微笑。

当新战士冯喜振冲到敌人堡垒边上的时候，一匹天蓝色的洋布绊在他的脚边，班长说："这也是胜利品，冯喜振，你拿下去吧，布料不错咧！""班长，不要急！"冯喜振说："大盖枪比天蓝色的洋布还漂亮呀！"

堡垒里露出个钢盔来，他就对准它，打了两个手榴弹，钢盔和脑袋就粉碎在那里了。突然堡垒里的机枪又向一班疯狂地扫过来，在机枪咆哮的间歇里，冯喜振冲上去，夺了一支带着刺刀的三八枪，这时他的腿负伤了，他好像一点儿也不知道。

在子弟兵们勇猛的攻击中，打死鬼子三十来个，十八个伪军被我们活捉了十四个，三个被打死，一个逃窜了。同志们检点着缴获的胜利品：步枪、子弹、电台的零件、重机枪的枪身……民兵们把胜利品吃得很足，就乱哄哄地闹起来。

神堂堡的胜利战斗结束了，八连在白坡头伏击敌人的增援部队，也走上了胜利的归途，当部队到达天桥的时候，一幅兴奋的愉快的画面把同志们的疲劳消除了。

街上纷乱的人们忙着，谈论着，询问着。

"听说那小三子——那万恶的汉奸被捉住了！"

"捉住的，还有警察局长咧……"

"可惜，那个保卫团长跑掉了，真是狗腿……"

一个老太婆站在街心，拦住路，她絮絮叨叨地讲："还是前一年打细腰涧时，看见过这样的队伍。唉，他们昨晚把鬼子的粮台都得了来，几百人搬了一天……你们不知道吗？昨晚我二妞女婿给我送来一方块果子糖吃，这是胜利品哪……"

（《晋察冀日报》1942年8月22日，《子弟兵》副刊第58期）

三袭槐林庄
——冀中骑兵坚持深安路战斗之一

周翔

安平城战斗以后,敌人重又捕抓民夫。先把这个受伤的城经过一番整理,并加强了防御工事的构筑,然后他又进行深安路的修建了。

为了防阻我们的袭击破坏,敌人在安平城南五里地的槐林庄新扎下一个据点,他想这样控制一个短距离的两端,一段一节地修起汽车路来。

槐林庄是深安路必经之地。敌人在村西选了一座高房,在房上加修岗楼工事,合起来不下二三丈高。安平派出二十几个鬼子、十几个伪军,带了一挺重机枪、一挺轻机枪、一个掷弹筒、一门迫击炮,前来防守这个据点。

可是,冀中的铁骑兵,是不会放过敌人的。而且自从经过安平城的战斗,战士们的情绪是更加高昂,攻打据点的经验也加多了。

四月底,我们的骑兵对槐林庄进行了一次袭击,可是堡垒太高,不容易爬上去,而敌人狂打手榴弹,接近墙根也是困难的。这天晚上,除了耗费敌人大量弹药,其他效果并不很大。

回来,大家都想办法,怎样才能拿下这个据点。人的创造力,有时连自己也会吃惊。经过一番研究,法子就想出来了。

法子很简单,可贵的还是我们的战士,用高度的顽强性与勇敢性来和它结合。

我们创造了一种燃烧□的炸药,准备在敌人的堡垒脚下掏几个洞,把炸药点起来,连人带房烧他一个精光。

但怎样才能接近墙脚，而不怕敌人的手榴弹呢？说得好听一点儿，我们创造了十二辆土制的"坦克"。即是三个人一辆，用层层叠叠的棉被和大衣，盖住大家的身体，形状像龟，大家都带好武器和镐头锹铲之类的用具。

这种"坦克"相当安全，但却不是绝对保险，唯其我们的战士有高度的顽强和勇敢，我们才用得起。

这样，在五月初的一个晚上，我们对槐林庄实行了第二次强袭。

首先，我们在堡垒周围布置了火力网，封住了高房的大门。随后，十二辆"坦克"悄悄地摸近了墙根，我们的战士在堡垒三面同时掏洞，"砰砰"的声响，让敌人发觉了。"谁呀？"上面叫着，下面可没人搭理。于是手榴弹打下来了。但黑越越的一团东西，依然行若无事，只顾干着自己的活。

敌人这一惊非同小可，"什么的，他不怕手榴弹。""是怪物吧？"伪军答着。接着手榴弹像雨点一般打下，足足打了一百多个。

手榴弹打完，敌人更发慌，有二十来个敌人沉不住气，从房上跳下来了。

"坦克"里面的手榴弹，这时开始猛烈地回敬敌人。只有三个敌人逃脱，其余的十几个都被手榴弹炸死了。

在堡垒上面还留着十几个敌人，他们不敢下来。我们要继续扒洞，可是，相距仅仅五里的安平城，敌人在这时候增援上来了。我们这才撤出战斗。

残剩在堡垒里的敌人，简直吓破了胆，第二天一早就搬运死尸回城去了。

过了一星期，安平再派出六十几个敌人进驻槐林庄。在高房的侧面，加修了一座堡垒。

我们又举行了第三次袭击,去扰乱他、阻碍他修路的计划。整整一晚,敌人枪声炮声不绝,没有得到片刻安静。

这样,敌人终于被迫停止北段的修路。我们的铁骑兵紧紧地缠住他打,那有什么办法呀!

(《晋察冀日报》1942 年 8 月 22 日,《子弟兵》副刊第 58 期)

朝鲜义勇军华北支队第二队李益星队长访问记

仓夷

这次朝鲜义勇军华北支队第二队,从晋冀鲁豫来到晋察冀,来和我们边区的军民一起工作,实在是很值得庆幸的一件事。前几天边区朝鲜独立同盟全体盟员,和边区各界代表,已经开了热烈的欢迎大会,欢迎这支朝鲜民族革命的队伍。

率领着这支革命队伍的队长,是李益星同志。我们一见面时他就对我说:"晋察冀边区是敌后模范抗日根据地,我们来这里是跟大家学本领。"李队长说这话并不是客套的,这里有他很实在的意思。

追溯到这支队伍以前的历史,在李队长和我的谈话中,是有着许多动人的事迹的。差不多从抗战刚一开始,许多流亡在我关内的朝鲜革命青年,大部分都团结在"朝鲜民族战线联盟"的领导下,参加了我国的抗日战争。一九三八年双十节前后,武汉的上空首次地飘扬起"朝鲜义勇队"的大旗,他们这支队伍就在那时候诞生了。

那时候他们的队伍分了两个支队——华中支队和华南支队,和我们作战的部队在一起,在火线上负着艰巨的"对敌宣传战"的任务。他们先后训练了两万多个火线上用日语"喊话"的战士。在正面的战场上,几乎每到夜间,双方固守着自己的阵地休息的时候,他们的工作就开始了,进行短距离的"演说战"。李队长说,有一次他进行夜间"演说战",谈话的中心是说明日本士兵不要为日本军阀当炮灰,中国的抗战完全是为了自卫,和日本士兵无仇,日本士兵应反对这侵略战争!说了一刻钟,就听见对面敌人的阵地里有骚动的声音,还有敌军官焦躁的喊叫声。有时候,他们乘着夜色浓黑的时候,就偷偷地爬出战壕,把巨型的白布写的抗日标语,在离敌人阵地很近的地方高高地张开。天明的时候，许多日本士兵都看见了这刺目动心的标语，日本军官们自然生气，但是又不敢出战壕来拿，一出战壕我们的机关枪就射击起来。于是敌人只好咬着牙根，用机关枪扫射，一张标语总要消耗敌人几千发机枪子弹。

在我军攻克广西昆仑关的大战中，朝鲜义勇队华南支队也尽了很大的力量，五百余的敌人，被我们的部队包围在高耸的昆仑关上了。白天我们的部队都掩蔽起来，因为敌人的飞机轰炸得太凶。但是敌人只有用飞机来轰炸，救兵是来不了，关上的敌人又不敢下来，所以一到夜里，那我们包围的队伍就实行总攻击了。我们的炮声枪声，齐向昆仑关上射去。这时候，我们的朝鲜义勇队，十几个人抬着很大的扩音器，抬到昆仑关对面不远的高山上，先由某军长在扩音机前下命令说："现在有朝鲜同志们跟日本士兵讲话，各部队一律停止射击！"

"那时的情形真叫人兴奋的！"李队长谈到这件事的时候，用深长的回忆，追述着当时的情景。当时，四周围的枪炮声都停止了，山时间格外的沉寂与空虚。就在这时候，我们的朝鲜义勇队的同志就在扩音机前用日语讲演了。用日语唱反战歌，作时事报告，一面报道日本国内人民生活的痛苦，一面说明侵华战争必败的前途，劝日本士兵们赶快缴械投降，我们优待不杀。许多日本士兵都受到很大的影响，自动地投降过来了。终于造成我军克复昆仑关天险的大胜利。

至于他们随出击部队出发前线，或利用风筝、木筏，在天空、在水上散发标语、传单，或在各地开群众大会，教育日本俘虏，那更是经常的工作了。

这样地，一直到令人痛心的茂林事变发生的前后，他们这支队伍的许多同志们，才陆续地来到华北。他们曾在西安、洛阳，出演了许多话剧，出演关于朝鲜革命的故事、朝鲜亡国的惨痛生活，以及反汪反投降等话剧。中心的内容就是要唤起我全国同胞坚持团结抗战到底!

至一九四一年五、六月间,他们负着更重大的任务,为着要开展华北敌后的朝鲜人民的抗日斗争,为了团结二十万华北朝鲜同胞共同为求朝鲜民族独立而奋斗,他们到晋冀鲁豫武亭同志领导下的"华北朝鲜青年联合会"来了,他们的队伍也就改组成"朝鲜义勇队华北支队"了。至今年七月间,"朝青会"改为"朝鲜独立同盟"后,这支队也改称为"朝鲜义勇军华北支队"了。

在晋冀鲁豫工作了一年,据李队长谈,他们的收获是很大的。实际上也是如此。李队长提到彭副总司令及晋冀鲁豫临参会对他们的热烈帮助,在他的眉宇间就显露着无限的兴奋。他说:"我们在临参会上所提的议案都被全体议员通过了,无论对朝鲜人民的生活、工作,以及革命事业上,都给了极大的援助,在晋冀鲁豫的施政纲领上,也有明文规定着。边区政府更颁布了优待朝鲜人民的条例,在接敌区各县也都设立了朝鲜青年招待所,已经有许多敌占区的朝鲜同胞过来了。"他们自己也组织了武装宣传队,深入到敌占区、平汉正太沿线活动,而且已经打下了相当广泛的工作基础。

李益星队长很扼要地谈着他们义勇军的生长过程,在这三四年来的艰苦斗争中,朝鲜义勇军的英勇顽强对敌斗争的精神,的确是值得我们学习的。他们紧紧地和中国抗日军民在一起,坚持团结抗战,有许多志士在火线上光荣地牺牲了。(如华北朝鲜青年联合会领导者之一的陈光华,以及革命先辈石正诸同志,都是最好的榜样)在这次朝青二次代表大会中,还有从大后方特地赶来参加的金白渊老先生(他是韩国的语言学者、历史家),他渡过黄河,冲过敌人的层层封锁线,因为战争的缘故而度过四十天的不见天日的地洞生活。这种为民族独立奔劳冒险的赤胆忠心的精神,更是值得我们全体同胞学习。而李队长谈到这里,从他的闪耀的眼光里,也可以看到他对于革命的坚强的胜利信心。

在改组为"朝鲜独立同盟"之后,"朝鲜义勇军华北支队"的任务,显然的是更加繁重了。华北支队长朴孝三、副队长李益星、政委金昌满,他们指挥着三个队——第一队在山东,第三队在晋冀鲁豫,第二队也就是来晋察冀的这队,进行着顽强的对敌斗争的工作。

在晋冀鲁豫边区,他们的队伍分散到军队、政权等工作中去。在工作中,去学习组织武装与训练武装、巩固武装,以及指挥部队的种种艺术。在政权中,他们实地考察各种政策、政权机构、民众组织等的设施。而总的任务,还是扩大朝鲜民族抗日统一战线,开展敌占区的工作。李益星同志对我说:"我们来这里,任务更繁重,在太原、天津、保定、山海关的许多地方,都有许多朝鲜同胞,需要我们去团结他们。团结二十万华北朝鲜同胞反抗日寇是我们伟大的任务。同时,你们在建设根据地的过程里,有着丰富的革命斗争的经验,有着非常丰富的革命斗争的内容,这些对我们都有非常重要的意义,我们要很好地学习,以便作为将来建立独立的朝鲜的借鉴。"李同志并且很愉快地说:"我前天已经和聂司令员、萧副司令员、朱副主任、边区政府的代表见面了,他们都热烈地欢迎我们、帮助我们,我们实在感激得很!"

谈到这里,李队长就呵呵地大笑起来说:"再一年半啦!日子不算长,我们要好好地参加这里的各项工作,希望大家多多帮助!"

一九四二年八月三十日

(《晋察冀日报》1942年9月3日)

敌刀米小队长及其部下

红星

近来，灵邱城的鬼子，生活一天不如一天了，穷相到处在暴露着，就连"皇军"自己也禁不住地说："'皇军'穷得没'金票'的，丢人，叫中国人看不起……"在敌晋北警备司令发出"关于给养，在管区内设法自给自足"通令后，灵邱的敌军更是穷了，一天三餐减为两餐，粟米代替了白米，土菜代替了罐头；而军饷三月未发一分，士兵想吸支"大马高"没钱购买，只有流口水而已。如果运气好见地上有抛弃之烟头，"皇军"士兵即拾起来，小小地过过瘾。

这几天，城里敌士兵不断发生打嘴架的事情，据城里来人谈，其原因是因为敌兵领不到饷金，零用钱一分未有，所以互相盗卖手表等换"金票"（伪币）的很多，因此常互相争吵起来。

其实，手无半文之苦，不仅士兵感到，就是下级军官也有同感。八月八日夜晚，城里敌警备队刀米小队长突将密探×××找来，并传令部下快快地集合，携所有武器，声言前往东驼水（距城十里，在正南方）截击我军，令密探在头前为向导，这样五十名"皇军"便悄悄地出动了。

天黑得举手不见掌，他们只是摸索着前进。突然，"扑通扑通"，刀米小队长及密探都掉在河里了。好容易才把他们拉出来，停了一会儿，天色稍有白光，才找见了路。到了东驼水村边，时已过了午夜，村中沉静得很，半点儿声息也无，刀米队长低声地下令，士兵分组入村抢夺民物，以换"金票"。在这样命令一出口，穷极了的"皇军"高兴地跳了，一霎时三五成群分散入村，顿时村中嘈杂之声四起，踩门声、狗咬声、小孩哭声、男女惊慌哀告声、尖锐的叫喊声，闹得天翻地覆。约一小时,笑嘻嘻的"皇军"由不同的院落找着抢来的不同物品到村口集合,悄悄地原路返回。

第二天的早晨,"皇军"竟在城内对居民大肆宣传"八路军昨晚抢了东驼水"呢!

八月十四日

(《晋察冀日报》1942年9月9日)

我可知道了！

——一个老乡听见《中共宣言》以后

相振中

点名后，我们在院子里开讨论会，房东刚吃过晚饭，坐在一边，眼睛瞪得圆圆的，瞧着大家发言。

今天讨论"战后的新中国"，大家发言都很踊跃，末了，学习组长作结论，讲得又清楚又详细。

房东忽然很高兴地笑着问："哈哈！打走了鬼子建设这样好的新中国呀！这是谁说的?"

学习组长回答说："这是共产党的主张，共产党说到哪里做到哪里，一点儿也错不了……"

房东张着大嘴笑着，一会儿，他说："我可知道了，战后建设这样好的一个新中国，大家一起过好日子……前些日子我听别人说把鬼子打走了，穷人单等着分富人的地呢！还有，我们村里的财主正想法卖地，把卖来的钱大吃大喝，省得抗战胜利以后，白给穷人分去，还有人劝我卖地呢！现在我可知道了……这一定是敌人或坏蛋分子故意造谣。我可不卖地了。"

（《晋察冀日报》1942年9月11日，《子弟兵》副刊第60期）

杜朋尔活捉"活阎王"

——×团武装宣传队通信

林里

一支武装宣传队,在上月二十九日的晚上,接近了定县王庄据点,要在这里向敌人展开强有力的政治攻势。当晚,武宣队员杜朋尔就担任了进入村里侦察敌情并散发宣传品的任务。

第二天,正是王庄的集日,杜朋尔在大清早就完成了任务,他便很安详地在集上的人群中穿来穿去,用那双敏锐的眼睛,巡视每一件值得注意的事情。

忽然,在他面前出现了十几个穿着白粗布衣裳的人,杜朋尔心里明白,便不慌不忙地转身走进一道小胡同里。

穿粗布衣裳的人中间,有一个长着狼一样贪恶的眼睛的人,那人或者把杜朋尔当作一个有油水的乡下佬,便紧跟着也拐入胡同,向杜朋尔扑来。

杜朋尔一生气,妙计也就来了,他站住,瞪大眼睛,尽量把自己装得很凶恶,恨恨地把右手伸向那穿白衣裳的人,蛮横地说:"票(注)!要票!"

白衣裳的人怔了怔,气愤得像要吃人:"怎样?你向我要什么票?我还跟你要票呢?"

杜朋尔不搭理,只把右手伸得更硬更直。

"你算瞎了眼啦!你看看我是干什么的,你还想向我要票?!"穿白衣裳的人勉强沉住气,他想:这家伙一定也是个从别村来的小特务!除了鬼子和特务,谁个敢在据点里这样凶狠呢!

"不管你是谁,给票,给不给?"杜朋尔这回把左手伸向那人面前，右手早把裤腰后面的盒子枪掏出来。

"不敢当，我就是王庄据点里的特务班长活阎王马三，敢问老兄是不是城里来的？"马三用狡猾的惶恐的眼睛瞧着杜朋尔，心里思量着，这家伙还带着驳壳枪，来历不小，许是特务机关从城里派来的什么官……他不由得推出一副下贱拍马的笑容，声音更加柔和了："朋友！哈哈，别认错了，是一家人，你是城里来的特务官长吗？"

"你真是马三吗？"杜朋尔严厉地问下去。

"对友如对己，那能骗你吗？朋友，没有别的，到三合社吃饭去，我请！"

"别客气，我找的就是活阎王马三。好，朋友！我有几句话告诉你！"杜朋尔把态度放温和一些，"还是到村外去，这里不便讲话。"杜朋尔又补充着，枪口也不对着马三了。

到了村外，杜朋尔又把枪对准马三的头。

"朋友，这是干什么？可别拿枪开玩笑……你不是要票吗？我给你票……你把枪收下……"马三一半惊慌一半奇怪地嘟噜着。

"哈！我要的不是票，我要的是特务队长活阎王马三！你看我是谁？我是×团武装宣传队的战士杜朋尔。朋友，没别的，老老实实地跟我走！"

活阎王马三老老实实跟着杜朋尔和他的驳壳枪走了。

（注）"票"这个名词在敌区成了每个老百姓最害怕的一个名词，敌人见了老百姓要票（钞票），伪军、特务见了老百姓也要票，这一天，王庄的特务班长马三带领特务们到集上要票，却正好被杜朋尔碰上了。

（《晋察冀日报》1942年9月11日，《子弟兵》副刊第60期）

鬼子要修王八窝　咱们的炮弹不答应

张文耀

下午，我们的炮兵又出发了，目标是西朝阳村，鬼子正在修王八窝。

离村子不远了，连长去前面看地形，副政指问道："《中共中央告将士书》最末一段告诉我们要报仇，你们说说报仇的理由？"大家便齐声回答："敌人杀了我们父母兄弟、亲戚朋友，糟蹋了我们美丽的田园……我们一定要报仇！"

"对！报仇的机会来到了！"副指导员有力地说着。这时我们已经进入了阵地，鬼子还在不远的堡垒跟前打着修堡垒的民夫。

"架炮，××米达，加药包。瞄准！"连长命令着。政治战士贾维新一边忙着架炮，一边告诉他旁边的射手说："瞄好准，加好药包，咱们要学习××团九发炮弹打平两个堡垒，消灭七十多个敌人……"

"咚……咚……"，两颗炮弹并排飞去，在堡垒跟前开花了，民夫们听见打炮，像羊崩了群似的逃散，鬼子有的往王八窝跑，有的跳到封锁沟里。

"打得好，稍偏左，各炮连放二发！"连长忙着指挥。

又是几个炮弹飞出去，堡垒在炮烟中崩了一大角，另外两颗炮弹正好落在封锁沟里，藏在沟里的鬼子都被打死了。

回来的路上，田里的老乡迎着我们说："同志，炮打得好，鬼子要修王八窝，咱们的炮弹不答应。"

（《晋察冀日报》1942年9月11日，《子弟兵》副刊第60期）

关于保卫家乡大队

周奋

冀中藁无的青年们，放着他们可爱的家乡不能回去。因为去年十一、十二月间，敌人蚕食藁无把他们的家乡占去了。

但青年们并没有失离了方向。他们逃到根据地重新回到抗日民主政府的怀抱。政府成立了难民所接待他们。

青年们想念他们可爱的家乡呵！当政府号召成立保卫家乡大队，他们就全体组织起来了。

保卫家乡大队是在今年一月十六日成立的。在快过旧历年节的时候，指导员常到班里去和大家一齐说笑，任大家愿意干什么就干什么。因为他们大都是没有习惯严格的生活的年轻人，特别在这年节时候，会想起家庭生活来。过年那天，有一个偷偷地哭起来了。指导员和其他同志安慰他说："在家里好受吗？日本鬼子、'治安军'到处钻，能像我们这样乐吗？"一提起这个，年轻人的心又热起来。"可不是吗？"他偷着把眼泪揩掉。

"学习田瑞清！"在他们和××团的一个联欢晚会上，××团的赵主任和他们这样说过，很快地，保卫家乡大队开展了田瑞清运动。田瑞清运动是怎么回事呢？田瑞清是他们×中队上的一个同志，年节以前，家里父亲来找过他两次，父亲的企图都没有成功。过年时候，父亲第三次来了，对他的儿子说：

"家里你老婆病着哩！她住在你丈人家，要见你一面，你回去！"

"她得的什么病？"

父亲微笑着低低地说："医生说她得了想你的病！"

"那没有这个门！父亲！"田瑞清却生气了。

"不过,你总得回去看看!"

"我回去,她就会好吗?"

"你回去,也许……"

"不是我不想回去,我回去鬼子弄死了我,你还有儿子吗?父亲,你还有儿媳妇没有?"

父亲的问题得到了解答,父亲快乐地回去了。同志们弄了好的给他吃,他走时还给了田瑞清一条夹裤。他很爱他的儿子,他知道在这以前是他错了,真正爱他的儿子的还是在保卫家乡大队里的他儿子自己。用自己坚决的意志和热情的努力,最后消灭了法西斯主义,才是真正保卫了我们的自由,保卫了我们纯洁的父子之间的爱、夫妻之间的爱、同志之间的爱……

我会见保卫家乡大队的荣誉者们,是在××团。在三月初间,保卫家乡大队就有"向主力兵团学习"的口号的提出和努力了。四月十九,在"参加主力兵团最光荣"的口号下,他们全体参加了××团。从全是同一地区的人集结在一块的一支队伍,走到参加兵团去,这并不是容易的。不用说,这里大多是农民,大多都残存着旧意识,他们说:"在一块好!""我们是保卫家乡大队,怎么又叫参加兵团?"

但这像是闪电,一下子就过去了。

"到兵团来,不是更有力地保卫着家乡吗?"我会见他们的时候,他们给我说。是的,保卫家乡大队是永远的!不要从形式上去看它是否存在,八路军的兵团是保卫家乡的最好的保证。保卫家乡大队的同志们更结实了,更有本领了,他们刚经过了冀中的反"扫荡",考验了自己,提高了自己。我在岗哨上会见他们当中的一个,看见了他的年青的微笑。我看见他们成为家乡的永远的保卫者。

(《晋察冀日报》1942年9月11日,《子弟兵》副刊第60期)

原 来 如 此

——一个英勇而有趣的战斗

毕建章

这是个有月亮也有星星的夏夜。我们数十个健儿,像一群燕子,轻轻地、突然地接近了××堡垒。

偏偏破坏组的同志太不小心,大铡刀碰在石头上,"当啷啷"地响着。

狡猾的敌人从梦中惊醒,便一人握着一支枪,一人握着一把汗,爬上了堡垒的第二层,一颗圆溜溜的头,伸到了乌龟壳的外边,充大胆,想四面看看,到底八路军有多少人。

可是我们却都隐蔽在土阶子旁边。

堡垒第二层那颗圆脑袋溜溜转,转的时候大了,四班的战士胡济兴却不耐烦起来,他稍稍地侧过身子,枪口轻轻往前一伸,"砰"的一枪,那个脑袋被打碎了。

堡垒里的敌人更慌了,却硬装镇静,让伪军们朝着我们喊:

"八路军的弟兄们,携枪过来吧……这里有大米白面,叫你们吃得饱……若不的话,我们的重机枪可就不客气,你想破坏铁丝网吗?哼!我们的重机枪可不答应……"

×班长笑了,他压低嗓子告诉旁边的奋勇组员们:"有重机枪,有大米白面……他妈的,缴胜利品比赛,先夺他的重机枪,再扛几袋白面……"这一说不要紧,小伙子们都跳起来了。

破坏组的大铡刀这回很有劲的,三刀两刀便把铁丝网砍得东倒西歪,大家像狂风一样卷向堡垒,手榴弹"轰轰"地叫。大家乱喊着:"缴重机枪呀!"

刘明亮第一个冲进堡垒,他打了几个手榴弹,便大声地向着哆嗦的伪军:"重机枪呢?重机枪快抬出来……"

一个鬼子被打死了,另外几个鬼子跑了,××个伪军被捉住了,刘明亮却来回地喘着大气,恨恨地不说话。

原来,他妈的几杆破步枪,十几个吃饭的大黑碗,半袋小米,两个锅,四斤多青菜,十几床破被子,此外什么也没有,没有重机枪,也没有大米白面。

"原来如此!"不知谁逗趣地拉长声音说着。

(《晋察冀日报》1942年9月11日,《子弟兵》副刊第60期)

鬼子来摸哨陷进地雷阵

唐荫普　张义成

巩固四连这次在××庄放哨,二十日晚上得到敌占区的报告:"明早有鬼子二十四名要向这里进攻!"工兵赵庭兴奋极了,马上随同小哨长到警戒线上观察地形,在敌人可能来到的地方埋下了地雷。

第二天拂晓,田禾"沙沙"地响,一群黑影在蠕动,我们的哨兵一声不响地监视着,黑影刚到山脚下,只听"轰隆"一声地雷爆炸了,眼看躺倒了两个,其余的仓皇向后撤退,不料刚一拔腿,后面又响了两声,鬼子倒下四五个。同时右翼的地雷也和敌人接了火,"轰轰轰",连响三声,鬼子又跌倒了四个,其余残敌乱喊乱嚷地抬着尸体逃窜了。

(《晋察冀日报》1942年9月11日,《子弟兵》副刊第60期)

灵邱敌伪拾零

祥

一、"短一石送两个五斗"

灵邱的鬼子对伪警备队极为刻薄，一切给养令其自力更生，因此伪军给养得不到完善的解决，营养甚为不足，致染病者日增，仅东河南三十名伪军，染病者即有十四名，灵邱城的伪军田雨亭队，全数不到四十人，染病者即有二十几名之多。但是，"皇军"不但不给予治疗，而且毫不过问。

×××据点的伪警备队长，对此太不满意，同时他不断地看见我们的报纸和宣传品，知道了"今年打垮德国，明年打败日本"，渐渐觉悟起来。最近，我军不断地深入敌占区活动，摧毁伪组织，捕捉死心塌地的汉奸。正当我军活动时，一个汉奸飞往×××据点向伪警备队长报告："八路军来了！"

"来就来吧，该怎么办！"伪警备队长严肃地回答了"献功"者。

又一次该队长问××村伪村长："你们村的公粮交完八路军没有？"

"没交一点儿！"××伪村长低声地答。

"哼！我不信，一点儿不交，反正八路军那么多要吃，不吃怎能打日本哩？交吧，负担一石，交两个五斗好了！"

二、三点水，一天三换衣

灵邱城内伪复兴总会漏网的理事长张考，至今吓得心神不安，每到夜幕降临时，就发了愁哭诉着"白日好过，夜晚难过"，夜晚不敢一个地方睡，更不敢大胆地脱衣睡觉，一听狗咬，便飞奔爬上屋顶，弄得敌伪都恐慌起来。

这几天城里的伪组织人员和汉奸恐慌到极点了，自感当汉奸时有被我军入城活捉的危险，尤其晚上。

最近，流传出一个笑话："三点水（敌占区人民对汉奸的简称）一天三换衣。"

事情是这样的，那些为敌寇当高等走狗的人，每日上午八点钟以前，装束像城市普通的人，八时以后上街时或会见"太君"便换洋服，一到夜幕来临，就很快地将这样的服装脱下，换一身普通农民穿的粗布衣服。据他们自称，唯恐被我军碰见，目标大，晚上这样的装束，也可以乘隙逃走。

三、娃娃兵与假鬼子

五月初，所谓"晋北"敌军大调动以后，新换来灵邱守卫的鬼子，除极少数重武器的射击手以外，其余大都是十七八岁，顶大至二十一二岁的黄发童子，不但说不到战斗力，简直才学立正、装退子弹。

八月初又调来特代小队，内中的士兵大部分是东北的青年，被鬼子抓去或征去，经过一个时候的训练，严禁他们说中国话，否则就杀头。

起先，人们看他们的装束，以为是真日本鬼子，听说话吧，"叽里咕噜"的完全是鬼话。

一天上午，特代小队长派出部下的十二个士兵，去监督补修灵广公路的"苦力"。他们早上每人吃了二碗粟米饭，怎能不饿呢？于是他们相商到××村找饭吃，他们由东家串到西家，男人们都逃了，只丢下娘儿们。

一个士兵拖着枪进了一家老百姓的房里，就翻缸揭瓮找食物。但丝毫未寻得一点儿可充饥的东西时,屋内只有紧贴着墙、惊慌的女房主,他对女房主说:"我的米西的。"女房主不懂,颤抖地回说:"我不明白,街上的男人明白。"

这个日本兵真急死了,用手指指口,拍拍肚皮,女主人摇摇头还不懂。后来他急了,横眉直竖地吓唬"八嘎呀路",这样几乎将这女房主吓晕。

这时,他急得眼中发火,但看见女房主的惊慌样子,转身探头向外扫视一下说:"你这女娘,一点儿不懂,真急死人。我对你说,我并不是真鬼子,我是中国热河人,家里什么人也有,前年被鬼子强迫征去训练了三个月就编入鬼子的队伍,冒充鬼子凑数,将我的原名×××取掉改为××××的日本名字,并且不让说一句中国话,不了就要杀头。现在粮食缺乏,一天只吃二顿饭,一顿只给吃二小碗小米饭,所以饿得不行。好嫂嫂,你不要对别人说,说了,我的头就不牢了。好嫂嫂,我饿了,给我点儿吃的吧。"

(《晋察冀日报》1942年9月13日)

读《中共中央抗战五周年宣言》有感

松林居士

光阴似箭，日月如梭。一转瞬间，而我国精诚团结，浴血抗战，已届五周年矣。回忆七七事变，国难临头，釜底余生，屡濒于死。叹山河之破碎，慨身世之浮沉，自觉前途渺渺，后顾茫茫，将来结果，竟不知伊于胡底。求得一经纶济世治国安民之术，一闻其说，遂死不恨，又每每以不遇其人为憾。今读《中共中央抗战五周年宣言》，遂不觉惶然而惊，浩然而叹。然后知中外大局，天下大势，过去未来现在之事，尽在于此一篇矣。非有经纶济世之才，治国安民之略，而能如是之畅所欲言乎。慨自事变以来，吾闻谈国事者多矣，然皆议论纷纭，莫衷一是，求一约略而言者，亦寥寥焉不数观，况能彻底而言哉。一经中共揭露，真如暮鼓晨钟，发人深省。岂天以中共为木铎，振聋发聩，提撕警觉，先将中国之梦梦者，提耳而惊醒耶。不然，何其恺切详明，条分缕析，娓娓而谈，谆谆而告，而贯彻始终也耶。一方面民主之同盟国，一方面法西斯轴心国，两两相形，双双对比，虽天资陋劣，文化极低，孰优孰劣，孰得孰失，必有能辨之者。先看民主之同盟国，苏联前线之胜利，后方之巩固，红军之英勇，人民之积极，英美军火生产之扩大，人民抗战情绪之高涨，海陆空军之壮大，第二条战线积极准备。再看英苏同盟，苏美协定，十分团结，十分巩固，所谓"苏必胜，德必败"，已成定局。今年战胜德国，非大言欺人。此势所必至，理所固然也。次看法西斯轴心国，适成一反比例矣。德意春季夏季攻势之破产，□军优势之丧失，德意人民之不满，占领国人民之反抗，军火生产之下降，生活必需品之缺乏，前线惨败死亡浩大，后备空虚人力不足。再看帮凶之日本，战线延长，兵力分散，经济枯竭，转运困难，十分恐慌，十分涣散。所谓"中国必胜，日本必败"，已成定局。明年击溃日本，非虚语蒙混，亦势所必至，理所固然也。虽然，胜利愈接近，困难越增多，中共指出争取时间、克服困难，确是兵家之妙诀，当今之急务也。熬过今明两年，才能渡过难关。是不轻敌，亦不悲观。非有充分之把握，敢下此全成肯定之断语乎？更可庆幸者，战后各国一律民主自由独立平等，非仅我中华之幸，是亦全世界之幸也。抑吾更有二说焉，民间最怕德意日三国，战后和平不久，一旦死灰复燃，犹有燎原之势。中共指出不让法西斯侵略主义，再有抬头的可能，必能制治于未乱，保邦于未危，绝不姑息养奸，遗痈养患，此一条不足忧矣。民间又恐国共两党，战后和平难久，一旦经人挑拨，又起内讧之端。中共指出蒋委员长不仅是抗战领导者，而且是战后新中国建设的领导者，必须按照合理原则，改善国共两党及一切抗日党派间的关系，加强国内团结，不给日寇以任何挑拨离间的机会，非有德有识者，不能出如是之语也，此一条更不足忧矣。昔诸葛武侯隆中对，将天时地利人和，从容谈笑，一律分清，未出茅庐，已知三分天下。今《中共抗战五周年宣言》，将过去未来现在之事，现身说法，和盘托出，未到战后，犹能顾及全球，以今仿古，又奚攘耶。由此观之，此篇谓为治安策，谁曰不可？谓为醒世篇，谁曰不宜？真令人深感五衷，佩服之至。我等应当一致拥护中共领导，艰苦奋斗，抗战到底。噫！光明磊落，当世所崇，忠实诺言，揭橥和平，既导先河，可援成例。如两党缔结联盟，定能牛耳之执，则各省趋跄恐后，必惟马首是瞻，指信誓于山河，消兵氛为日月，岂惟各省人民之幸，抑亦国家无疆之庥，懿欤休哉，何其盛也。将见五洲开自由之花，四海结平等之果，辟乾坤而再造，揭日月以重光。新中国之远景，俨如一幅华严界、极乐境，虽古之舜日尧天，亦所不及也。吾侪亦得安居乐业，长享遐龄，共沐恩波于无穷矣。倘能如愿以偿，则天下苍生馨香叩祷，谨祝独立平等民主自由万岁。

德意英雄末路

枕戈壮志万方同，德意淫威一扫空。

逆虏不知桑海变，犹将奴隶视英雄。

中国胜利在望

全民抗战起长征，父老年年望太平。

胜利曙光应不远，冲开黑暗快天明。

日本诡言东亚和平

无端倭鬼起烽烟，争地争城杀伐天。

放火杀人真面目，和平原属口头禅。

（《晋察冀日报》1942年9月16日）

救 护

——记平西×团×连支书张更新同志的谈话

侯亢

去年秋季平西反"扫荡"的某一次战斗，我们×连掩护着司令部从小石门退下来，直属队都过去了，我们×连也撤退了。

这时候，我的"摆子"（即疟疾）上来了。我觉着不对劲，起头还随着队伍走，走了数里路，两条腿沉重得拉也拉不动，不住地打牙巴骨，浑身打战，再也走不动了。

队伍在前面走远了，我掉了队，身边没有一个人照顾，心里想着：无论如何得要走啊！干革命十几年了，过去在陕北跟刘志丹打仗，打得那样凶，没有丢了命，这时候可不能当日本的俘虏。心里虽然这样想着，可是身不由主地在路旁倒下了。

这时心里边明白，知道敌人就在屁股后面追着，耳朵也听到了敌人的炮声和机关枪声，睁开眼看看山上连个人影也没有，只是风吹得棒子秸"哗啦哗啦"地响。我真急了，无论如何，我要走，刚挣扎着站起来走几步，可是又倒了。这样反反复复几次，后来再也走不动了，一步也不能走了，我就跌在路旁。路旁下面就是一条很深的沟，我下了决心，要是敌人来了，我就滚下沟去，反正我不能让敌人捉活的。

一会儿迷迷糊糊的我像是听到有人说话，这可把我吓坏了，这要是日本鬼子我就完了，我不做俘虏就得滚下沟去自己摔死。同志，这得要勇气哩！

这时候，我像是清醒了一些，我抬起头来朝着说话的方向看看。可是，刚巧前面路上一个拐弯被遮住了，真也看不见人，听也听不清楚口音,这怎么办呢?我把挂在腰间的两颗手榴弹摘来,揭开盖,拉出引线,把一个手榴弹拿在手里准备着。我趴在沟边一丛小树下,两只眼睛直瞪瞪地望着谈话的那个方向。这时候,心里不住地"扑腾扑腾"地跳,上边牙齿和下边牙齿碰得更紧了,可是倒没有觉出冷来。

说话声越来越近了,慢慢地也听到了脚步声,我咬紧了牙关,把手榴弹举起来。我趴的那个地方离拐弯处有三十几步远,要不是大声说话,我听不清楚谁的口音,可是这时候,拐弯的那边大声地唤了声:

"特务员快点儿走!"

啊,这时候我喜欢极啦!恨不得立即站起来。这清清楚楚是我们部队上人的声音,我不怕了,把手放下来,只要有我们部队上的人,我就有救了。我的眼更紧地望着前边看,看这来的终究是谁呢。他们刚拐过弯来,我就看见了头一个是萧司令员(萧克将军),第二个是参谋长(任德操同志),后面还有两个特务员,这时候我禁不住地唤起来:

"司令员!快来救我!"

萧司令员抬头看看前面。

"哪一个?"

"我……司令员!我病了。"

萧司令员挺着胸很快地走到我的身前,我想站起来抱他,可是不知道怎么弄的,这时候我一点儿力气也没有了,站也站不起,我搂着司令员的腿,像见了亲娘一样地哭了。我跟着他在平西和敌人打了五年啦!萧司令员用手摸摸我的额头,说:

"没有一个人照顾你?他们都走了?"

"我掉队了,他们不知道。"

"你还能走吗?敌人到了前面山上。"

前面山是我们×连撤退下来的山,离这地方有五里多路。敌人上了山,恐怕中了我们的埋伏,在周密地搜山,枪声也早已停止了,我知道敌人很快地就可以跟着我们的屁股追上来,可是两条腿太不给做主了。我摇摇头,对萧司令员说:

"我实在不能走了,敌人来了,我准备滚到沟里摔死。"

萧司令员看看我,看看我身旁的深沟,又朝着前面山上看,他皱皱眉头。可是只一会儿,他又平静地对我说:

"敌人在前面搜山,我们一个排在那里抵抗,一会儿还到不了这里,你耐心等等,我动员担架来抬你。"

他派出一个特务员回到前边小山坡上监视着敌人,派出第二个特务员到下边村里去动员担架。

这时候,他坐在我对面的石头上,解开衬衣的纽扣,用草帽不住地扇风,他问我什么时候病的,怪我为什么病了不到医院里去休养。——这次是碰巧了,正遇到他走在后面,这次真该我有命。在前面山上我们×连撤退下来的时候,我看见萧司令员和参谋长还留在山上,用望远镜观察敌人,可是我也知道他和另外一个排从小路上撤退,后来听说另外一股敌人切断了那条小路,那个排分做以班为单位,在前面山的附近打击敌人。萧司令员他们几个人就从我们×连退走的这条路走了。

我没有力气说话,渐渐地发起烧来。萧司令员回过头去和参谋长谈论着今天的战况。

动员担架的那个特务员一个人回来了,很明白地在这样情况下村里的老百姓早都跑光了,却拿了几根杠子来。因此,老远的,萧司令员就问：

"怎么没有人？"

"别说人，连个狗也没有。"

"没有人有杠子就行，咱们自己来。"

他接过杠子，解下绑带，就拴束担架，编织躺床，又拔了青草铺在上面，一会儿一副担架好了。萧司令员说：

"走吧，同志！一副很舒服的担架呢！"

他和参谋长一个人架着一条胳膊，把我放到担架上。

那个在小山坡上监视敌人的特务员，这时候也跑回来向司令员报告，敌人的前哨部队下到山下，向我们方向前进。萧司令员说：

"没有关系，敌人两条腿我们也是两条腿，他来了，现在我们也走。"

萧司令员、参谋长、两个特务员抬起我来就走。

这时候，正是夏末秋初，太阳晒死人，山上连一棵树也没有，山路又难走，虽然这时候我病得迷迷糊糊的，但是心里总觉得不好过，我对革命工作有什么功劳值得萧司令员抬我？

我觉着走了有里半二里路，担架放下了，我想：到了村庄，有老百姓了吧，应该让萧司令员休息，他已经几天不能好好地睡觉了。但是我睁开眼一看，一条很狭窄的小路挡在前面，两人不能并肩走道了。

"特务员！把你的绑带解下来。"萧司令员唤着那个在小山坡上监视敌人的特务员。

特务员解下绑带来，前后边，一边拴了一根搭肩。

"参谋长咱两个来抬。"

萧司令员脱下湿汗的军衣，交给特务员，用毛巾擦了擦汗，蹲下去把搭肩往肩上一放，看着参谋长也蹲下来，他唤声"一、二"，两个人一起挺起腰来，在狭窄的路上又很快地走了。

这样一直走了十多里路，有我们的队伍才换了抬担架的人。

我总忘不了这件事，想起萧司令员，总觉着自己做的工作对不起他。

一九四二年八月六日

（《晋察冀日报》1942年9月16日）

"我们在等待着捕杀这山狼！"

冉西

前几天，我到北面的大山上去。在那里，羊群仍正忙着卧地，绿色的坡岗上到处散布着雪白的肥羊。狡猾的山狼，想乘这机会找些便宜，每夜都在山头上梭巡。牧人们的警戒是严密的，他们支起篷帐，准备着火枪，互相替换地监视着山头。十几天来，羊只，没听说谁家的丢掉了，狼皮却你家我家地剥了个十二三张。

在那里，我看到了牧羊人打狼，沿途我更看到了边区的人民在准备着打鬼子。

牧羊人会保护羊群，老乡们会保护粮食。冬天坚壁东西的技术已经值不得再讲了，夏天存粮的办法，我们也有了把握，尽管它阴雨连绵，漫天泥水，保证不受湿潮，不生虫，不长毛。家具衣物许多老乡都找妥了地方，配好份数，分别放起，一有情况，马上背起就走，几十分钟内，就能逐件藏好。在一个破院里，我看到一个老乡在水瓢上钻孔，我问他干什么，他憨然一笑，大声地说："打游击好带呀，这东西，哪一顿饭也得用。"在另一个村里，我又见了一个土包子木匠，在房阴里正专心致意地造一只小箱子，里面有许多奇奇怪怪的格子，别人告诉我，那家伙正在制造一只专盛刀勺碗筷的怪箱子。家家妇女都在纳鞋底、做棉衣，我没去探问，但是谁还不知道她们在准备着干什么吗？

沿途许多村庄，广场上坐着成群的小孩子们听讲，为了走路，我不曾停步，但就耳拾的一些碎语看起来，也就明白是什么事了。

"挤到墙角里的疯狗是要更加疯狂的。"

"兔子急了还咬脚面呢！"

"你别小看这土炮,一样地顶事。"

"大秋天,满地青稞,到处能掩蔽人。"

"暗地一石子,顶他妈的一个小炮弹。"

…………

夜里,睡在一家门洞里的一只门板上,蚊子多,睡不着,睁着眼睛看流萤,几个小伙子高声说笑着走过去:

"缴一支枪奖二十元啦!"——边区政府颁布的人民武装奖励办法,立刻使他感到很大的兴趣了。

(《晋察冀日报》1942 年 9 月 17 日)

紧张动员起来！武装保卫秋收准备反"扫荡"

全边区父老兄弟姐妹们，各界抗日团体会员们：

秋收已到，粮食上场，我们一年辛苦所得，眼看就要到口了。

万恶的日本强盗，却修好了公场公仓，预备妥麻包口袋，睁大眼睛，伸出血爪，要来抢尽我们的粮食，破坏我们的秋收秋耕，抓走我们的青年壮丁，奸掳我们的妇女姐妹。对我们更野蛮毒辣的"扫荡"又快动手了。

同胞们！会员们！紧张地动员起来！迎击日寇的"扫荡"，保护我们的粮食，快收、快打、快藏、快种；鬼子敢来"扫荡"，猛烈地开展游击战、地雷战、山头战、地道战；不让鬼子抢走一粒粮，抓走一个人，奸淫一个妇女；誓死保卫我们的粮食，保卫我们的一切生命财产，保卫家乡，保卫边区抗日根据地！

记得吗？几年来日寇的"扫荡"，都被我们打垮了，今年他再来"扫荡"，我们更要坚强团结，誓死奋斗，管叫他气势汹汹而来，损兵折将抱头鼠窜而去。日寇明年就要完蛋，大家咬紧牙关，跟鬼子干到底。

但我们必须认清：日寇越快完蛋，越要拼命挣扎，今年的"扫荡"，比去年将更残暴与毒辣，大家要千万当心，多多准备，认清困难，切莫懈怠。日寇今年对华北各地"扫荡"，所用的空前残暴、骇人听闻的烧杀、奸掳、投毒、放毒、毁灭等滔天兽行，与逼降诱降、挑拨造谣、伪装欺骗等阴谋诡计，亦必重演于我北岳区，我们必须万分警惕！

同胞们！会员们！要认清今年我们同日寇是一场空前的大恶战，反对太平观念轻敌心理，更要反对悲观害怕与苟安投降的情绪。苟安投降是死路一条，只有全边区党政军民全体同胞坚强地团结、誓死杀敌，才是唯一的活路。

我们要认清日寇的毒辣残暴了，更要认清日寇的快要死亡，我们一定能打垮他的"扫荡"的条件。大家不是看见边区子弟兵更精壮了吗？边区人民反"扫荡"打游击的经验更多了吗？鬼子近来不是到处碰地雷挨炸吗？边区党政军民的团结，不是更加坚强了吗？敌占区的同胞，不是更羡慕景仰边区人民自由民主的生活，而想投入祖国的怀抱来吗？边区周围各根据地对我们的有力帮助，不是听到敌人"扫荡"他们回来时说"大大的不够本吗"？再看看敌人，娃娃兵、老头儿队不是更多了吗？他们穿的不是更破、吃的更坏和不管饱了吗？上吊自杀投降开小差的不是更多了吗？伪军汉奸们不是觉得鬼子不沾，当汉奸和汉奸队没有下场，而不肯真心给鬼子效力吗？

同胞们！会员们！紧张地动员起来吧！把庄稼快快收割藏好，把公粮公款交足；预备好杀鬼子的地雷武器；坚壁好粮食财物；加紧除奸侦察，完成一切反"扫荡"的准备；在日寇蚕食的地区，更要把爆炸运动广泛地开展起来，粉碎鬼子修筑炮楼堡垒；不让鬼子侵占我们的一个村庄一个山头。在反"扫荡"到来时，我们更要发扬几年来团结杀敌的精神，帮助我们军队解决困难，随时找部队联络，配合子弟兵游击队打鬼子，我们再叫日寇喊个"大大的大大的不够本"吧！

口号：

一、全边区人民动员起来加紧准备反"扫荡"！

二、武装保卫秋收，保护粮食，保护秋耕！

三、快收快打快晒快藏！

四、广泛开展游击战地雷战地道战山头战！

五、不让鬼子抢走一粒粮！

六、不让鬼子抓走一个青年壮丁！

七、不让鬼子奸淫一个妇女！

八、粉碎日寇一切蚕食"扫荡"抢粮阴谋！

九、誓死保卫家乡保卫边区抗日根据地！

晋察冀边区北岳区抗敌后援会
工人农民妇女青年抗日救国会
文化界抗日救国会
民国三十一年九月十日

(《晋察冀日报》1942年9月17日)

警惕起来！粉碎敌探汉奸的阴谋活动！

全边区的父老兄弟姐妹们：

大家立刻警惕起来，粉碎敌寇汉奸的阴谋活动！

日寇正在积极准备对我们的大"扫荡"，汉奸特务的活动也更加积极起来了。日寇的死期已经不远了，他越接近死亡，对我们的进攻就越加疯狂和毒辣，汉奸特务的活动，也就越加诡计多端，花样复杂。

我们还记得：在每一次"扫荡"之前，敌人都派了大批的汉奸特务做先遣队吗？在每一次"扫荡"中，汉奸特务不是都格外猖狂，给了我们根据地的建设和边区人民的生命财产以很大的危害吗？

我们还记得：在每一次反"扫荡"中，日寇汉奸特务有计划地散布谣言邪说，惑乱人心，制造恐怖，散布失败情绪，进行挑拨离间吗？在每一次反"扫荡"前，我们不是都可以看到一些不三不四的人化装各式各样，到处闲游、乱钻、探听消息、侦探地形和散放毒药吗？在反"扫荡"中，不是有大批武装的或便衣的特务、汉奸，捉人、杀人、放火、烧房、抢东西、挖坚壁的东西吗？在去年，敌人不是更利用了汉奸特务，到处欺骗诱降，组织什么维持会、伪政权吗？

现在，日寇的花样更多了。

大批训练好的汉奸特务（有些是十四五岁的小孩，有些是女人）已经暗暗地从敌据点中放出来，企图混入边区进行侦察放毒以及各种破坏活动。

在"自首运动"中，敌人一面用严刑拷打，一面用金钱利诱，利用一些丧失民族气节的分子，进行反间计；用自首、抓人、威逼利诱、欺骗麻醉种种办法，发展秘密"情报员"，建立秘密"情报网"；

有计划地利用迷信道门组织、"统一善良团体"做敌人特务工作的工具，配合他的蚕食政策和"扫荡"；在"扫荡"时，更往往冒充我党政军民人员，乘机活动。

我们必须一致团结起来，警惕起来！粉碎日寇阴谋诡计，反对汉奸特务，肃清日寇耳目爪牙！

我们要认真地加紧岗哨，注意盘查行人，无论男女老幼，无论在家或下地都要留心那些不三不四、鬼头鬼脑的家伙。谈话做事都要注意留心，不要泄露军事秘密。在反"扫荡"中更要团结一心，行动一致，随时与党政军民各机关团体保持秘密联络，千万不要上敌人汉奸特务冒充我军政人员的当，模范队、青抗先、游击队要加紧开展游击战，打击特务奸细和武装汉奸。大家要留神汉奸特务的造谣欺骗，粉碎日寇的"谣言攻势"！发现谣言都要追根究底，传什么消息情报都要有凭有据，汉奸的报纸、漫画、传单、标语，都要一齐收集起来，送交政府，绝不能让它流传。人人提高警惕性，人人留意，人人捉个汉奸，汉奸就无藏身之所，日寇就没有耳目，没有爪牙，耳聋眼瞎，力量孤单，日寇就得赶快地滚出边区去。

人人负责严防汉奸特务！

肃清敌探汉奸，去掉敌人的耳目爪牙！

加紧岗哨，注意盘查行人！

开展游击战，捉拿武装汉奸！

晋察冀边区北岳区抗敌后援会，工、农、妇、青、文救会

民国三十一年九月十日

（《晋察冀日报》1942年9月17日）

地道战在冀中

【新华社延安十一日电】冀中是一望无际的平原,群众曾经用破路、爆炸对付过敌人,现在他们用地道和敌人周旋。日本法西斯恨死了地道,他的魔手伸向抗日人民时,群众灵活地从地道中逃遁了。地道现已在冀中普遍地通达着。可是,最初还是在日人据点附近开始的,据点里的敌人时常到附近的村庄里掠夺钱财、奸淫妇女,群众不甘受敌人蹂躏与践踏,他们积极地组织了群众武装——民兵,坚决勇敢地对敌作战;不过这只是青年小伙子才能胜任的。儿童妇女老人们,当敌人来了的时候,只有退出村庄,往往一天内要来几次,这却不胜其烦扰了。儿童不能安心地上学,妇女们不能坐在家里纺织、做针线,老人们也时时刻刻得不到安宁。为了对付敌人不断的骚扰,据点附近的群众开始在自己家里的灶底、炕底或者庭院中隐蔽的角落,挖掘着秘密的地道,当听到敌人的皮靴声逼近大门时,人们钻进了地窖。不过这只能蒙混敌人于一时,当敌人进行搜索时,"死窖窿"里的人是逃不出敌人的手掌的。这样被害过的村庄,这家和那家的窖便打通了,敌人守住这个地窖口时,从那个地窖口便可以逃跑了。但是敌人包围整个村庄时,只邻家的地窖互相打通还是不能逃出敌人的包围圈的事实,教训了群众必须想更多的办法对付敌人。于是长距离的地道开始挖掘了,不但每家的地道都通着,而且地道从这个村庄通到了那个村庄,通到四周围的村庄去。在今年一月间,定南县伍仁桥附近一个村庄里发生了这样一件事,更掀起了挖地道的热潮。伍仁桥附近的这个村庄,一天的拂晓突然间被敌人包围了,这个村庄是挖着地道的,于是儿童妇女老人们都镇静地进入地道,民兵们却坚决地顽强地抗击着敌人,因为他们有地道可以作依靠,就是敌人包围得水泄不通时,他们也可以进入地道逃遁。敌人直打到上午十点钟左右,伤亡了十几个人,才艰难地进入村庄,可是村庄中没有一个人影,敌人也没有看见一个人逃出去。敌人奇怪着,"为什么一个人也没有了呢?"敌人开始搜索,家家户户角角落落都去搜索。一个日本兵和一个伪军像获至宝一样地发现了奇迹,在一个院落里终究发现了一个洞口,可是谁也不敢进入洞口,他们召集了十多个的日本兵和伪军来,在军官的逼迫下,一个伪军先进了地洞,二个日本兵也随后走进去。恰恰在这个洞口有两个民兵防卫着,听见洞口的脚步声,他们知道了敌人进入了洞口,于是将"独决"(单打一的短枪)举起来,等待着敌人的来临。从洞里向洞口看,光线是明亮的,从洞口向洞里看光线却是黑暗的。两个民兵看着伪军和日本士兵一步一步进地道,但是伪军和日本兵却看不到两个民兵,同时两个民兵是知道敌人进入了地道,作了准备,敌人却盲人骑瞎马地摸黑路。伪军将要走到两个民兵面前了,"独决"响了,伪军应声倒地,日本兵回头便跑,两个民兵紧追了两步从后拉着腿一扯,日本兵也倒在地下被活捉了。洞口的敌人听见伪军和日本兵的叫喊声,吓得目瞪口呆了,漠然地朝着洞中乱打一阵枪,望着莫测深浅的地道,叹息着懊恼地走掉了。这个消息像电讯般在群众中间传布着,于是其他村庄都自动地挖起地道来。大小地道通过了各个村庄,是一个巨大的工程,比过去的破路更费工,更费力气,不过为了活命,战胜敌人,抗日的人民什么都肯牺牲的。在地道中,有一定的组织,按着群众团体的组织,规定了每个团体的会员应走的路线。譬如儿童团的团员进入地道往甲村的地道走,妇救会的会员往乙村的地道走……每一团体的会员、村民定按着先后的次序,以免在地道中发生纷乱和拥挤。地道中又设置了简单的防毒设备,如在洞口和转弯处堆积了木灰和石灰,放着清水,每人都随身带着毛巾,各个群众团体也在会员中进行了广泛深入的防毒教育。地道在敌后平原群众游击战争上起了很大的作用，群众有了地道作依靠，可以安心地工作和生产，敌人来了，他们可以从家里的地道中转移，民兵凭借着地道更顽强地抵抗着敌人。因为有了地道，再不怕被敌人包围了，就是被敌人包围了村庄或逼在家里时，他们也可以灵活地从地道中遁走。日本法西斯企图杀光抗日的人民，但是他血腥的黑手伸不进深远的地道，步枪、机枪、大炮、飞机与坦克在地道的面前也变为废物。最后敌人用了惨绝人寰的毒辣手段对待冀中的抗日人民。五月二十八日，在定南县北坦村的地道中，施放了大量的毒气，毒死我八百多抗日的人民，这是中日战争史上空前的惨剧，也是敌人垂死的挣扎。敌人毒死了我们冀中八百多同胞，但是他杀不尽冀中所有的人民，填塞不完通遍冀中的地道，群众将更有力地予敌人以打击。同时群众在斗争中，用智慧和血汗创造了地道，在今后的斗争中，也一定能征服物质条件的困难，提高防毒设备，使敌人的毒瓦斯失去效用。

(《晋察冀日报》1942年9月18日)

在血泊斗争中的冀中人民

梁璞

一、捕捉虐杀与反抗

是六月中旬的一个早晨,十几个法西斯匪徒的铁蹄踏进了深北县××村,数百个老少群众(因青年已大部逃出参加部队)在法西斯们的鞭笞下,集合在一个广场里,开鬼子们一手捏成的所谓"群众大会"。

"我们早知道哪个的是村干部的,你们再不说的统统的杀光的有。"

台上讲话的一个法西斯强盗,带着狰狞的恶笑,说到最后一句的时候,又拉下了狗脸一样长的咀巴。

"没有的……没有的。"不管法西斯们怎样威胁利诱,台下的人们始终是这样异口同声地答复。

"好!八个!"鬼子急了,台上的那个法西斯匪徒指挥着下面几个野兽下了惨无人道的毒手,将五个比较年轻的壮年(这里也只有五个比较年壮的人),在人丛中一推一送地揪了出来,绑了起来,推到人群的前面去。

全村的人们互相瞅视着,几百颗敢怒而不敢言的兀立着、气愤的心,在"突突"地急剧地跳动着,他们预料着将要临到五个人头上的是打棍子、压杠子、灌冷水、枪决……

"你们,不说的?这五个都是的,再不说的,统统的杀了的有。"还是那个刚才讲话的法西斯说着,用手猛力地□动着他身边一个手持机枪的年轻的野兽,将枪口对准了五个人的胸膛。年轻的法西斯匪徒卧在地上作出预备放的姿势。

村里的人们都抬起了头，张大了嘴，瞪圆了眼睛，视线一致地经过法西斯的枪口瞻视到五个人的胸膛。他们咬紧了牙，顿起了脚，每个人全身充满了愤怒。

太阳从正面的榆树空隙里射过来，从人们的头顶直射到法西斯们的半块狗脸上，更显得野蛮凶凶了。

"乡亲们！是时候了，不干还等什么时候！来来来！是中国人的都跟着我下手！"在恐怖的空气中，突地从人群中跳出了一个四十多岁的大个子，他张大了口，卷起了拳头，紫黑色的臂膀冒出来鼓绷绷的青筋，他的话激荡了全场。他一边说着，一纵身虎一样地扑过去，按着了那个握机枪的法西斯匪徒，一脚踢开了机枪，一手捏住了法西斯匪徒的喉咙，拼命地向下按。

"啊……啊……"其他十几个法西斯发愣了，手忙脚乱地要兜枪。

"干吧！操他妈的拼了，有种的上啊！跟着村副干哪！"所有全村人们都上来了，将十几个法西斯匪徒拥成一团，男的女的挥动着几百个正义的铁拳。十多分钟后，十几名法西斯像烂泥一样僵死在全村人们的面前。

战斗胜利地结束了，他们都扛起了包裹，拉起了驴牛，全村在统一的号令下分散了，他们为了对付法西斯们的报复在仅留的房门上留出了这种字样："欢迎鬼子烧房子。"

二、三个老年的死

"下去的捞的，不的统统活不成的！"鬼子搜遍了全××村只抓住的三个老头儿，最小的也有七十五岁，几十个法西斯匪徒围住他们在发泄他们的无名的凶火。三个老头儿被抬到十字街的井口上，硬要他们下井捞枪捞手榴弹。

"八路军只过了一下没到这里来,井里没有枪更没有手榴弹。"三个老者为了爱护中国人民血肉换来的武器在顽强地与敌反驳着。

"好□下去……"在鬼子的驱使下汉奸们七手八脚地上来,将一个将近八十岁的老乡碌碌地从井口系到井底。

"有没有的,有没有的……"法西斯们低着狗头向下问。

"什么也没有!"从井底传上来的回答。

"八嘎的!向下的使劲的!"

汉奸们被鬼子驱使着猛力下松,"咚"的一声。老头儿掉在水里了,水面上翻出了水花,过了片刻汉奸又在野兽们的指挥下拉出了水面。

"有的没有……"野兽们又问。

"没——有——"好像是仅有的最后的吼声又从井底动荡地回答上来。

"八嘎的,再下去的!"

"咚!"又放进水里了。

往返三次后,不管野兽们怎样问,里边再也没有了声音了。

"拉上来看的。"鬼子们听不到回答以后又这样地吩咐汉奸们。

他是被拉上来了,青着肉皮,鼓着肚子,翻大了白眼,张大了口,紧握着拳头,显示着无限的愤怒,而与世长辞了。

…………

第二个、第三个,都是同样的方法,以同样的回答,也同样地光荣地牺牲了。

三、逃亡

在血淋淋的群众大会上,××村的三个青年,由于自己不承认是八路军，被法西斯灌满了一肚子冷水后在板凳上压死了。

  一村、两村、三村，消息很快地传遍了几十个村庄，几十个村所有的人民，不约而同地作了伟大的逃荒示威，所有人们都逃光了，各村除了几间凄凉的房子在耸立以外，没有了半点儿带气的生物。他们到处宣传出去，安国、定县的人们全面地动荡了……法西斯匪徒们着急了，在计划怎样地欺骗人们回来，但已看不到一个村人了……于是野兽们不能再要净门夫了，"夫早已净门了"。汉奸们再也吸不到"村公所的纸烟"了。法西斯们蒙受了无情的精神打击。

（《晋察冀日报》1942 年 9 月 19 日）

记边区幼稚园

尼尼

××村是一个山中的村庄，全村有二百多户，抗战前文化教育是相当落后的，村里的初级小学只有二三十个孩子去念书，我们可想到当时的教育情形了。

抗战以来，随着边区各方面的进步，农村的教育也随着发展起来了，到现在，××村已有了县立的完全小学，收有高初级二百多个学生，并且还设立了×××幼稚园，连几岁的幼儿也得到良好的教养了。

边区幼稚园，是附设在××村完全小学里的，这里有两个本村的女义务教员（本村高小的毕业生）抚养着这二十多个五六岁的天真活泼的儿童。

在这里，我们看不见野孩子们的那种打骂的行为和脏污的身体，每个孩子都是快乐地生活着，像一群很好的兄弟姊妹。他们的院子里，设有一些儿童的游戏器具，什么小滑梯啦、秋千啦、天桥啦、铁环啦——都是很经济的材料建设的。

再说他们的讲室里布置得也很好，墙上贴着用颜色画的图画，什么日本人打中国人，什么飞机大炮，一些带战时教育意义的东西，再有就是儿童念书、儿童体操、儿童清洁的画片和一些适合儿童的标语字。

我到他们那里去的时候，他们正在上课。一个二十来岁的教员正在教他们认字，用一张比较大的纸，上面画着一个军人，教师向他们说："这是个什么人？"孩子们齐声地说："那是兵！"这时教员把纸翻过来底下就是一个兵字，这样再告诉他念这一个字，孩子们很容易地学会了。

他们上课学字的时间不多，一天只学会一个字，用二十分钟的时间，大多的时间是注重在他们身心的发育上。

那里的教员告诉我，那里的孩子们都是好游戏好唱歌的，有人指导着他们对身体发育是很有关系的，就按这里幼稚园的孩子比在外面跑着的孩子发育是要好得多的，同时在这里比较讲卫生，儿童的病比校外的更少得多了。再说到幼稚园来的孩子，一方面能使他养成良好的习惯与思想，再方面省得家里大人来照应他而碍害其他工作。所以我们希望边区各地都把幼稚园的建设推行起来，这对于我们保护民族后一代是有很大意义的。

在我走出来的时候，他们自动地给我唱了一个，一个快乐的儿童歌，歌声是那样地好听呀。

一九四二年

（《晋察冀日报》1942年9月20日）

一个自首的断片

伟鹰

上月十二日白庙村敌据点一个老百姓被城内鬼子抓去了,叫他自首,先用木棍打了一个半死,然后就问:"你在村里担任什么工作?"

"我在村里当老百姓。"

"你胡说八道!"翻译官瞪着狗眼,又问,"你给八路军送过几回粮?"

"我一回没有送过!"

"你们打他,"翻译官指挥着别的汉奸,"重打!"

又打了一个半死,头上的血已经流到眼里和咀里,这样还不许用手擦一下,翻译官接着又问:"你是不是一个共产党员?你说了实话算没事,不然一定要打死你!"

"我是个共产党员!"

这个老百姓本来不是共产党员,也不知道共产党员是怎么回事,他便这样承认了。

"你是个共产党员净给谁有关系?"翻译官问。

"我是个好老百姓,给谁也没有打过官司!"关系听错了官司。

"混蛋!"打了他一个耳光,"问你给谁有关系,就是给谁有来往!"

翻译官的狗眼要瞪出来。

"我给炮楼上班长有关系!"

翻译官马上派一个汉奸骑着车子把白庙村炮楼上的伪班长叫来,按倒就打,打过了才问。

"你是个共产党员,净给谁有关系?"

"我……我不是,给……谁……也没有关系!"伪班长战战兢兢地说。

"混蛋！不说实话打死你，现在他就给你有关系！"翻译官说。

"我……我给他没……有一点儿关系！"伪班长说。

"你说给他有什么关系？"翻译官转过来问那个老百姓。

"我给他报过两次消息，他还说'咱们俩相好'，叫我常给他报告，这不是关系吗？"

"对呀！打！不说实话打死他！"翻译官指挥着。

汉奸们把伪班长按倒就打，打了个半死，缓过来又问：

"你承认是个共产党员没事，不然一定要打死你！"

"我是个共产党员。"伪班长说。

这个伪班长，也糊糊涂涂地承认了。

"你们受谁的领导？"翻译官问。

"我受'皇军'和翻译官的领导。"伪班长说。

"我受翻译官和班长的领导。"那个老百姓说。

"混蛋东西，'皇军'和我怎样领导你们？"翻译官说。

"'皇军'叫我看炮楼我就看炮楼，叫我打八路军我就打八路军，翻译官叫我抓人我就抓人，叫我向老百姓要钱我就要钱，这不是受你们的领导吗？"伪班长说。

"翻译官叫我承认什么我就承认什么，班长说八路军来了叫我报告我就报告，这不是受你们的领导吗？"那个老百姓说。

翻译官瞪着狗眼想了一下，便把那个老百姓押起来，拿一百元来赎，伪班长罚一个月的饷完事。

自这个消息传出之后，附近爱护村的报告员和伪村长，都不敢接近敌人，报告员也不敢到炮楼上去"发生关系"了，有的村庄的报告员和伪村长则逃之夭夭。

一九四二年九月五日

（《晋察冀日报》1942年9月20日）

子弟兵和人民的结合

其一

我们住在一家贫穷的老太太家里,她快五十岁了,大儿子在前线打仗牺牲了,家里剩下两个小男孩和一个小女孩。娘儿四个,单靠着卖豆腐过日子,家里穷得连稀饭也吃不上。

她负着一颗忠实而和善的心,她常常想念死去的大儿子,于是就更加痛爱每个子弟兵。她把我们看成自己的儿子,她相信我们,什么话都和我们讲。

一天,她很哀愁地对我们说:"不行了,再不搬走迟早要活活地饿死!"这时,我们以为没有什么,只是给她简单地解释了一下。

又过了两天,那是在晚上,她瘦削的手拉着×同志,说道:"你们给我看家吧!我已跟人约好,明天我们就搬走了,上××逃荒去!"

这一夜,我伴着她,给她解释:

"老太太,你别急,现在咱们政府正忙着筹备粮食来救济穷人,八路军也在节省粮食,分给你们吃……只要是共产党八路军在,就不会瞧着你们活活饿死……"

"离开了家乡,跑到××,那儿是敌占区,敌人还会给你们饭吃吗?恐怕连一间破房子都住不上。再说,敌占区的老乡日子更不好过……你瞧,你们一家四口,老的老、小的小,有个三长两短,谁来关心,谁来照顾?那也不比在边区好……"

老太太的泪扑落落地滚下来,她伤心,她也感动,她决定不走了。她说:"同志,你们共产党和八路军是我的依靠。"

老太太常常带着三个孩子从政府那里得到稀饭吃,借了一点儿钱，她又做豆腐卖。雨下来了，她的三亩地，我们帮她种上。现在棒棒杆上结着大的鲜棒棒，老太太带着小女孩，有时很吝惜地劈个鲜甜的棒子吃。（俊杰）

其二

队伍在××村住下，村里很脏，牲口圈、厕所、粪堆到处都是，老乡们谁也不理睬这回事。

八月初，我们召开了个全村房东座谈会，配合着村干部进行深入的卫生工作动员，告诉他们许多讲卫生的实在办法。

开完了会，战士们又经常不断地抓紧机会和老乡宣传讲卫生的重要，并且积极给老乡们打扫清洁卫生。

再固执再不讲卫生的老乡也慢慢变了，老乡们也日夜忙着挑粪担土、埋圈除粪。机枪班的房东拿出新的扫帚给战士使用，通讯班的房东帮着战士修平道路，小孩们也不到处随便拉屎，大人们也常常晒被子洗衣服。老乡们笑着说："咱们这村子从来不懂得什么是卫生，八路军一住下，咱们才知道要讲卫生了。"（郝志恒）

（《晋察冀日报》1942年9月22日，《子弟兵》副刊第61期）

看见了儿子和八路军铁骑兵

——记一个敌占区老太太的谈话

席永林

过去，鬼子说的话，我一点儿也不信。

这一回，我信了几成。我眼看着老天爷多少天没有下半滴答雨，山里边一定能吃的东西不多了。我那孩子大前年就当了八路军，他有工夫常请人家给捎信来，说在山里什么都好。这工夫，谁也说："山里不行了，八路军每天只吃八个枣！"我虽说不信，可也信了七八成，要不为什么这些天，我那孩子没有来信呢？——我从听了"八路军每天只吃八个烂枣"以后，白天黑夜都不舒展。好像我那孩子，已经瘦得像个螳螂一样了，我成天价这么想。

前几天，有一个从城里来的人，他也说："八路军饿得可不行了，一天发几个烂枣，别说吃饱，连塞牙缝也不够。"我心里想：还是写封信，让我那孩子回来吧。我是更沉不住气了，你想想，我就这么一个孩子呀！

"好了，你猜怎么样？我那孩子前日黑间回来了！"

他一定是再也受不下苦了，这么大个人，一天吃八个枣哪能行呢？不知他瘦成什么样子了！当我给他去开大门的时候，我心里还这样想。

天挺黑，面对面都看不清人，除了说话声音，别的什么也瞧不见了。"别管怎么样，孩子到底是回来了！"我自己安慰着自己。

他——我那孩子，一进门便坐在炕上，什么话都不说，只催着我快烧水。看吧！这一定是饿病了，我这样料想。可是，我一定先要看一看，他到底瘦成什么样子了。

我点着灯,可是灯碗里的油不多了,灯头小得像绿豆一样小,我花了眼,看不清楚,我着急地就问起来了:

"你说,你在山里怎么过来着?"

他没答话,好像没听见,他躺到炕上了。我又怕他是饿昏了,耳朵也饿出病来了,我又说了一遍,但他还是没答应我。

"你不说呀!"我真有点儿生气了,"一个挺好的小伙子,怎么变成一个木头墩子了?"我又问他。

"你们每天只发几个烂枣吗?"

"什么?"他可说话了,"我们每天吃小米、棒子,有时还吃白面、猪肉。"

我一听,我想他一定是在扯谎。我就不管三七二十一,把他的便衣裤脚卷起来,我一摸,倒是觉得挺粗,但我又疑心他的腿是肿了,他说的话,我一点儿也没信。我赶忙给他拿来几个饼子要他吃。

我这样一来,倒使他生起气来了。他高声地说:"娘!就赶快给我烧点儿水吧,我渴死了!"

我赶忙给烧来了水,他一面喝着,一面说着,他的劲头也上来了,又是说这个,又是道那个,我也给他讲了很多,连我听别人说的话都说出来了。他把眼珠子一瞪,喝了一大口水,就赶忙说。

"娘,你可别信这些话,那都是鬼子造的谣言,"他说,"你想想,八路军每天只吃八个烂枣,怎么能活着呢?——这些日子,咱们八路军打唐县,又打完县,鬼子被打死得可真不少,你没听说过吗?"

"听说了,"我说,"鬼子是被打死得不少!街邻也都这样念叨着。"

"我们队伍里边的同志们都很好,闹病的也没几个,光说我们连里的同志,才有两个有病的,也都很轻。"他这时也吃起饼子来了,边吃边说,"你以后别再听鬼子造的谣言了,他说黑,一定是白,他说坏，一定是好！"他又说："鬼子明年就完蛋了。"

他越说越有劲，我看他这不是说谎了，说的道理真不少。

我又摸了摸他的腿，肉倒是挺结实。

他讲了很多话，我越想越对，鬼子是不如先前了。

当天黑间，他就走了，他临走的时候，悄悄地说："我走了，过些日子我再回来，我还有重要的任务！"说完他就走了。

我也不知什么叫"人物"（任务），看样子许是要打仗了。

第二天。

"快出来看吧，八路军的骑马营过来了！"街上有人哑着嗓子喊。

就从我家大门口，"噼噼啪啪"地过了半天，可足有千儿八百匹大肥马，里边又有洋马，也有中国马，都挺肥，上头坐的小伙子也挺精神。街上看热闹的人挤了一街，说什么话的也有，脸色都很高兴。

"鬼子的谣言，咱可不信了，今天说八路军吃几个烂枣，明天说八路军都饿死了。"对门的刘大娘也出来了，拉出我的衣裳襟，悄悄地说，"你看，这是八路军的骑马营，真是人壮马肥！"她说："鬼子的话，可不能听了，句句是假的！"

我也把我那孩子回家的事，给她从头到尾地一讲，她把左手往我门框上一拍说："看吧！鬼子快他娘的完了！"

（《晋察冀日报》1942 年 9 月 22 日，《子弟兵》副刊第 61 期）

"我的儿子抗日，我怎么能当汉奸？！"

付定一

有一天，我在前线防地巡逻，一个六十多岁的老头子愁容满面走到我跟前，说道："同志，我求你给我想想法子！"我很奇怪地站住了，就问他有什么为难的事，他就接着说起来：

"我是××村的，鬼子占了，修上王八窝，拆房、砸锅、抢东西不算，今天又把我抓去，拿刺刀对着我的胸口，逼我来探听八路军的消息，不然就烧我的房子，刺刀挑了我。同志，你说这件事情怎么办？我家的个小子还在××团抗日，我怎么能够当他妈的汉奸？"

我看他那着急发愁的样子，知道他是个老实人，就对他说：

"老乡！只要你真心不给敌人做事，我就给你想个法子，你可以表面上装着替敌人探听消息，回去报告这边有多少炮、多少人，多报一些吓唬吓唬鬼子。你暗暗就再将敌人那边的情形，详细调查清楚来告诉我们，这还不是一个样地抗日？"

那老头儿听了好似梦中醒来连连点头，笑着说："对，对！"

过了两天那老头儿又来了，他见了我就把敌人堡垒上人有多少、枪有多少、炮是怎样等等，说得比我们侦察员还详细得多。

（《晋察冀日报》1942年9月22日，《子弟兵》副刊第61期）

河间四小队

马焕仁

青纱帐已经长得那样高而可爱了，冀中平大公路两侧百姓们心才微微地伸张开一些，大家都这么暗暗地说：

"妈的！三十里铺的汉奸们，横竖不怕你们了……"

但年轻的说得更厉害：

"再他妈的三五个到村里来呀，不用说要钱哪，来了不活埋你们算对不起你们！哼！要是弄住汉奸头子的话，吊在树上凌剐就是顶便宜的……"

三十里铺的汉奸队长叫张黑子，长得很黑，生得一双立眉横眼，整天家活像是谁欠他二百钱似的，附近的人们没有不认识这个坏家伙的。当平原上开始反"扫荡"战的时候，他领着日本鬼子到处抓村干部，勒索财物，强迫老百姓要枪，不少青年身上残留下了伤痕，都是他干出来的。

漆黑的夜到来了，一个河间四小队的王队长老早就在高粱地里等着。"哗哗……"高粱的叶子响动了。

"谁呀？"小队长问。

"我……还有……"

"哦！李班长，你们班集合齐了吗？"

"齐了，朱秃子去取坚壁的机枪，随后就来……"

"谁呀？朱秃子吗？"李班长向右侧高粱的震动处问。

"是我！李班长，把宝贝取来啦……"他凑到李班长跟前低声问，"李班长，是不是掏汉奸哪？"

"不知道，等会儿队长传达……"

接着又是一阵"哗，哗……"的高粱的响声。

"谁？"

"我……"

……………

一忽儿，二十来条汉子蹲在一起，挨近朱秃子坐着的向他问：

"嘿！秃子，今黑儿个干什么呀？"

"妈的，干什么！咱们除了打鬼子捉汉奸，还用问吗……"他像准知道似的回答别人的疑问。

"秃子，别嚷啦！听队长说吧！"李班长的胳膊抗了秃子一下，于是他才朝向站在人群当中的弯着腰的那个黑影。

黑影就是四小队队长王永，他的脸看不清楚，只听到发出的粗壮的声音，比平常降低了十倍。

"同志们！今儿个集合没有别的，大家都知道，三十里铺的汉奸们，老百姓早恨透了，咱们最好捉几个，叫咱们区的人心痛快痛快……我的主意是今黑儿个砍平大公路的电线，明天他们准出来修，趁修的时候再打他一家伙……"

王队长讲完，人们一动不动地静静地围坐一团。

片刻，人堆开始蠕动了。

"谁的枪机响啦？要静肃呵，暴露了秘密就糟啦……"朱秃子着急地嚷起来。

"秃子，声音放小一些……"队长低声地又转向大家，"李班长一个班担任警戒，二班全体毁电线……"

命令下完了。

于是队伍出发了，小队长王永在前边领着。

午夜的时候，他们又在原处集合了，小队长命令二班长同两个队员赶快把盘好的几束线捎回去坚壁起来。

此刻,小队长同大家蹲在一块,等待天明,等待着迎接天明的战斗。

时间一刻又一刻地过去,天渐渐地亮起来,三十里铺的汉奸队准备出发了。——日本一夜的电话没有打通,于是命令他们出来沿路巡查电线。

王队长领着一共二十来个小伙子,布置在平大公路两侧,准备着一场厮杀。

平大公路上的电杆被风吹得"呜呜"作响,好像是送葬的音乐。

一群汉奸的形迹,已经被派出的侦察员陈忠发现了,他迅速地回来报告队长:

"汉奸一共三十多个,没有机枪,连张黑子那个狗娘养的也出来了……"

…………

队长特地告诉大家:"留心呵!这次出来的连张黑子也在内……"

人们听说祸害老百姓的张黑子也出来了,格外地振奋,手榴弹盖统统都掀开,子弹都顶在膛里,战斗马上要到来了。

汉奸们沿着公路走着,走着,巡查顶上的电线。

"啪!"

王队长的手枪射击了,接着是机枪的咆哮声,投掷的手榴弹向汽路上飞去。

猛烈的战斗展开了,乌烟立刻烧成了一团。冒着烟雾,王永向公路冲去,陈忠也冲上去,冲上去的还有朱秃子,他们喊着:

"冲呵……杀……"

…………

"捉活的……"

……………

王队长见秃子也上来，他严厉地命令着："秃子，不准乱上，赶快射击逃走的敌人……"

"嗒……"

"弟兄们，缴枪吧！"

……………

"缴枪，我们缴。"

十三个人举起枪来，做了俘虏，其余的顺着原路头也不回地滚回去了，连躺在汽车路上的伙计也不管了。队长呢？照样是和其他汉奸躺在一块，没有人去弄他，听说下午才强迫老百姓抬回去。

太阳照散了烟雾，风吹着的电杆上仍奏着送葬的曲子，十三个俘虏跟随着穿进青纱帐里。

中午时分，全区的人心鼓舞了。老百姓都笑着说："哈哈，连汉奸头子也打死了！"

从此河间四小队又增加了十几支大枪，而更重要的是全区到处播扬着四小队的光荣战绩。

"四小队是我们区的武装，"人们骄傲地谈论着，"四小队给我们除了一大祸害……"

一九四二年八月于白洋淀

（《晋察冀日报》1942年9月23日、24日连载）

告冀中大清河北岸伪军同胞书

阎力宣

伪军同胞们：

我们许久不见了。在抗战之初，我们同在一起，或直隶部队，或做友军，共同御侮，奋起杀敌，何等愉快与兴奋，后因时势转变，环境恶劣，或累于家庭不能脱身，或迫于时势而投敌，或为汉奸威胁利诱误堕其术，凡此种种，皆因抗战不坚，立足不定，一念之差，几致贻误终身无以自拔。试问你们在敌人统治之下，生活能否得到自由，薪饷能否足够养家，且你们亲属亦可否得到一些优遇而不受欺凌，你们本身是否可能得到一些保障，不见杀戮？不，绝不是的，常见到你们房屋被敌人烧毁了，你们的亲属被敌人奸杀了，你们的财产被敌人抢光了。敌人何尝优厚于伪军？在作战之前，驱使你们在前，退却之时，迫使你们在后。有功是敌人的，升官加赏；有过是你们的，严刑杀身。敌人又何尝爱护伪军？此是天然划界、固定鸿沟，冰炭永远不能同炉的。敌人终疑你们是中国人，你们也应自知是中国人，速归祖国怀抱，共杀敌人，最为正确，勿谓敌人不缴我械，可以与共也。此正是敌以往所倡的"以华制华"之阴谋手段，驱使奴役，做其牺牲品耳。请你们清夜自思，反躬自问，将何所为而出此悖逆不道，弃绝人群。若专为供敌人之驱使，在中国人面前做牺牲品，亦太可惜了。敌人向以无耻宣传，蒙蔽其国人，欺骗我人民。在侵华之初，敌即扬言三个月亡中国，五个月亡中国，至今五载，不攻自破。即其蓄心已久亡华之国策，必为最后被粉碎而无疑矣。中国广大领土，不但不会被日寇灭亡，已成了日寇广大的陷坑，深陷其泥，足不能拔，终必遭灭顶之祸而噬脐莫及矣。在未死之先，犹大吹大擂，"圣战"煌煌，

"报果"赫赫，请观这五年的"圣战"，所获"战果"，不是觅得了三百五十万日本士兵的广大坟墓吗？不是获得了日本士兵反战厌战情绪的高涨、投诚反战之事实吗？不是求得了千百万日本妇女索男觅子啼哭之声吗？不是博得了传统已久的"天皇"摇摇欲坠吗？除此之外，所获"战果"又在何处？犹复大言不惭说什么"东亚新秩序""东亚共荣圈""解决中国问题""中日一体"等等逞其雌黄之口，饶其孺子之舌，发出臭噪之声，究不知是尿是屁，狗闻之摇尾而去，人闻之掩鼻生嗔，真不知人间羞耻事也。且观其赫赫"战果"表白于世界者，如"庆祝"南京陷落，"庆祝"武汉陷落，"庆祝"新加坡陷落，可以说是丰功伟绩军民共欢了，但见其"庆祝"于先而愁苦于后，所愁苦者，战争不但无结束之期，反更扩大，胜利更属茫茫，日本士兵回国之期已成绝望。反战厌战觅死逃亡者已成普遍现象，表面称为"庆祝"大会，实际上已充满了追悼大会的内容。欲得到真正的"庆祝"大会，须俟明年东京陷落时，人民得到解放与自由，不仅日本人民"庆祝"更生，即全世界亦必欣欣向荣。

伪军同胞们！中国胜利不远了！光明前途即在眼前，如不趁早回头，那时你们往哪里去，将何以自处？且日寇愈到悲惨绝境，对伪军更加猜忌与怀疑，所以被缴械遭屠杀者日有所闻。且观国内外之形势，即可见其手忙脚乱拚命挣扎之丑态也。日寇进攻我浙赣，已进行了两个多月，用了十几万兵力，以期打通浙赣路线，不但未能达其欲望，而损失惨重，我军乘其疲惫之余，予以痛击，连续克复遂昌、临川等重要城市十余处，日寇损兵折将，狼狈回窜，久思解决中国事件之今日，我们可以说解放日本人民已成中国人民的责任了。

自去年十二月八日，太平洋战争爆发后，经珍珠港、珊瑚海、中途岛诸役，已给了日寇致命之打击。除击沉敌航空母舰六艘外，共又击沉了主力战斗舰、巡洋舰等二百七八十艘，其损失之重，更使日寇徒唤奈何。不但失去了进攻之能力，即其航行运输之轮已无法补救供给，同盟国一旦反攻，岛上孤军，将从何处寻求生路？势必成瓮中之鳖，涸辙之鱼矣。即调往太平洋之伪军，纵不做了炮灰之余，亦必尽成鱼腹之物。在其无法摆脱之际，英美即将在西欧开辟第二战场，使其盟兄德国，受到东西夹击，腹背受敌。德国为了解救燃眉之急，又不得不迫其盟弟日寇，迅速北进，进攻苏联，以求解救旦夕之危。可怜哉日本乎，南瞻北顾，东调西抽，不但疲于奔命，且不知死于何所矣。斯大林同志根据种种条件，提出今年"打败希特勒"，中共中央提出"明年打败日寇"已成世界人士共认不移的确切之定义。

伪军同胞们！总观上述各点，勿再受日寇欺骗麻醉，久昧是非。何去何从，早为之计。往者不可及，来者犹可追，亡羊补牢，犹未为晚。当机立断，弃暗投明，重归祖国怀抱，携手抗战，共挽狂澜，不但可做中流之砥柱，更可建抗业之勋猷，前愆克盖，后效观成，岂不美哉！本人向□诸位同胞，多所关怀，时至今日，尤难安于缄默，敢进刍言，望希察纳，并祝诸位健康！

（《晋察冀日报》1942年9月24日）

高阳人民的第一个大战斗

林英

高阳××庄是一个三百多人家的村子。五年来的对敌斗争,把他们锻炼得更加坚强了。敌人三番两次地调兵遣将想把这个村子的抗日工作摧毁,把这里的倔强的人民征服,但他每次都是带着破碎的梦想回去了。

因此,敌人对××庄就怀恨极深,终于在今年春天,下了决心要搞它。首先敌人想在离村庄五六里地的汽路上建筑一个堡垒,随时监视这个村庄的行动,以图进一步地统治它。

要修堡垒就得有大批砖头和木料,于是敌伪百余人带着二十多辆大车,浩浩荡荡地向××庄进发,企图抢点儿砖头和木料。××庄的人们知道敌人要来,在村外半里地的要道上埋下了地雷,曾杀伤四五个鬼子。敌人还是冲进村来了,不管三七二十一,见屋便拆,一直到二十多辆大车载满了,才骄傲地狂吠几声"八嘎呀路的"地扬长而去。

傍晚了,老百姓都从地道里出来,吐露着压抑在心中的一天愤恨。村干部们就在当天晚上召集了一个紧急会议,讨论怎样有效地打击敌人的问题,参加这个会议的除政权中各委员外,还有青抗先队长、模范自卫队队长、村游击小组长和几个区干部。对敌一致的仇恨,决定了他们一致的行动:村游击小组埋伏在村外,担任消灭逃跑的敌人散兵和解围的任务,村干部和青抗先模范队分成四组,隐蔽在大街的两边,看管地雷,房上也留有一部分人,专门以手榴弹配合地雷的爆炸,打击来犯的敌人。在村外要道上、街口,特别是街心密布着地雷爆炸网,迎候着敌人来送死。

天未明,老百姓都吃好了,带着一天的干粮,带着预期胜利的心情,隐蔽到地道里去了,留下的就是那些负有重大任务的人民英雄们。

刚拂晓,侦察员回来报告:"敌人七八十附大车四十余辆,向着××庄前进中。"大家会心地笑了一笑,即进入自己的阵地。

伏在房上指挥的××同志,看到挨近××庄的地方卷起的灰尘后,通知了大家一声:"准备!"所有拿手榴弹的弹手们,把身边的手榴弹盖都揭开来了,引线圈儿套在小手指上,只等待着最后"放"的命令的到来,他们的心情真像那房顶上的三合土一样紧张。

敌人跨过了昨天那条爆炸的道路,没有什么动静,村子也像在睡梦中,于是就大胆地前进。刚至村口附近,踏上了我们的地雷,随着"轰"的一声,一个鬼子从空中"轰"的一声掉在地上死了,还有两个伪军受了伤。这使敌人吃了一大惊,于是"哗"的一声像群受惊的麻雀一样,散开来了。一阵密集的枪声向村里扫射过去,得到的是嘲笑似的沉默。鬼子指挥官一想:大约也和昨天一样吧,吓唬吓唬"皇军"的。因此便满不在乎地把队伍集合拢来,整队捐着枪用正步向街心走去,凶眉横眼,自认乃一世之雄?!

就在这一刹那间,房上指挥者的第一颗手榴弹响了,房上其他弹手们的手榴弹都离开了手,向着敌人密集队伍飞过去,比闪电还要快,火花冒着,鬼子"呀呀"的叫声,从手榴弹声的空隙中透出来。比手榴弹还要沉重的响声猛地在鬼子周围响开了,血淋淋的肉块伴着炸弹碎片从人们头上发出"吱吱"的响声掠过去了。房上弹手们的手榴弹继续像冰雹一样落到敌人头上了,鬼子"呀呀"的叫声,伪军"哎哟哎哟"的呻吟和碎片的声音交织在一起。"哗"的一声,敌人退去村外一个土坡后面,抖擞了好一会儿才知道向村里射击。正在他们射得起劲的时候,忽然在他们背后,又起了一阵密集的枪声。敌人被迫掉转枪头向麦子地里盲目地射击,打了半天,又没有回响了。

房上的村干部们早在这空隙里下了地道，村子对敌人像坟墓一样没有声音，阴冷得怕人。再待了很久，敌人才敢揽着枪，扣着扳机，三个五个地像贼一样偷偷地溜进村子来，把那二三十个乱躺在街心的尸首用大车拖回去。

晚上村里的人们又集合了，没有短一个，也没有伤一个，彼此看了一下，笑了。大家预料着敌人明天一定要来报复的，于是大家又决议普遍埋地雷，房子里到处悬着埋着炸弹，村游击小组还像今天一样牵制和扰乱敌人。全村老百姓被今天的胜利，把斗争情绪提得更高了。大家比昨天更踊跃而坚决地接受着自己的任务。

早晨，敌伪百余又带着大车来了。这次鬼子很小心地带着工兵，分散前进，在村外又被村游击小组猛袭了一下，才陆续地冲进村里。敌人满想报复一番，抓几个老百姓杀一杀，抢点儿东西回去遮遮羞的。谁知不幸得很，老百姓都不知去向了，有些鬼子去推房门抢东西，遇着了手榴弹爆炸的回答，其他的敌伪谁也不敢再乱动一动，活像一群丧家之犬。

忽然村口外"啵"的一声枪响。

敌伪们又慌乱了，一下就从院子里涌到了街心，带队的鬼子急忙地乱问："八嘎呀路的，什么事的？"回答他的是一片死静。带队的鬼子着了急，便往村口跑，大家都跟着他争先恐后地往村外跑。一到村口，带队的鬼子首先看见站岗的躺在血泊里，三八大枪早已无影无踪。鬼子大声骂："八嘎呀路的！中国人大大的坏的！"大家更是相顾愕然。原来是在离敌人站岗不远处，有一个地洞口，一个干部刚从洞里伸出头来看看动静，一眼看到站岗的鬼子在那里踱来踱去，他便悄悄地爬到那个鬼子的背后，用手枪瞄准，"啪"的一枪把鬼子打死了，拿着那支三八枪，一溜烟跑到洞里去了。

鬼子气得没办法，只好烧了村头一两间房子，拖着一点儿破砖头，垂头丧气地回去了。

高阳××庄人民三天的斗争胜利了！第四天鬼子没有敢来，第五天也没有来，第六天……后来一个县武委会的同志告诉我："这还是高阳人民第一次大战呢！"

(《晋察冀日报》1942年9月24日)

抗议日寇滥肆轰炸的无耻暴行

日寇法西斯的飞机于本月二十一、二十二、二十三日，连续轰炸我晋察冀三四五专区。易县、阜平、完县、唐县、平山、灵寿、行唐、井陉等十余县，都遭受到一次两次的低空轰炸，被炸村庄有管头、林泉、团山、山北集、独乐、岭西、台鱼、康关、峰泉、上平阳、下平阳、土门、董家村、邓家庄、军城、娘子神、迷城、南甸、苏家庄、中石殿、石古洞、郭苏、南北团庄、南北陈寨、陈庄等三十多个，这些都是人所共知的不设防的农村。被轰炸的都是和平居民，他们正在田地里辛勤劳作，而日寇法西斯竟然把他们当作轰炸的目标，甚至山坡上吃草的牲畜，只要被法西斯的两脚兽望见，也要投以炸弹或用机枪扫射。最毒辣的是日寇专门找和平的集市，向着赶集的人大肆轰炸，陈庄集市死伤十余人，山北集三架飞机集中轰炸，当场炸死二十多人，到处血肉横飞，房屋倒塌，令人目击心伤，惨不忍睹。晋察冀边区的任何公民、牲畜、村庄、房屋，甚至一草一木，都成了日寇法西斯狂炸的目标！一切人类所不能容忍的暴行，都被这些法西斯的两脚兽干出来了！我们在全中国以及全世界一切正义的人士面前，控诉这种绝灭人性的无耻暴行！

五年来日寇法西斯绝灭人性的无耻暴行，仅在晋察冀边区一地，已数不胜数：每次"扫荡"进攻，兽迹所至，血流成河，房舍为墟；挖地、拆房，制造"无人区"；为了残杀中国人民，日寇又发明了"点花灯""穿火眼""钉门板""阉割法""汤剥皮""喂洋狗"等等古今中外罕有的骇人听闻的"杀人法""放火法"，两年前在井陉矿上，它一次活埋了一千二百多个工人，一年多以前在冀东潘家峪一次屠杀全村老少男女一千二百余人；去年秋季在平山东黄泥包围焚烧村庄，一次屠杀一百余人；今年五月在定县北坦村的地道中一次毒死人民八百余；这以外还有曲阳的两次大惨杀和望都柳陀、易县东娄山、徐水陈庄的大惨案；就是飞机的低空滥肆轰炸也不止一次两次或几十次了，这已成为敌寇惯用的得意"杰作"。其他地区如汾阳、太原等地的大屠杀，更是数不胜数。仇深似海，恨积如山，我们边区的人民永远忘不了日寇法西斯这数不清的血债！我们宣誓：血债只有血债还！我们号召全体同胞向一切被牺牲者致深切的哀悼，向死伤者的家属致亲切的慰问！我们更号召全体同胞誓死为死难的父老兄弟复仇！

  在日暮途穷的绝望中，日寇的暴行及其低空轰炸，还会继续来的。法西斯愈接近死亡，便愈加疯狂，这是一点儿也不差的。我们必须警惕起来，严防空袭，特别是严防日寇飞机对我们集市集会和秋收秋耕的扰乱破坏！在日寇眼里一切中国人，不分民族、阶级、老幼、男女，都是他轰炸和杀害的目标，日本法西斯军阀的炸弹和刺刀是不分地主与农民、雇主与雇工、商人小贩或学生工作人员的！五年来的深仇就是我们边区同胞每个人的深仇，我们必须全体一致地更加亲密地团结起来，同生死，共患难，发扬伟大的民族友爱与大无畏的精神，向万恶的日本强盗报仇！以眼还眼，以牙还牙，以普遍的地上地下的游击战，回答他空中的袭击，以普遍的田畔道上的爆炸战，回答他空中的炸弹！同胞们，父老们，兄弟们，诸姑姐妹们！紧急地动员起来！和日寇法西斯战斗到底，战斗到最后的胜利！

晋察冀北岳区工人、农民、妇女、青年、文化界抗敌后援会

抗日救国会
九月二十四日

（《晋察冀日报》1942 年 9 月 26 日）

"满洲国"内经济统制的几个画面

新华社通讯记者 安适

一九四〇年五月的日本《经济学者》杂志上面，对于东北曾有这样的一段记载：

"新兴'满洲国'招待内外观光客和视察者，大吹大擂，宣传'首都'新京的威容，以及各方面的发展，而火车上、食堂里的饭，却糟得连咽都咽不下……"

现在战争又从那时候起，延长二年多了，日本的泥足除了一只陷在我们伟大民族抗战的怒涛里外，另外一只正陷在无底的太平洋里。在日寇一手支撑，而为日寇所宣扬，认为建设"东亚新秩序"的主要支柱之一的"满洲国"，又将怎么样了呢？在人类活动史上，那已是一幅难信的写真：

一、兴农合作社与它的粮食交易场

究竟东北是为日寇所强占的！所以快十一年来的一切，正显示着日寇一向的凶恶面目。今天，在"满洲国"的"中央"经济、产业两部的直属下，有以"改良农业、融通农业资金、共同购买、共同贩卖……"为名的"中央"联合会的组织，这是东北农业压榨的总机关。从它分支到省，有各省联合会，县有兴农合作社。合作社是由事业、信用两部组织起来的，这是在一九四〇年才实现的。在这以前的时候，有农事、金融合作社，也同样遍布在各县。在它们的作用上，过去的农事合作社是担任着粮谷交易及其他特产的共同贩卖、农民必需品的共同购买、改良农业等，今天兴农合作社的事业部却正是如此。信用部与以前的金融合作社是同样的任务——处理农村的抵押、贷款以及一些强迫性的储蓄。所以从这方面可以了解：这个从"中央"合作会到县的兴农合作社的组织，是日寇对东北人民一整套的压榨和剥削的系统，比起以前来，是更将取得统一与强有力了。

这个合作社干了些什么有利于农业上的工作呢？仅以粮食贩卖上观察，我们就会了解出一个轮廓。

在合作社的管辖下面，各县的重要粮食集中处，都有粮食交易场的设立。他们规定着，一切粮食的交易，必须在交易场里来进行，除了棉花、麻、黄烟、□萝蔌等其他特产品交由合作社事业部贩卖部门来实行"共同贩卖"外，凡有私自出卖自己生产品的人，"政府"是会将他处以"违背法令，扰乱时局"的罪名，在这种人民以为"天下大乱"的局面下，谁又敢来"扰乱一下时局"呢?!

就是在交易场里，也并不能同我们在市集上那样自由交易的！他们以种种办法来钳制着农民。

秋收的季节过了，土地正喘了一口气，而东北的人民连这一点儿喘息的机会都没有！他们必须立即将所有的收获到的粮谷，全部在指定的日期里，运到交易场，再将自己的粮袋里的粮食，拿出一升来，送到检验场里去检验。你的粮食能不能按你实在的质量获得它应得的等级呢？这全看你能否有亲戚显贵在检验场里当官，或者是以你孝敬了他们多少钱为决定。但这两个办法，都是不怎么好办的；所以绝大部分的粮食都只能达到第三、第四等级，二等的都很少！一等的更不用说了。然而这些今天被认为三等、四等的粮食，在将来配给人民时，都变成了一、二等了。所以人民是以卖出去三、四等粮的价值来买进来一、二等价值的粮，你不要吧？你挨饿！

在检验场里，每天有着堆积如山的粮样子，那是从农民手里没收来的，但是他们会再卖给农民自己的。这一笔的纯利，全由日寇给那些没有灵魂的汉奸们了。因之，农民在规定交一升粮样子的时候，有交一升多的、二升的，这是在汉奸们以"交多样子会得到一、二等"的甜言蜜语引诱出来的结果。但结果到底怎样呢？在等级规定出后，只落得疑团一阵！

等级规定好后的粮谷，一律存在交易场的仓库里，由各粮栈业来按指定价格来收买，粮栈业只需将钱付给交易场，他领一张粮证，就算手续完毕了。他所等待的，是日本人主持下的最高收买机关"满洲粮谷株式会社"来收买，最后再由会社来分配给他们配给人民。为什么要有这一番转折的手续呢？首先粮栈从交易场里买来一批粮食，可以按不同等级的收买，再以原价出卖给会社，会社按需要收归公有外，余下全交由食栈负责配给人民，按着米的真正等级，以及自己在交易场收买的多少（会社收买归公有的只按你收买多少的比例收）。这样，不只会社可以赚一笔钱，而且粮栈业可以以自己资本大小、收买多少来赚一笔从三、四等价格收买进来的，以一、二等价格卖出的一部分纯利。自然，"满洲粮谷株式会社"是坐享其成的。

也有准许暂时不卖的规定，但你的粮食必须存在交易场的仓库里。几个月以后，仓库的管理人会告诉你说，因为潮湿腐烂，或因鼠食消耗了多少多少。你是无法知道那实在情形的。因为你不能将粮谷存在自己的家里，那是违法的。"满洲国"所颁布的《粮谷统制法》里，规定着查出"国民"倘有私藏粮谷者，即从严处罚。

人民在为自己的生产品受累着，同时在饥饿线上呻吟着！

二、专卖、组合与黑市

自由贸易在东北已经废止了，代替的，一切是统制。在一切都应统制的口号下，商业的不管哪一门、哪一行，都是设有组合。这种组合直接受统治的机关支配，而它们又支配着无数的"配给所"（商店）。在权利上，组合是全由日本人主持的，商店也仅是小的为东北人经营,而大一点儿的,他先采取"合营制",后来便会进步到"独占式"。但是专卖品的交易,却另有他的专卖机关。

这种情形下,东北的旧有商业,不是给独占了的,便是给勒令关闭了。能够存在的仅为很少的一部。在粮栈这一行来说,《粮谷统制法》里,规定着有这三个条件的,才能开业成为粮栈组合员之一:

(一)须备有指定资本金额数以上之资本金者。

(二)须向"满洲粮谷株式会社"交纳三万元以上之保证金者。

(三)须彻底"满洲国"建国精神者。

自然,其他商业部门,是不会比这种条件要轻松些。

什么是统制的内容呢?第一,一切组合员不得私运货物;第二,公定一切物品价格,不得私自提高与降低。但这对于那些本来在日本、朝鲜境内就身为浪人,到满洲来就是为了发财的一些人,是怎样一个难以忍受的束缚啊?!于是黑市应时兴盛起来了。现在在满洲,到处存在的现象是这样:

各种组合对于那些所谓官方规定的配给量,经常是没有,或者只能配给三分之一,越是必需品,受统制的,在市场上也就越少;另外,黑市却塞满着人,呈现着空前的繁荣。许多物品是有明暗两种价格的,而黑市上的价格,有时是比规定的高四倍。如布的公价规定为五角一尺,而黑市卖到二元一尺,这也未免有失"满洲国"的体面了。于是他们开始在全满洲境内,组织了上万名的经济警察,这些人全是日本人。官方的宣布是"为防止私运与私卖的"。可是,从这经济警察出现以后,并不能如那些官方所愿望的那样,相反,私运与黑市的繁荣,比起先前,成正比地上升了,而那些经济警察,在这时机中,以他的权力来对买与卖主双方榨取,使得物价比以前又增加了几倍。

但我必须在这里说明,这种情形的直接遭难者,是东北的广大人民、日、韩人是在这种情形之外的，特别是日本人，因为他们的配给，是不同于中国人在一齐的。何况在"满洲国"的睦邻总精神下所颁布的条例，规定对市场有缺货时，在将缺之前的存货，日人有先购权呢？！

那么，专卖品又怎样呢？

"满洲国"的专卖品货物单里，规定面粉、石油、盐、火柴、糖、棉花、棉织品、煤、钢铁以及其他一切军用品等。这样一长列的物品单，它们的贩卖权，就不是属于一般的商号了，自然一般的平民，也就不会买到了。

在"满洲国"的经济部下面，有专卖总署，各省有在它直属下的专卖署，各县有专卖局的一系列的设立，而各行政单位则有经济科，这是辅助在没有专卖局地方的工作。凡是在专卖单上的物品，一切厂家、农业生产者、手工业者，必须将生产品，全部交给专卖总署或它以下的直属机关。自由贩卖是"违反时局"的。专卖机关收到了这些生产品后，它是以军需为先，各特定专卖处如果有得贩卖时，那是在军需满足后的余额。人民在购买这种余额时，必须申具原因，经常有原因不足或不对而遭拒绝的，那还是件幸事。而以申具原因中有某些不顺那专卖局的官长们，他会加你个"企图抗日反满"的罪名。于是专卖品里，是很少人问津的。

不久以前，专卖品与军用品分开列了两个单子，不少以前的专卖品被列入军用品里去了，而今天许多军用品则为人民"不必问津的，但又是必需的一些东西"。

所以走进了今天的东北，看看那些被称为"王道乐土"的"满洲国"里的良民们，他们是没有穿的、吃的、用的，以及一切起码为一个人所应该有的。

因为那一切均受统制了！

三、配给

由于商业是统制的,自由贸易为非法的,所以一切日用必需品的购入,就会受到很大的限制。东北的同胞在叹息着:"配给,配给,尽对着咱们这一群,这才真是亡国奴啊!"同时他们在期望着新生的日子。

早先的时候,一切还能按着他们规定的数量来配给,而今,在黑市的繁荣下,什么都缺了。这对于稍事富裕的人,还可以以高价买到一些,但贫苦的人,只有伸长着颈子望望而已!

是一九三八年开始的吧?"满洲国"布告是为应付非常时期节俭储力而实行了配给制。人民一切的需要,均经一定的组合按月分发,全年一共发十二次,一切物品由统制机关发给配给票,以全户人口为统计,上面分别载明着物品的数量与类别。这些配给票在到月不领时,即刻作废!官方规定着的数量与配给处是这样:

米:由"满洲粮谷株式会社"配给"粮米组合",再分给每一个商号(即组合员)分派给人民。每人一天二十两(名为二斤,一斤只十两),但六十岁以上、八岁以下的全没有。配给的是以高粱、小米等为原则。

棉花:每年一次,由"棉织联合株式会社"配给各行政机关的经济科,转配给各街村公所,每人一次半斤(只有五两)。

棉布:每年二三次,由上面同一机关配给,每次每人两尺或三尺。

线:每年一二次,由上面同一机关配给,每次每人约半两。

油:煤油每月一次,每次一户一斤;豆油每月一次,每次一人四两。由"满洲脂肪株式会社"配给小商号分配。

盐:每月一次,每次每人半斤,由各小商号分配。

火柴：每月一次，每户每次一小包，分配处同上。

糖：一年二次，每次一户一斤，分配处同上。

面粉：每年分三个节日分配，每人一次五或六两，分配处同上。

煤：一月一次，每次一户一百斤（限冬季十月至次年二月），平时折半。分配处同上。

铁器：一般是禁止的，刀由一排共用一把，锅全部勒令改用砂锅，其他农具的添制，也受着限制。

这许多的办法，不论它是否讲明了对于日本人是否适用，但在实际处理中，对于日本人，粮食是配给的大米，分量上，其他必需品在内，全是比配给东北人多一倍。但是天不由人，这几年来东北大米产量，因为劳力的缺乏与其他原因，比起以往是下降了不少。日本人不能不将著名于全国的白高粱作为自己的粮食，因为他们的食用，这样的高粱已经改称为"文化米"了，我们东北同胞的主要食粮，又给侵夺了一大部分。

战争的烽火蔓延到南洋的时候，配给的数量上，只徒有其名，但谁敢有一声怨言呢？谁又敢向人民提一句这样的话呢？——"同胞们，我们为什么没有得吃啊?!"——这些语言，一切不问有没有煽动性的，都被认为"扰乱时局，反满抗日"的行动，敌人的特务、汉奸的徒子徒孙们，时刻在你身边隐现着，他们带着匕首或者其他的武器，死盯着你千万个小心里的一次"不检点"！

四、这样启示了我们些什么？

东北是在一九三一年的九月十八日开始沦亡的，敌人在开始的时候并没有这样的一些措置，他们宣扬着"王道乐土"，为民众解除痛苦，将过去军阀混战内乱时的情形，与他占领后一时的怀柔设施来对比，迷惑一部分的人心！委实在那时候没有移民，没有配给，没有对一切的限制，但这从一九三七年对我进攻的全面开始，而一天天紧起来了。可是在这紧起来的压榨之先，敌人首先摆布好了他的八卦阵，比如几个"产业五年计划"，便是开发东北资源的具体步骤，也是移民的先声。因为在北满的大批开垦下，我们的同胞被逼迁移了，许多原来的富庶的地区被移民团强占了……这正表示着敌人的统治是"步步为营"的做法。也难怪东北的老人这样在说：

"今天才尝到日本人的滋味！"

回想已快五年来的沦陷区，由于敌人为战争所驱使，他的压榨更表现得露骨与迅速了。但五年来由于中国共产党坚持华北游击战的正确政策，拯救着广大的人民与支持着沦陷区的斗争，使敌寇有许多的不为人类所能采用的办法破产了，中止了。这特别表现在华北。然而东北的人民，今天在要反抗的愤怒中，却感着似乎晚了些！他们渴望着关内的祖国弟兄们的手，将他们从那水深火热中拉出来！我又不能不忆起了在五月的"扫荡"中，一个龙关的老百姓对我谈到敌伪强索时的最后一句话：

"如果没有八路军在这里，哼，你看他们还不知怎样呢？"——这是一句中肯的内心话。

我喜悦着，我又记起了伟大的革命导师列宁给我们的教训——"没有斗争就会灭亡！"

一九四二年六月中在平北

（《晋察冀日报》1942年9月27日）

"窜窝子"(注)们的"功绩"

沈重

八月二十四日上午，有一面旗子在细雨中从唐县飘摇出来，那方形旗的边上装饰着"保定道完唐望三县联合'讨伐'大队"的字眼。旗后边，有完唐望三县的伪县知事骑在马上，在指挥着这支大队，来"讨伐"这三角地带的八路军。

这个大队，你不用笑，是用一百零四个警备队混合组成的——唐县的：三十人；完县：三十三人；望都那个被鸦片烟熏弱了身子的张祖政带得最多：四十一个。

在不久以前，唐县伪知事王冠英曾经用他的东北官话向刚被炮楼压坏了身子的高昌老百姓说："本县知事来你们这里，是个笑话。怎么是个笑话呢？本县知事来唐县好几年了，可是没有见过你们老百姓，你说笑话不笑话呢？"也许因为他想消除这个笑话，就敦请了其他两个县的警备队来看看他的老百姓，来进行"讨伐"，而"讨伐"的第一个目标也就是高昌。

这支虽然是用纯粹的"窜窝子"组成的大队，却采用着他祖宗日本子的老战法，他是分进合击的——分两路，一路由张逆祖政率领经由常早、马辛庄，一路经寿里、庄头，合击已经建立起碉堡的高昌。

大队是小心翼翼的，一出城就搜索前进，两面的哨兵放得远远的。"窜窝子"不习惯于这种战法，骂了："妈的，这里还有什么八路军?!"一个向导被弄得糊涂了，谁也在指挥他，就问："你们带头的是哪一位？"伪军说："什么带头不带头，尽是乱七八糟！"

好容易，这支大队于下午四时才到达高昌！村里早就知道他们要来，给预备了房子，把他们都紧靠在一起。

好容易，这些来"讨伐"的人们进村了。一进村，也不按腾出的房子住，就喊："老乡，我们是八路军，住你们房子了，快出来。"也不管是谁家有没有娘儿们在里边就一拥而入，老百姓给扔出来，把屋子占了。

老百姓什么东西也没来得及来拿就给赶到街上来了，呆了："这是八路军？！"

终于乱定了：完县的候逆世杰住东高昌村东头，王逆冠英住村西头，张逆祖政则住到北高昌去。

"乱"是定了，但"忙"却是来了。"窜窝子"们忙于要白面、要鸡、要肉、要烟卷、要瓜、要……伪组织就忙于支应这所索取的一切。伪村公所的门前是人来人往，喧哗不止。老百姓们忙于出钱、出东西、出劳役，一个不对劲，还要支付若干耳光。每个伪军都出动，每个伪组织人员都奔忙着。

伪县知事们终于坐定了，吃了西瓜，吃了七八个鸡，满嘴油腻，抽着香烟，腿跷得高高的，满足地眯笑着。什么都很好，于是，想做点儿什么了，虽然冒雨行军是不舒服的事，但现在是吃得饱饱的了，终究想起做些什么事才好的念头。做什么好呢？"讨伐"，"讨伐"谁？这点子武装，保护自己逃命还不够，"讨伐"是见了鬼的事！于是，召集了一个大乡的伪干部会。在这个会上王冠英吹了一起什么："八路军不行了；今后建立了大乡，老百姓的痛苦可以减少了；今后还要不断地'讨伐'，这次请两位县知事下来共同'讨伐'是如何地光荣，你们要好好招待"等鬼话。最后由他请候世杰讲话。侯世杰讲了：

"王县知事要兄弟到贵县来，有许多地方要麻烦你们了，我们兄弟们要什么都不要给他们，但是小小不言地给他们一点儿也可以。"

开了会，大家围拢着乱谈，县老爷们就表示了他们的如何关怀民众了。王冠英高声叹气说："唉，现在啦，老百姓可困难了啊！"

"困难了——"侯世杰回答着，"老百姓是困难了啊！"不住地点头叹气，一面却不住地把油饼喂着带来的狗。

有人撇过身子走了，背着说："光说老百姓困难，他可把白面饼喂狗，待狗比待老百姓都强，哼！"

"他们哪，尽是糟蹋咱们来着。"老百姓的眼睛不是看他们的嘴巴，而是看着他们的手指的。

晚上，他们才拖着脚步回去。他们是紧紧地住在一所大院子里的。村里给他们在隔壁又找了一些房子，怕他占不开。但他们不要，也不分等级地都非要挤在一起不行。

大门紧紧地闭上了，街上和门口没有岗哨，谁也不愿在黑夜里独留在这可怕的外边。他们的门岗在房上。

有的伪军晚上是得值夜的，但是，这是如何漫长的黑夜呀！不管夜是如何长而黑，他们不能不熬过去。伪军们推起牌九来了，也许是因为壮胆吧，推牌却是那么大声壮气地，闹得房东都睡不着。县长就在对过东房里住着，他很愿意听这终夜守卫着的弟兄的喧嚷。

侯世杰的弟兄们不耐烦了，不知怎的谁想起烧房东新摘下的玉茭子来吃了。柴架起来，又煮又烤。候知事在屋里也许听到弟兄们吃得香，喊起来了："喂喂，给我也烧上一个吧。"他也吃了他的消夜。他是冒着这样的辛险来"讨伐"，难道吃老百姓一个玉茭子也不行吗？至于他的弟兄们的吃了房东一斗多新玉茭子和烧了一百多斤柴，那实在是小小不言的事了。

伪知事们是辛劳的！不错，特别应该说，在晚上他们才真正劳苦呢。晚上，他们是清醒的，一听到有什么动静，就都嚷起来了："人呀，去看看，房上有什么？"人去看了一看，啥也没有。

一次，猫突然叫起来。伪知事又叫了："快快！去看看，什么？"猫把人都哄上了房。

快黎明的时候，有几个背粮的从街上走来。房上的哨叫起来了："谁？"几个人把粮食扔下吓跑了，而房里的，连县长在一起，都全武行地上房去了。真是担心的夜，漫长的夜！

第二天早晨本来是决定七时吃好饭出发的，好即早离开这个村子——离八路军只有十几里的村子。但却不能不挨到十点才走成，因为民夫给打怕了，谁也不肯去，后来才找到人去侍候这班"大老爷"们开路。老百姓是像赶晦气一样地巴望他们的离开的。

晦气，一点儿也不错。为了他们这一天的"讨伐"，他们就向东高昌的老百姓讨去一百九十斤白面、五斗马料、十五个鸡、一百匣烟……合钱一千一百多元。北高昌所花费的和他们随便吃的带走的还不算在内（如候世杰住的那家的门帘和一双女人袜子被随手拿走即是一例）。不说旁的，两个高昌，为了他们的"讨伐"，就给他们"伐"了四只猪去。假如说这个大队，到高昌来所"讨"所"伐"的是什么的话，在老百姓说来，那就是如同我上面所说的了。老百姓间或也有不明白的，向一个伪军问了：

"你们来——是干什么的？"

"'讨伐'呀！"

"就这点儿人？"

"嘻嘻，你这个人——好回去报告报告工作呀！"这个伪军索性说穿了。

好的。这些官爷们就是在这样的欺骗和对老百姓的剥夺里养得高而且胖起来的。

也许不久我可以看到伪报上有宣载这支大队的"丰功伟绩"，但在这里，让我先向大家说明这些"窜窝子"们的"功绩"是这样的！

九月十二日

（注）"窜窝子"是杂种的意思，老百姓常用来代表伪军的名称，以形容和诅咒伪军。

（《晋察冀日报》1942年9月29日）

老虎山附近

野明

老虎山是唐县城北的一座高山,是通山地大道侧翼的一个屏障,与园山遥遥相对,在这里,开始了一九四二反"扫荡"的前哨战。

一、战斗记略

敌人企图在这里修炮楼,在上月十四号就抓来了唐县岗北、温家庄、山曲庄一带民夫数千,有大森部队的"骨干"向这里前进,也就开始与我们的警备部队接触。这斗争的场面展开了,在上月十五日的早晨。

敌人的机枪、大炮夹着掷弹筒,不断地向我射来。因条件的限制,老虎山、园山先后为敌人占领,但其建立据点的企图并不如其他地方那么容易实现,我铁的骑兵部队转移后,即不断地给敌人打击,互相对峙。直到日落,敌堡垒没有修成,民夫逃跑了一半。

夜间我夜袭敌人,园山一度克复,老虎山敌人也有不少送了性命。

十六日拂晓,我军与敌人又开始战斗,甚为激烈。第三日午,敌进占南北城子,在我部队节节打击与阻止下,晚,敌不得已而退回老虎山。这一天敌人动员了更多的民夫,开始了他的建筑工作。

我们坚持了南城子一线战斗。晚,在这里埋下了斗争的种子——地雷。

二、老虎山的手榴弹响了

夜里,我们沿着很熟悉的小道走着,每个人都带了六个手榴弹,就是新战士也背了五个，都说这是敌人的"干粮"！因为我们知道他——日本鬼子一天很辛苦了，特地去送的。

没多久，我们到了老虎山。队伍开始爬了，屏着气，一齐拿着手榴弹向上爬，很吃力的。

刚到山腰，就听到园山手榴弹声响起来了，一阵火光照得很亮，敌人退下去了。

我们更加快了速度，快到山顶的时候，我们听到敌人在上边"呀——呀——"地叫，很慌乱的。在这时候，老虎山的手榴弹响了，他们再也不叫了，在机枪子弹像火舌似的吐出的时候，已经有九个吃到了"干粮"。

三、那两个新战士呢？

天快亮了，我们一个班在最前边放哨，副排长知道得明白，这时候是敌人开始进攻的时候。他就分配了已经过很久锻炼的几个老战士在正面警戒，自己也来回地走，注意着。

东方发着白，明星出来还没多高，副排长他急速地喊着："同志们，向西！"在他的指挥下，我们沿着土坎转移了，只见三十多个鬼子成一条弧线，快要包围三面了，离我们只有二三十米达，副排长监视着敌人，我们走向了西边的山坡。

弧线接起来了，围着一个山，只是一个山。

"怎么？那两个新同志呢？"

副排长叫着，有两个人找不到了，他急得直顿脚，眼皮只是打动，要叫人去找。

玉茭子地里直响，我们又要准备转移了，可是仔细一看，两个人背着枪来了，那是我们的新战士。

四、战场小景——"小哑巴"

外号"小哑巴"的赵胜力，是一个很好的战斗员，用他那很低的嗓子说着："打两枪，换几个炮弹！"

可是我们的班长很精细，到发现目标的时候，才教新战士瞄准放了两枪，"小哑巴"笑了。

"轰隆！"

"轰隆！"

两个炮弹换来了。

战斗更激烈了，我们担负掩护的任务已经完成了，现在就要撤下去。

班长走在后面，负了伤。"小哑巴"又起了模范作用，他一背枪，拉着两只手，两个人就往下跑，敌人的炮弹还在山头爆炸着。

几分钟，和大家在一起，"小哑巴"又端起了枪。

五、我们又要出发了

休息了有两个钟头，我们又要出发了，天已经快黑了，指导员已经三天三夜没睡觉了，他一起来就叫："司号员！你的病能走吧？"

"我就是不能跑！"

"不要紧，今夜只吹号就好了。"

就这样司号员也参加了战斗，虽说自己病得自己都很讨厌，可是自己抱定决心把号吹响它。

我们就这样又出发了，街里与村头上的老乡看着同一个院住的子弟兵，更加亲密，都抽着烟，谈着，笑着。

六、埋下了斗争的种子

天已经黑了一会儿，我们把地雷埋在山前边、埋在大道口、埋在村头上，这是准备欢迎再来的敌人的。

三整天的战斗已经过去了，敌人的堡垒才刚开始修，八九十条"皇军"的尸体埋在下边，做了根基，大森大队长调了自己的全部队伍，可是堡垒还没修好，抓来上两万的民夫只剩几千了。"这个炮楼修得真费力不小"，伪唐县长亲临前方也是没办法。

地雷在黄土里、石缝里笑着，它准备迎接新的战斗。

一九四二年九月十八日

（《晋察冀日报》1942年10月4日）

西坡村旁打击要夫敌人

——十五分钟打死他两个、活捉一个、缴获一支枪和一袋子弹

灵山的鬼子自从吃过子弟兵几次亏以后，好久不敢出来，但是最近却积极在燕川一带挖沟了。每天总有三五成群的特务汉奸们，带着枪杆和棍子到各个"爱护村"里去要夫，不管是妇女和儿童、老头儿或青年都得去，不然便会遭到毒打或杀害。

二十五日大清早，我们×连十多个同志，秘密地走近了离灵山很近的西坡村（这村离大赤涧不到一里，是个两年多历史的"爱护村"），战士们很静肃地在村边隐蔽着。

权参谋侦察地形回来了，他远远地挥着手招呼村边的同志，留在村边的战士们便迅速穿过田洼跟了上去。沿着路边的谷地散开了，前面是一块平坦的开旷地，绿油油的谷子做了我们天然的保护色，不知哪个战士压低了嗓子说："今天我要捉个活的！"

"同志们，注意隐蔽，快在道路两边散开，大赤涧的敌人向这里出发了。"权参谋指挥着队伍，埋伏在路边的谷地里。

不到五分钟的时间，六个便衣的敌人便从洼地朝着西坡村过来了，大摇大摆地，以为一切都平安无事。

战士们的枪握得更紧了，眼瞪得更圆更大了，枪口都对准了目标，恨不得马上打出第一颗上了膛的子弹。

敌人离我们只有一百米达了，权参谋一声口令刚出口，排子枪便飞出去了，当场就打死了两个，剩下的野兔似的撒腿就跑，战士们旋风一样冲了过去，权参谋长动作更快，举起了驳壳枪，抓住一个伪军，还拾起一支枪和一袋子弹。

十五分钟便结束战斗，当队伍胜利归来，附近村子的老乡争着来看被俘的伪军，面上泛着微笑，说："同志们真辛苦呀！"战士们回答："不辛苦，明年鬼子就要完蛋！"

（《晋察冀日报》1942年10月6日，《子弟兵》副刊第62期）

房顶上的比赛

——子弟兵帮助房东剥棒子

玉蜀黍熟了,老乡们一袋一袋地往回背,家家的平房上堆得像一座座的小山,老乡们要抢晴天的太阳来晒,都感到有些剥不出来的焦急。

九号那天,战线四连一科的几个同志,趁着天刚傍黑,大家一齐上了房,统计干事一屁股坐到玉蜀黍堆上就喊开了:"来来来!来给房东剥棒子呀!"两个小鬼顺声也上来了,六七个人围成一个圆阵,一面漫谈着,一面就"噼噼啪啪"地剥起来了。

正当他们疾风骤雨似的剥着,从二科和摄影组的院子里,同时又爬上来几条黑影,组织干事眼尖先瞅见,顺口就下了挑战:"尤清,敢不敢和咱们比赛?"摄影组的小伙子哪肯服气,一声:"比就比,咱们不怕仗着人多!"连忙扑到另一堆玉蜀黍上,筑成了一块阵地。

天上的星愈出愈多,愈加明亮了。房顶上新剥的玉蜀黍堆儿,黄澄澄的,也愈来愈高了。金黄的星光照着金黄色的玉蜀黍,大家的眼睛也都变成金黄色了。忽然,二科的老马举起一个尺把长的玉蜀黍,狂喜地喊道:"看啊,好个滹沱河岸的大棒子!"乐得大家一齐张开大嘴,哈哈地笑了。

不多一会儿,一科的一堆先剥完了,小王站起来就向那边的拍起胸脯:"你们服不服?"又是尤清接了腔:"谁服你们?有本事过来比一比?"真个小王就过来,于是大家更加剥得快,简直就像卷起一阵玉蜀黍跳舞的小旋风,一直剥到吹起熄灯号。

(《晋察冀日报》1942年10月6日,《子弟兵》副刊第62期)

突 围
——小牛村战斗记

路扬

随着欲堕的太阳,枪声渐渐疏落,一阵黄沙风刮过,夹着雨点,透着有些昏沉了。

敌人增加到四百多,而我方不到一连的兵力,卫护着五倍于战斗部队的机关和杂务人员。战斗已继续激烈地进行了两天,但战士们依然顽强、英勇。

"没有枪的同志都去堵大街!"师政委从南面的战沟里下来,通过街口又向村北去了。同志们在搬运着土坯。

敌人仍在继续增援,把个不到百户的"爱护村"团团围住;村北阵地一度陷于敌手,但一阵手榴弹又给打退了。

接火不过两小时,敌人已经冲了三次。师政委刚嘱咐:"不要疏忽,天黑以前敌人还可能冲锋,大家一定要顽强……"果然,西面和南面的鬼子又冲上来。

"呀,呀……捉活的'赤匪'!"

蹲在沟里的同志们,丝毫不惊慌,五月在边家坞歼灭鬼子军官队的胜利,坚定着他们的胜利信心。当鬼子冲近三十米,一阵手榴弹过后,敌人又退下去,地上躺着一群,内有拿指挥刀的,那是藤田中队长。

村南一连刚才缴了三支三八枪、一架望远镜、一大包文件……沟里一阵骚动,有的伸出头来打听捷报。

夜幕拉下来,附近姚村、遂城、塘湖、解村等三十五十的鬼子还不断增援,新调来的一门野炮无望地向村内狂吠着,我们所有人员都守在战沟里。

大约九点钟,指挥所传各单位首长集合,宣布突围,一座破败的小房里,大家环围着如豆的光亮,静听师政委洋溢坚强的讲话:

"现在情况仍很紧张,四面都有敌人,各要路口都被封锁,但今夜一定要突围,如果打起来要坚决向外冲……只有前进没有后退……各个指挥员同志一定要很好地掌握部队……全体党员要起模范作用……"

炮还"轰轰"地响着,部队集结在村东北角的一个大院里,下弦月斜挂在天际,疏朗的星闪烁着,四外黝蓝色的,透着紧张而严肃。

一条长长的影在蠕动,从东北踏向辽旷的田原,又折向北,过一座树林又朝着西北沿着易水旱滩前进,周围是静寂的,只听见敌人的炮火发出空虚的愤怒,东方鱼白的时候,已经抵达晋察冀东线的高山上。

沟东炮火更激烈了,大概"皇军"在开始拂晓进攻吧?休息着,大家庆幸胜利。

(《晋察冀日报》1942年10月6日,《子弟兵》副刊第62期)

警战线上的第八班

王振纲

前几天完县城的敌人到固城附近去修王八窝,离我们住的村庄只有×里。情况比较过去紧张些,为了严防敌人的出击,我们担任警戒的第八班,便连着五夜未睡觉,但战士们一点儿都不表现疲劳。在山头上,他们仍是坚持着警戒的重大任务,并且把敌人两次的冲锋都给打垮,于是战士们的精神更振作起来!最后一夜,敌人又来攻这个山头,第八班英勇的战士们,在拂晓时就用手榴弹和敌人干起来,战士们沉着地把手榴弹给敌人送去。一直到最后,手榴弹打光了,我们的第八班才安全地撤回来。

(《晋察冀日报》1942年10月6日,《子弟兵》副刊第62期)

生与死的斗争

——记冀中民众反抗暴敌的一个壮举

杜承滨

五月三十日的晚上，深南蔡家张村的维持会的锣声，震耳欲聋。"明天是'净门夫'（注一）修道去，明早吃了饭，维持会门前集合。"敲锣的高喊道。每个字都深深地刻在每个村干部的心坎上。

三十一号的早晨，人们的饭没两袋烟的工夫，也就吃完了，五百多人的行列，带着柴火（注二）和往常一样，边说边走，望着指定的去处，是越走越近了。十四个日本法西斯强盗，用讽刺的狞笑，来迎接这受苦的一群。

地区一经划分，就要开始动工了，两挺"歪把子"摆在人们的身边，似乎是预防什么"突然事变"。

敌人这次对蔡家张村要东西，显然是故意地，有计划地刁难这个村子，不然为什么一开工便扭住王老黑（注三）？"你村坚壁八路军的枪，为什么不拿出来？"一个大个鬼子严厉地问道。

"'太君'，咱村实实在在没有坚壁八路军的东西。"快五十的老头儿直爽地这样回答。

大个鬼子死不相信他，照准老黑的屁股，"啪啪"，就是两枪把子。

"挑水去。"这是在修工跟前来回巡视的鬼子喊的。

"你说，到底坚壁在哪儿啦？"大个鬼子再三追问着。

"'太君'，你饶了我吧，我着实不知道，你想我这快死的老头儿子，能知道什么呢？"老黑向鬼子跪下了。

大个鬼子猛一回头连忙摆手喊着："挑水到这儿来，用冷水灌死他!"

说着就来了两个像几天没有吃东西的猛兽一般的矮个鬼子,不等老黑讲什么,全身已经被捆得紧紧的,在老黑身后塞上一条长板凳。

"不说就灌,绑在凳子上。"大个鬼子说完,从衣袋里掏出一支纸烟。

修工的人们看着鬼子得意地吸着烟,听着老黑被冷水硬灌的惨叫声,和鬼子们的说笑。

"死了死了的。"一个矮鬼子报告。

大个鬼子用二拇指轻轻弹去烟灰以后,吩咐道:"松一松他,不说的再灌。"

果然,老黑从鼻口控出了一些酸水,大鼓一样的小肚子也消了些,头脑稍稍清醒,敌人再问时又被他拒绝了,于是照样再灌。

"这回老黑可真的不行了。"修工的刘老铁低声同别人说着,话还没完,一下没注意,鬼子到他身旁了。

"你的说什么,不行,你说八路军的枪藏在哪儿啦?"一个满脸胡子的家伙逼着老铁。

"不说也灌死他。"大个鬼子把烟头一抛,看看老黑的遗容狞笑了两声。

老铁更倔强:"你灌死我,我也不知道!"

敌人对他更凶狠了,不多一会儿老铁与老黑一样,就这样悲壮地死去了。

张村的人们对敌人的暴行是万难忍受了,因为敌人用这样狠毒的方法。老黑、老铁,还有第三、第四一直到第八个人都被活活灌死了。

第九个——轮到村长的头上了,他早就带着镐头站在机枪射手附近,一叫着他,他就用最大的力量,像撕破了嗓子一样喊道:"乡亲们，咱们统活不成了，现在又叫着我啦，一会儿你们也逃不了，咱们难道就等着鬼子一个个地灌死吗？我们和他拼吧！"他还没有把后边的字句说完，机枪射手的脑袋早已在他的镐下打碎了！

"拼吧！拼吧！"五百多人整个骚动了，起来反抗了，个个拿起锹镐，咬牙切齿简直把鬼子骇得目瞪口呆了。

"不要活的，把他剁碎。"人们愤恨极了，边骂边砍。

在群情愤激的忍无可忍的情形底下，敌人无论怎样都来不及开枪，整整十个鬼子的狗命被结果了。"不行，还跑了四个，往南追呀！"像一群刚翻过身的奴隶，呐喊着追上去。

"追回来，一个不让他跑掉！"村长大声高呼着。

"追呀！抓活的！"几百个人的吼声，使鬼子丢魂丧胆地只顾跑，但终于被追上砍掉了。

他们在死亡线上挣脱出来，并且添加了两挺崭新的"歪把子"和十二支三八步枪。

从此，深南蔡家张村这一英勇反抗的壮举，传遍了整个冀中区，他兴奋鼓舞着一切不愿做奴隶的人们——反抗才能生存。

（注一）净门夫——全村男人不分老少都得去出工，在冀中叫"净门夫"。

（注二）柴火——是为修工的人们，晌午不回家吃饭，必须自己带柴火，在据点里做饭。

（注三）王老黑——是本村一个快到五十岁的老头子，平时在村是个最老实人，在村威信很高。

（《晋察冀日报》1942年10月8日）

一天的遭遇

——这里，说明了在冀中残酷的环境里，
一个人的机智，是多么重要呵！

黎辉

一

天刚刚发亮，天色还完全被朦胧的雾气遮盖着的时候，敌人的机枪掷弹筒，就向××村射击了。村里的老乡们霎时间也都逃光了，所剩下的是八个工作人员，和一个区小队，还有和他们住在一起的高同志。

这时候，他们一定要在这紧急的情况下突围，于是很快地推举了高同志作为临时的指挥员。

队员们手里握着枪冲到西边去，子弹在他们头上如蝗虫似的飞舞，他们又转向旁边，在一块比较低□的豆子地里卧下来。

枪声渐渐地稀了。敌人三五成群地在老百姓里面来回地巡逻着。

高同志从雾气里观察着敌人的符号和信号。

"口令！"东边敌人在远远的地方尖声高喊着。

"××警备队！"一边的伪军回答。

"同志们注意！"高同志小声地吩咐队员们说，"把手巾围在脖子里，我们要向东面冲了！"说着，他在头里领着向东面跑去。

"一红诺——三小队——"敌人到处乱叫着。

"一红诺——一小队——"

高同志也喊："一红诺——二小队——"他一边喊，一边向东面跑着。

"哪一部分？"前面忽有敌人向他们发问。

"××警备队，有任务。"高答。

"快去！别发生误会。"敌人让开道沟，他们跑了过去。

在前边庄稼地里，有三个敌人拚命追着一个区级干部，眼看就被圈住了，高同志喊道："'太君'，我们边的！"鬼子见他们脖子里都围着手巾，和自己的符号一样，点了点头走开了。

"同志，别傻跑了！"高同志向那个区级干部招呼着。

那人回头一看，很快地跑到他们这里来紧紧地握着高的手，又惊惧又感动的样子。

"为什么你们追我，高同志？"

"这不是谈话的地方，赶快走吧！"高说。便迅速地整好了队伍，隐没在碧绿的青纱帐里了。

二

高同志刚刚转移到××村，就又被敌人包围了，因此早饭也没有顾着吃。街上刺耳的锣声"当当"地敲着，伪村长从街东走到街西，拚命地呼唤："开会去！村东大场里，男女老少一个不留！"老乡们慌张地跑到会场上，街上走来走去的只是几个"黄皮"和"白脖"（即伪"治安军"）一门不丢地搜索。"开会！"这不是一件好事。自从敌人"扫荡"冀中以来，多次都是利用这种诡计来抓捕青年、勒索钱财的。高同志知道只有自己想办法去隐藏自己才是好办法。于是他跑进一个院子里，点起一把香，跪在屋里的神像前，假装磕着头。

一个鬼子提着一支三八大盖，一声不响地走了进来，看见这个四五十岁的老头儿，就问：

"什么的干活？不去开会？"

"'太君'！修好的干活。"高同志沉着地回答着。

"好的！你的大大的好的！"鬼子说着扭身出去了，刚想爬起来逃走，一个"白脖"很凶地闯进来了，他照样地在神前祝祷着。

"别装傻了，同志。去吧，见见'皇军'去！""白脖"仔细地望了他一眼，奸笑着，把他拖到院子里。

"很对不起，这是小意思。"高顺手从衣袋里抽出十元一张的边区票来，微笑着说："弄四两喝喝吧！"

"谁要你这个？走！你这'共匪'！""白脖"有点儿愤怒了，在院子里转来转去，想找条绳子绑他。

高也气急了，很快把墙上挂的一把镰刀摘下来，紧紧地握在手里，眼睛里冒着火星，眉毛竖立起来，胡子也颤动着："你说你要哪个吧？"他一手拿着票子，一手拿着镰刀，在"白脖"的面前晃了一晃。

"白脖"有些害怕了，圆瞪着吃辣椒吃成了的烂眼，一声不响地呆立在院里，浑身颤抖起来。

几个村维持会的负责人进来了，好容易给他们说合了一下，把那十元一张的钞票给了"白脖"才算了事，这个碰一鼻子灰的伪军，低着头慢慢地迈出大门。

高同志看见他们走完了，急忙从院里一棵大树上爬到房顶，一股劲地跑到村外去了。

三

下午的时候，高同志从谷子地里爬起来，到了×村，找到一个干部家里，打算做点儿饭吃，谁知道敌人偏偏地也包围了这个村子。他同样地又没跑出去，也来不及钻洞，因为洞里的人早已挤得吱呀吱呀的了，只好用别的办法来掩护自己。

但鬼子已到了门口，他匆忙中找到一条白布，赶紧绑在头上，把鼻子用力地拧了两下，泪珠很现成地流了出来。

"怎么的？"鬼子走到他跟前问道。

"我的老母死了死了的。"他假装着"呜呜"地哭起来。

鬼子本来打算在这院子里号房子住下，也许是见才死了人，所以没有住，但是还向他要席子。

席子是在炕上的，高同志知道炕洞里还藏着八个同志，无论如何是不能掀开的。

"不能用，我的老母是传染病！"他很机警地说道。

"嗯？什么传染病？"鬼子问。

"百死毒！"（即鼠疫，此系日本名称）。

"啊哈！好百死毒……"鬼子急忙用手巾掩住口鼻，撅着屁股跑开了，并在门口用粉笔写了几个触目的大字："此处有百死毒，免进。"而且把邻近号房的号码也擦掉了。

事情虽然过去了，但鬼子绝不是傻子，总会被发觉的。再说，这里也不是长久的办法，于是他嘱咐了洞内同志们一下，便跑到村维持会当起会长来。因为这时跑出村子去，已经是不可能了。

他巧妙地假殷勤地维持这一群强盗们，使村里少受了好多的损失，少花了好多的钱，他还这样问鬼子：

"是不是可以开条子到外村去要东西？"

"可以的！"

于是他用维持会的名义开了八个条子，"张×到××村去要大猪白面，李×到××庄要鸡子，赵×到××……"村内的青年和干部一个一个地被派出去了，鬼子也乐了。

最后他也拿了两个条子，在苍茫茫的暮色里，在辽阔青纱帐里，同样地逃得无影无踪了！

（《晋察冀日报》1942年10月12日）

纪 念 连

仓夷

序

在河北省的中部——平汉和津浦这两条铁路的当间，是一块六万平方公里辽阔的、肥沃的大平原。绿色的田野上，密布着八千多个安安静静的村庄。这里是晋察冀边区的冀中区。这里的平原抗日游击战争，坚持到现在，已经有六个年头了。敌人历年的大"扫荡"、大"清剿"都只有加深着这里人民的仇恨。

一九四二年的夏季，敌人调集到三个师团和两个旅团的"精锐部队"，分集在一千五百多个"钉子"——据点里；还派了八百多辆的巡逻汽车，在一万里长的蛛网式的公路上溜闯着。新的大规模的"扫荡"与反"扫荡"战争，就在这一年的五月初开始了。

我们冀中区的八路军，在这次大战斗中，有着许多光辉灿烂的战史。这篇文章仅仅是记述一个八路军的连队，在历次大战斗中的遭遇。这连队在最残酷的环境中，不仅保存了自己的力量，而且还给予疯狂的敌人以重大的回击——只机枪班长郝赞同志一人，就消灭了敌人一百五十名以上。

冀中区八路军三纵队政治委员程子华同志，称这个连队是冀中反"扫荡"的"纪念连"。从这光荣的名誉的奖励里，我们很可以知道：我们党军的领导者，对于坚持平原反"扫荡"战争的英雄们，是怎样地尊敬与热爱的。

一、突围的夜

情况的确是紧张得多了。

鸡叫头一遍，我们的连队就出发，向沧石路北转移，没有成功，又回到武家铺。营长林辉文同志骑着马，也从团部赶到我们连里，和连长指导员商量着新的计划，要坚决粉碎敌人这次的"铁臂包围"。

正午的时候，敌人的飞机就"呜呜"地叫，飞得很低。一发现我们，就"轰"的一声，一大团的黑烟，在村子的上空轰炸开了。这是敌人放烟幕弹做信号。于是，那就热闹了。漫山遍野的敌人，再不是"对角分股"地、慢慢地搜索前进了，而是"呀呀呀"地狂叫着，向我们这村庄包围过来。

营长在一间高房上，用望远镜瞭望着。在那一望无边的田野上，很远很远的地方，尘土都飞扬起来。一千多的敌人的骑兵分成三圈，遇见村庄也不停，只顾向这里冲来。

敌人的第一颗炮弹，"轰"的一声，就在我们村子的东南角炸开，把半座土墙都炸垮了。

战士们都在屋顶吃早饭，被这炮弹一轰，饭桶里、饭碗里，都落了许多沙土。有些炮弹片，也飞跳到饭桶里了。

敌人已经向我们东西两个街口攻击了。炮弹又连续地射过来，战士们都拿着手榴弹，把步枪安放在一旁。

敌人离我们只有一百米达了，我们东口的重机枪就叫喊起来。敌人还在冲，西口的轻机枪也响了。

敌人都扑倒在麦地里。连长杜镇远同志带着一个排，守着南面大街。他的眼睛，发直地盯着敌人，南面的阵地是修筑在几间平房上，前面是一溜土墙，敌人向这土墙直冲过来了。

"扔吧！"

连长喊着。

"扔吧！操他妈的！"

战士们都喊着。

战士们都高兴起来，一面扔，一面嘴里就乱喊。

一阵巨大的爆炸声，一闪闪的火光和浓黑的烟灰，从土墙外升起，敌人"呀呀呀"的喊声，就听不见了。

"喂，他妈的，飞机来了！"

"不要乱，掩蔽好！"

"连长，看那边坦克车！"

"让它来吧！"连长沉着脸，命令大家准备好手榴弹。

连长在平屋顶来回地巡视着，眼看着九辆坦克车在田地里一浪一浪地向前"轧轧轧"地碾来，后面还紧跟着八九十个日本兵。

坦克车越近，声音就越惊人地骚扰着，渐渐地开近了村边的第一道围墙，围墙就"哗啦啦"地倒下来。接着又是"哗啦啦"一声，另一辆坦克把围墙旁的一间小房子压倒了。

"不理那王八坦克！拣那后头的鬼子揍！用手榴弹！"连长下着命令。

两辆坦克已经进了街口，但是我们都在屋顶。坦克车不能爬房子，车上的机关枪也射不到我们，车里的日本兵又不敢出来。遇到这种情景，那坦克车就发呆地、突然地停住了。

后面跟上来的日本兵，都挨近了坦克车，正向我们的平屋顶冲上来。一阵密集的手榴弹的爆炸，把日本兵都打得从半墙上摔到街上。墙外的日本兵和坦克也都不敢进来。

进了街的这两辆坦克车，看见后头的坦克不敢进来，而冲进的步兵又被我们的手榴弹炸倒，害怕当俘虏，就想转头逃跑。但是街道太窄，两旁都是大石块，左转右转，都转不了，就只好倒退着开。那些被我们炸坏了一条腿的，炸得扑在街道上的日本兵，爬也来不及，就听见"噗突噗突"的像水泡爆炸的声音，许多日本兵都被自己的坦克碾成肉酱了。

离得远一些的日本兵，就大叫大喊起来。那声音是很难听的，就像快被宰杀的猪或牛叫的声音一样。我们的战士就在平屋上，大声地喊着"缴枪不杀"的口号。日本坦克师只忙着照顾他的坦克不要当俘虏，巨齿一样的坦克轮带，照样地从这些负伤的日本兵的身上压过去，日本兵的皮肉和毛发，沾满了坦克的轮带，有的被挥到很远的地方去。

激烈的战斗一直进行到下午。太阳已经下山，我们村子的四周，已被敌人密密层层地包围了。

现在这武家铺附近的几个战场都已经结束战斗，同志们也都突围了。敌人集中来包围我们。我们打了半天，虽然没有什么损失，但是手榴弹已经快完，不能待到明天再战，我们连决定今晚突围。

营长和连长正视察着四周的阵地。他们在南面街上走着，对面胡瞪眼喊叫着走来，手里摇晃着一个什么东西。

"连长，有一个宝贝！"

"什么？"

"信！"

"哪儿来的？"

"从敌人那边送来的！"

"怎么送来的？"

"我趁天快黑到村口挑桶水给同志们喝，碰见一个老乡送来的。"

连长伸手接了信，没有细问下去，就把信拆开，同营长两人看着。虽然天色已晚，但是还迷迷糊糊地可以看出上面写着：

"八路军勇士们：我们打了一天仗，双方都有损失，不要再打了，你们赶快向西北口走吧！那边没有什么队伍的。××中队××班。"

胡瞪瞪着两只大眼睛，望着连长和营长：

"说些什么呀？"

"鬼子放屁！"连长生气地说。把信递给营长，又皱了皱眉，问胡瞪眼说：

"那老乡说这信是谁给他的？"

"是一个伪军。"

"那老乡你认得吗？"

"见过他，是这村里的干部呢！"

"他还说什么？"

"他说现在这一带咱们队伍都转移了，大部分是向东、西、南三方面走的，现在这三面敌人封锁得非常紧，车子队和鬼子骑兵老是往各家里闯，乱杀人！"

"还说什么？"

"他说现在鬼子正在做饭，待一会儿，恐怕吃了饭，又会向我们进攻，他问我们吃了没有，没有吃的话，这村公所的地洞里，还有干粮呢！"

"好吧！你去看看有没有干粮？"

"是！"

胡瞪眼很高兴地向西转入一条小胡同。

连长回过头问营长说：

"怎样？我想这样也好，先到西北角去看一看吧！"

连长和营长到了西北角，看一看出口，是一片苇地，有些树林。上了高房，用望远镜瞭望，东、西、南三面，都有许多的烟火，而且还隐隐地听见有许多妇女小孩的惨哭声——敌人正在"清剿"着各个村庄。只有北面，烟火较少。假如从西北口冲出去，再突过沧石路，可以和我们团部取得联络。于是他两人商量了一下，就回到指挥部里。

夜色已经笼罩着整个平原，胡瞪眼到村公所的地洞里，果然找到一麻袋干粮,他把它背回来,战士们就着凉水,都吃饱了。大家都把枪擦好,皮带、绑腿都弄舒服一下。刚布置好突围,南面的敌人,就向我们开始猛烈的总攻了。

"出发吧!"

连长说。

胡瞪眼还在收拾着零碎的干粮,装到麻袋里。突然他记起一件事情,就抬起头,问营长说:

"营长,你那两匹马怎么办?"

但是枪声太密,营长没有听清楚,就带着一排战士在前头走了。

接着指导员李坚同志和连长也都带着队伍走了。

胡瞪眼是和李指导员在一队里。他走在最后头,经过大街的时候,他不由自主地向那拴着马的大槐树走去。

两匹很肥壮的赤褐色的大马,拴在这树下,已经整整的一天了。看见胡瞪眼来,很亲热地,鼻孔"咻咻咻"地叫,蹄子"咚咚咚"地踢着地面。胡瞪眼想把这两匹马都拉走,但刚一伸手,就踟蹰起来:"不行,要突围,这两匹马的目标太大呀!"

马伸着柔软的唇,吻着胡瞪眼的手臂。这时在那中午被敌人坦克车冲塌的围墙的缺口上,已经有几个日本兵冲进来,胡瞪眼的眼睛很快地一闪,心里焦急起来。他想:无论如何我们八路军的马,是决不能当俘虏的!他又伸手去拿出一个手榴弹,要把马炸死,但看着手榴弹才剩下四颗,想到等会儿还要冲锋。他眼睛紧盯着在黑暗中摸索前进的敌人,手就伸到枪尖上,把雪白的刺刀拔下来,看清了第一匹马的肥润的脖子用力地刺去。

刺刀直刺进马脖子里,血就顺着刺刀,顺着胡瞪眼的手臂,泉水一样地涌流出来。

马受了这样意外的打击,暴跳着。胡瞪眼又用力地一拔,将刺刀拔出，却倒退了好几步，险些摔倒在地上了。

这时，村子四周都打得很激烈。我们突围的部队已经和敌人接火了。

从围墙口冲进来的敌人，因为不晓得我们的情形如何，还不敢深入。

胡瞪眼又把刺刀来刺那第二匹马，这匹马看见他凶凶地来，就用脚踢他。胡瞪眼抓着缰绳，向那光滑的脖子又是一刀，但是力量不济，刺不进去。

那墙边的几个敌兵已经发现了他，向他冲来。他急忙地割断缰绳，拉着马，跑进正街。一面跑，一面把马的笼嘴去掉，"快走吧！"他喊着，狠狠地在马的屁股上刺了一刀，那马就向东箭一样地奔跑去了。

敌人紧跟着要来活捉他，他撒开双条腿直向西北口跑。

西北口上，我们突围的队伍已经和敌人进行最激烈的战斗，班长陈德同志指挥着一班战士当后卫，掩护全连同志突出敌围去了，他们却被敌重重地包围着。

夜色浓黑，敌人没有看清楚我们有多少人，就只管团团地围住，用机枪密集地扫射。

战士们就找那枪声最密的地方，抛出手榴弹，只见火花在四野里一闪一闪的，爆炸声起后，是掀起一声奇怪的杂乱的喊声。

陈德同志在激战中，大声地喊道："喂，同志们！我留下一颗手榴弹就够了，大家都把手榴弹揍那鬼子吧！"

原来每个战士都预先想留下最后一颗手榴弹，来保护他们崇高的民族气节的。听见陈德同志这一喊，好像都晓得这话的意思，就把最后的一颗手榴弹，向敌人抛去。

在爆炸的手榴弹的火光中，照耀着这五个战士，他们紧紧地围抱

起来,巨大的吼声从这个拥抱着的人群中喊出来:

"中华民族解放万岁!"

"中国共产党万岁!"

"咬紧牙关,度过黎明前的黑暗!"

口号声还没有在夜的空中消失,"轰隆"一声,一道火光从这五个烈士的胸中涌起,这五个烈士用最后的一颗手榴弹表白了他们的一生的光荣的。

胡瞪眼刚跑到村子的西北口,就听见这五烈士的口号声。他晓得我们的同志是被包围了。接着又看见手榴弹爆炸,接着又看见敌人直向那爆炸的地方冲,他就赶快地拐向北走。

村北有一片小树林,他从道沟里拚命地奔跑着,冲进树林,就转向西北角上走,走了半夜,在道旁的一块麦地里躺下来。一整天的紧张战斗,下午又没有吃饱肚子,又饥又渴,队伍又不知道冲出去没有,心里很难过,想继续追找自己的队伍,但是大腿上受了弹伤,现在正发着刺心的疼痛,于是他疲倦地躺在地上晕沉沉地睡去。

微弱的月光照射着大平原,在很远很远的地方,不时地有火光燃烧着。

二

在武家铺突出包围的战士们,整天整夜地行军。这种剧烈的不停止的行军,使同志们的脸都变成青色,衣服都换成五颜六色的便衣,有些还被枪磨得肩胛上露着一大块赤黑色的筋肉。

因为在武家铺突围时失散了,连长和指导员不能□□□知道团部究竟向哪里转移。他们带着队伍一直向西北走,冲过了沧石路,到了饶阳,遇到敌人大合击,又□走,渡过滹沱河,那里也在大战斗中。他们一百多人,除扛着四挺机关枪,带着许多子弹和手榴弹外,别的什么东西都没有。

"连长，我们还是回到武家铺一带去！"

有一天，指导员李坚同志，对连长这样提议。

"武家铺，离这里有好几百里地呀！"

"离这里是不近的，但是我们要不回到那里，是找不到上级的！"

这时是在夜里，在野地里，同志们都躺在谷地旁的草地上，休息着，四野里静静的。

连长坐在田垄上，望了望夜空，思索着，低声地说："是的，我们找到团部，行动是要便利的。"

于是这一连又从北向南奔来，渡过滹沱河，跨过沧石路，那天，天快黑的时候，就到了韩家疃。

村外有一个中年的庄户人，看见部队来了，就打听着番号，问连长和指导员的名字，战士们有些怀疑他。

那庄户人笑着说：

"你们有一个战士名叫胡瞪眼的吗？"

"有呀！怎么样？"大家都□喜起来。

这庄户人名叫韩贵叔，是韩家疃的自卫队员，他那天半夜里和韩大妈在麦田里遇到了胡瞪眼，知道胡瞪眼是受伤的战士，就赶快给他换了便衣，把他送到一个秘密的地洞里，天天给他换药送饭。胡瞪眼的伤口渐渐地好起来，就吩咐韩贵叔打听自己连队在哪里，好赶快归队。现在韩贵叔听见战士们都说有，心里快活极了。又听说他们吃了饭还要赶路，就急忙吩咐村里的老乡，尽先把自己做好的晚饭端出来，给战士们吃。他自己就去找胡瞪眼。

一会儿，胡瞪眼从村西头回来了，他老远地就喊着："哈哈！回来啦！"

全连的同志们正在吃着饭，看见了他，都在谷地里站起来，把碗、饼子高高地举起来：

"哈哈！胡——瞪——眼呀！"

同志们欢呼着，周围的老乡看见这种热烈的情况，也都围拢来。

胡瞪眼背着枪，穿着蓝布衫、土色裤，见了连长和指导员之后，就坐在田垄上，和同志们高谈阔论他突围和突围以后的经过。

正在兴高采烈的时候，韩贵叔气喘呼呼地跑来，对连长说：

"同志们，情况又紧啦！沧石路上的鬼子出动啦！"

"靠得住吗？"

"噢！靠得住！北面游击小组送来的消息。"

韩大妈也夹在人群里，听见贵叔说有情况，又看见连长集合着部队要走，就急忙地回到家里，拿了三个玉茭窝窝，赶了出来。队伍的前头已经出村子，后头还在大街上走着。她一个个地望着，望着胡瞪眼就喊道：

"喂！胡同志！"她喊着追上去。

"你还没有吃饭，给你三个窝窝！"

胡瞪眼双手推辞着。韩大妈把窝窝塞在他的粗大的手掌里。

胡瞪眼怕掉了队，就说声："咱可受不起啊！"接过窝窝就跑步跟上队伍去了。

半夜里，我们的队伍到了七箭屯。离武家铺只有八里地，但是天色墨黑，没有一点儿星光，狂风呼啸着。豆粒般大的雨点密密地撒在麦子的叶上，"的的得得"地哗叫起来。

队伍停止前进了。

七箭屯的西头的二间大院里，暂时地做了我们的宿营地，因为情况太紧急，这里老乡都到村外去，院里空空的。同志们把武器收拾好，派了岗哨，就在东西南三间房里休息。

北房里，燃着一盏小油灯。

连长的声音在说道：

"同志们，今天的形势我们预先是没有计划的。刚才我们侦察的结果，团部已经到沧石路北，现在敌人又第二次地来合击这块地区，回到武家铺是找不到团部的。现在只有两条路，不是分散掩蔽，就是继续和敌人转圈子。"

排长林风清同志望了望连长说：

"分散掩蔽是不行的，还是转圈子好！"

李坚同志也站起来说：

"我同意林同志的意见，我们党曾经指示我们：坚持华北，是我党我军不可动摇的方针。同时又指示我们：坚持根据地必须以武装斗争为主。我们如果只知退兵不计坚持，那是不对的。如果我们能掌握着队伍和武器，跟敌人转圈子，有利时就打，不利时就转，那是既可保存我们自己的力量，同时又可以消灭敌人的！"

屋外的暴风雨，翻天覆地地吹打着。

同志们的心，都沉浮在这个大风浪中。

雨停的时候，田野上已经微露着透明的青光。院子里那棵槐树也约略地可以看出叶子来，天已经快亮了。

在七箭屯的南面，已经发生战斗。情况不许可我们在村子里做饭，我们把没有弹药的一挺机关枪和一个掷弹筒坚壁后，就集合了队伍，往西北角挺进。

道沟里因为刚下了雨，非常难走。走了三四里地，同志们的鞋就像大渡船一样地笨大，鞋底沾着厚厚的泥层，有些同志不小心，滑了一跤，弄得浑身是泥浆。

队伍默默地走着，突然听见前面有人叫马嘶的嘈声，连长爬出了道沟，伏在田垄上慢慢地伸起头向前一望。前面有一个村庄，村外有许多日本兵，正在准备行动，有几个日本兵已经摇摇摆摆地向这条道沟里走来。连长迅速地跳到沟里，对指导员说：

"前面有情况了！"

李坚同志抬起头，向那朦胧的四野里一望，田野上都是开阔地，庄稼还不很高，掩蔽不了人，就低下头，向道沟的前头一望：

"喂！那不是一条横的道沟吗？咱们从那条道沟拐一拐，从别条路走吧！"

我们连队向东进了这条横着的道沟，这横沟像条弯弯曲曲的蛇，大家转了几个弯，前面又是一条道沟，连长走在最前面，不提防被指导员拉了一把，站着了。大家侧耳一听，糟糕，前面那条直沟有许多"扑哧扑哧"的脚步声，又是一大队敌人在通过。

队伍前头的许多战士都低声地骂着：

"他妈的！拼一下吧！老子拼着一条命不要，看鬼子还能怎么凶？！"

李坚同志回过头，望了望说话的人，是排长周启应，他就接着说：

"现在这样□，在这两个沟口我们都安上机关枪，要是敌人进来，我们就揍，然后再转移，要是敌人不来，那我们就休息一下，再走。"

我们的队伍在沟里休息了。

天色大亮，排长林风清守着东口，只拐了一个弯离那口子很近。沟里的脚步声、马蹄声杂乱地响着。一队"叽里咕噜"的日本兵过了，接着是一队说中国话的伪军汉奸。

突然他听见有一个声音说：

"嘿——你们瞧，怎么这沟口有这么多的脚印？"

又一个说：

"刚刚下了雨，我们都是往南走，这里面一定有鬼！"

头一个又说：

"嘿！敢是八路的脚印吧？"

第二个说：

"进去看看吧，一定是八路的。他们看见我们来，从这里拐走的？"

林风清听到这里，就叫机枪班长郝赞准备，但却没有看见有人进来，只听见外面头一个声音只说：

"别多生事了！走吧！"

于是人声消失了，只有脚步声、马蹄声和大炮在驮子上震动的"嗦啰嗦啰"的声音。

太阳已经有一竹竿高，两旁道沟的敌人是过完了。

连长派了胡瞪眼和李五宝两同志到前头侦察，一会儿，他们都回来报告说："现在那几个村子都被敌人和汉奸包围着，搜索、打人、杀人。"

队伍不能前进了，就在这道沟里停着，直停到夜的到来。

他们没有吃一点儿干粮，没有喝一滴水，就继续地前进着。

许多村子都驻着敌人，他们不能进村。他们走了一夜，被敌人发现就一直追，他们就一面打一面转，走了三天三夜，没有吃饭，没有睡觉。渴了，就在道沟旁喝着肮脏的苦水。

有些同志走得太疲乏了，把枪弹交给同伴带着，就向道旁一躺，无声无息地晕过去。

这支队伍还在顽强地挺进着，他们接近了沧石路旁，正好是半夜里，指导员就带着三挺机枪在前面，后面队伍紧跟着。在一座岗楼旁边，敌人在各岗楼旁都设了伏兵，但是这里的伏兵没有预料到会有这件事发生。待我们冲过后才发觉，慌慌张张地放枪和燃起烽火。附近的岗楼也都盲目地扫射着机关枪。

冲过了铁路，走了二十来里地，前面有一个村落，战士们进了大街，一句话都没有说的，抱着枪，随便身子一歪，就睡着了。

指导员和连长也同样疲劳，但是却挺着腰坐着。

街上冷清清，一个人影也没有——敌人要来包围这个村子，人们在半夜里就跑出村了。

连长刚紧了紧裤腰带，把沉重的肩背靠向墙壁的时候，一大队的日本兵，已经开进了大街口，他和指导员急忙地跳起来。

"同志们，发现敌情了！快起来！"

声音喊了一遍，同志们都依然躺着。

连长和指导员急了，就用盒子枪"啪啪啪啪"地连发了四枪，于是战士们就像在武家铺作战时一样地精神，跳了起来。指导员举着手枪，冲进北头的小巷，同志们也跟着走，连长在后面掩护。刚出了北街，向野地里跑的时候，村子右边也跑出一队便衣的队伍，战士们以为被敌人合击了，正要开枪，对面的人喊着："喂！咱们是一家人，不要打！"

"你们是哪一部分？"李坚同志急问着。

"我们是游击第三大队，你们呢？"

"我们是常胜旅……"

答话没有继续下去，敌人已经在街上放枪，他们就一起向北走。

三、永远战斗的连队

离开我们这个连被敌人包围的村庄十里地有一个村子，名□白庄。这庄上的五十几个民兵，正忙着搞地道战，带领民兵的队长是萧健同志。他正和三个民兵在村口的一处高地上，装置一个"地下堡垒"。这"地下堡垒"是民兵阻击敌人的一个非常有趣的东西，堡垒是利用现成的高地，里面挖空，通地道，对外就只有几个枪眼，民兵

们藏在里面射击敌人，敌人发现不了他们。万一被敌人发现了，也不要紧，敌人就是把它炸了，民兵们也可以从地道里，转到另一个"地下堡垒"去。

萧健同志抬头一望，前面走来了县武委会的周清波同志。

"喂！老周，我们又搞了五个'地下堡垒'！"

周清波不理睬萧健同志这个兴头，只顾粗声大气地嚷着说：

"嘿！刚才敌人合击南面的中央村，我们的一个连冲出来，三挺机枪的枪套都没有卸下来。"

"真的吗？"

"可不是真的，现在这支队伍，恐怕已经在大街上休息，还有游击第三大队也在那里。你去看吧，我看他们一定是太累了！"

萧健同志被这支"突围不卸下机枪套"的队伍疑惑着，就对民兵们说：

"把这个堡垒搞好后，大家加紧侦察警戒，我有事先走。"

他大踏步地到了街上。

大街上正歇着我们这一个顽强地与敌人斗争着的连。

萧健同志一面走一面目不转睛地望着，看见他们没有一个坐着，也没有一个人去挑水做饭，心里想：这连一定是经过了无数次的战斗，疲劳了。就回转身找到两个民兵，吩咐他们赶快给这连的同志们烧水做饭，自己就去找县游击第三大队的赵政委，问明这个连的底细。赵政委回答说这连是常胜旅，别的他都不知道。

萧健同志回到大街上，这时这连里只有一个人在地上坐着，个子瘦削，年纪二十二三岁，眼光很锐敏地，看见了萧健同志，好像要招呼，萧健同志就向他走去，握着那青年的手说：

"你们是常胜旅吗？"

那青年点点头。

"你们连长呢?"

"连长刚才突围时冲散了。"

"指导员呢?"

"我就是。"

李坚同志答着,眼睛发亮起来。

萧健同志紧紧地握着李坚同志的手说:"呵!现你们到了这里,就跟到了家里一样,你们有困难,在我们一定帮助你们解决。"

"啊!那好极了!"

李坚同志兴奋得紧紧地握着萧健同志的手,站了起来,对萧健同志说:

"同志,你们太好了!我们这部队曾经在武家铺跟敌人血战过,曾经在无数次敌人的'铁壁合围'中,一面作战,一面转移,我们虽然失掉和上级的联系,但是我们是革命的队伍、人民的武装,我们一定有信心,也有力量永远战斗下去的!"

"是的!现在你们还有多少人?"

"我们还有八十个左右!"

"武装呢?"

"三挺机关枪。每人都有步枪、子弹、手榴弹。"

"好啊!我已经吩咐同志们跟你们烧水做饭,你们现在好好休息一下,不要焦急,在这里就跟在家里一样!"

萧健同志回到民兵大队部里,催促民兵同志们赶快烧水做饭。又到各处商量,他觉得这个连队需要补充一部分新的力量。同时游击第三大队的武器也不全,于是他就希望把这两个部队合编起来。

他先去找游击第三大队政委赵强同志,把他的意见提出,赵强同志很同意。他说:

"好!就这样吧!我们是有责任帮助他们的,他们刚刚来这里,人地生疏，我们是这里土生土长的队伍，应该和他们合编起来，共同作战。"

萧健同志又去和李坚同志商量，李坚同志更是高兴。他们三人马上商量了合编的组织办法和补给的种种问题之后，李坚同志说：

"萧健同志请你给我们当连长吧！"

"好！这以后再说吧！"萧健同志笑着说，"我想现在战士们刚吃过早饭，还得集合一下，把这个事情告诉他们一下。"

"是的！我们去集合，你就来吧！"

队伍集合好了，萧健同志正要上前讲话，被一个相貌很和善的中年人拉着，那人名叫蒋方华，是"抗大第三团"的学生，要他马上解决粮票问题。

萧健同志笑着说："我还有事呢，等会儿吧！"那中年人就站在一旁，萧健同志上前开始讲话了：

"同志们！"他首先敬了一个礼。

战士们看见这个年青活泼的民兵队长，都微微地笑着鼓掌，萧健同志接着说：

"大家都辛苦了！现在到了自己的家里了，今天的岗哨，你们不用担当，我已派好民兵看守，你们可以放心地休息休息。虽然这周围四五里地都有敌人的据点，但是他们吃过我们几次地雷，知道我们这里是'八路大大的有'！"

萧健同志把"八路大大的有"故意学着日本人的腔调，逗得大家都笑起来，积压在战士们心中的疲劳，现在已经突然地溶解了。

"你们的衣服都烂了，鞋子也破了，明天我到县里给你们弄衣服、鞋子，再弄一些钱给大家发津贴，大家发就可以抖一抖了！"

"哈哈哈！抖了……"

有些战士欢喜地叫起来。

"现在,同志们!"萧健同志提高着嗓子说,"我们要把常胜旅和游击第三大队合并起来,编一个'战斗连'!你们的指导员和政委现同意,现在斗争是非常残酷的,我们要不大伙儿一齐干,那谁也站不住脚的!我们这里都是年青人,我们只要团结一致,什么困难都可以克服!待到把鬼子的'扫荡'粉碎了以后,我们仍旧可以各回各的部队里去的!"

"同意!战——斗——连!"

"战——斗——连!"

战士们都高呼着。

"好了,你们的枪都需要擦一擦,今晚上我们民兵就可以去大直腰敌据点里背回一桶机油,把武器弄好,我们这里是'打胜仗吃猪肉的'!你们现在先回去,把脸洗一洗,照一照镜子——看看你们的脸,哈哈……"

战士们都哗然地笑起来,他们都按着新编的班排散开了。

战士们散了以后,院子就显得格外空大起来,李坚、赵强、萧健三人,站在石阶上,望着战士们的热烈情形,互相交换了一下眼光,笑了。李坚拍着萧健同志的肩膀说:

"现在班排已经编制好,只是连部还没有成立,我想还是你来当连长吧!"

赵强同志也笑着说:

"真的,萧健同志,你多劳一下!"

"不,你们别开玩笑,我只能跟你们跑跑腿,连长我可当不起,哈哈!啊!不过……"

萧健同志被一个什么印象抓着了,他低头想了一会儿就笑起来说:

"喂!我派两个民兵找你们的连长去,现在暂时我先给你们找一位连长,包你们满意!"

"好,一定要找到。找不到,就是你当来!"

李坚同志和赵强同志不约而同地说着。

萧健同志到村东头的一间小学里去找蒋方华同志。

蒋方华同志在长征时,曾当过红军的连长,战斗经验非常丰富。萧健同志要请他去当"战斗连"的连长,蒋方华同志考虑了一会儿,就很郑重地说道:

"老萧,我是很希望能在反'扫荡'大战斗中,尽一点儿力量的,但是要我领导这个连,却有许多困难:第一,他们是两个不同的部队编起来的,难免有许多问题——像作风不同、指挥不一致、生活情绪不一样等等。第二,我又跟他们一点儿也不熟悉,现在要去当他们的指挥员,这就更成问题,所以我考虑了大半天,觉得很为难。现在我也不再推辞了,这也是我应负的责任,但是有几个难题,却要你帮着解决。第一,我现在还在'抗三团'受训,我现在去当连长,学校是不知道的,是不是学校什么时候调我,我就马上可以回去?"

"那可以的!"萧健同志连连地点头答应着。

"第二,这部队在战斗中,如果有损失的话,由谁负责?"

"大家负责!"

"第三,要全体战士服从指挥,对待我像上级委派来的一样。这并不是我要抖抖威风,要不这样,要是他们把我当成帮忙的,那么一切指挥、纪律,就没法执行,部队就完全失去了战斗力!"

"是的!这我都可以代表他们完全答应,现在他们大家都希望你赶快过去,咱们走吧!"

一个崭新的、生机勃勃的战斗连,编组起来了。

连长是蒋方华同志,副连长是赵强同志,李坚同志仍旧担任指导员。林风清、周启应仍旧是一、二排排长,三排排长是由县游击队的田连狗同志担任。

深夜的时候,萧健同志从战斗连的连部回到民兵大队部里,伸一伸腰,把盒子枪从肩上取下来,放在炕头,刚一歪身躺在炕沿,游击组长刘大马就进来了。

"萧同志,村东面发生敌情了!"

"离这里有几里地?"

"三里多地。"

萧健同志正要问下去,门"吱呀"地开了,进来一个穿军装的战士:

"报告!"

那战士立正着,递过一张条子,在暗淡的灯光下一照,上面写着:

萧同志:

今晚加紧警戒,敌人可能合击这村子。

"巩固"三连陶光祖即

"你们是独立团吗?"

"是的。"

"好吧。"

那战士立正、敬礼后,就匆匆地出门去了,萧健同志把纸条再放在灯下仔细看了一遍,就对刘大马说:

"老刘,今晚上你们要紧急警戒,要加班!对东面的敌人继续监视,要是向这村子来,就赶快来报告。"

刘大马接了命令出去了。

刘大马把萧健同志摇醒时,天已经大亮了。

萧健同志从炕上跳起来,揉着惺忪的眼睛:

"怎么了?"

"独立团到这村子了。"

"到了吗？——那好极了！现在情况怎样呢？"

"敌人从大直腰、深泽城，都陆续出动，向我们这里来。"

"好！就这么着，你们收拾收拾，准备打仗！"

萧健同志把炕头的盒子枪拿起来，斜套在肩上，就上了大街。

连部里很热闹，萧健同志一进去，就看见一大群人站起来招呼着，有独立团的王团长，有团总支书郑明智、三连连长陶光祖、民兵第五区队区队长刘博。再就是蒋方华、李坚、赵强、林风清等人。李坚同志正在谈着他们的战斗经过，大家听得默默的，看见萧健同志来，就笑着说：

"多亏萧健同志帮助，要不我们就真是拖也拖垮了！"

大家都笑起来，又谈了一会儿，萧健同志问王团长说：

"现在敌人已经来合击我们，打不打呢？"

"打是要打的，"王团长说，"这次敌人兵力不很多，战斗连打村落战是呱呱叫的！今天我们的战士也好跟你们学学这一手！"

"行，打吧！"李坚同志狠狠地拍了一下手掌，又问萧健同志说：

"你呢？跟我们一起吧？"

"我还要带着民兵到村外搞一些玩意，斗一斗鬼子，你们先打，我们等会儿就来。"

"指挥民兵游击战也是有趣的，"王团长说，"萧健同志还著了一本《平原民兵游击战术》的书，这一手他可真有办法，哈哈！"王团长笑着，把军帽抓下来，扇着胸脯。大家都心痒痒地要萧健同志谈"民兵战术"，萧健同志没有空，商量了一些具体的作战布置，就急忙地回到民兵大队部里。

四、民兵和主力兵团

一大队的日本兵，从大直腰据点里出来，走不到半里路，就停住了。

一个汉奸喊着说：

"前面的土很松，八路军埋了地雷！"

一个日本军官的声音说：

"喂喂，这里，这里的开路！"

敌人果然不走大路，向我们设伏的地雷火线进来了。

萧健同志领着三个民兵，伏在这条小道两旁的高地里。待敌人进了地雷埋伏线，萧健同志看得真切，"啪"的一枪，向敌人打去，前头的敌人停住了。后头的敌人向前挤，三十多个敌人正在无头无脑的时候，"轰轰"的两声，脚下的地雷爆炸了！

萧健同志领着三个民兵，又跑到刚才敌人拐进来的道口的斜对过的高地上。

敌人被地雷一炸，未死的就连忙往回跑，刚跑到道口。"啪啪啪"地又来了三枪，一个鬼子倒下。

萧健同志带着三个民兵，又很快地转到村南袭击深泽城出来的敌人去了。

在深泽城北他们埋了一个地雷网，也叫爆炸群。就是好多地雷埋在一个地方，用一条火线牵引着，敌人一中了我们这爆炸群，那就要大大地倒霉。

等了一会儿，敌人没有经过这个地雷网。他们又转开。

这时已经是中午，白庄的战斗正打得最激烈的时候。

在村外向村里望去，只听见"轰"的一声，敌人的炮响，村里就有一大团黑烟或黄烟升起。

猛一看，那白庄好像一个人也没有，静悄悄的。日本兵"呀呀呀"地喊着，向那南面的村口冲了，快冲到街口的时候，我们战斗连发出一阵密集的机关枪声，敌人又像潮水一样地退下来。接着就有一批新的日本兵的尸体，移放在谷地里，用白布单盖着。

白庄的许多房子，都在炮弹下炸开，土墙都崩裂了，烟和火在冒着。

大队的日本兵，又从四周各个县城里调来。汽车"呜噜呜噜"地载一车活鬼子出来，换一车死鬼子回去。

田野里民兵们望着村里的主力兵团在那炮火中跟敌人苦战，兴奋极了，他们就在白庄的周围，热闹地打起"麻雀战""黄蜂战""冷兵战""爆炸战"来。

萧健同志跑得满头大汗，指挥着许多游击小组，躲在道沟里、树林里、坟堆后，偷下手，放冷枪，他们听见哪里土枪响，大家就向那里包围，像黄蜂一样地拥上去！

看看太阳偏向西南了，萧健同志找到了刘大马，问他白庄村里的情形。刘大马是从白庄的地道里出来的，对村里的情形很熟悉，他只顾称赞说："嘿，真棒！真是战斗连，打得挺棒！"

萧健笑嘻嘻的，心里也很高兴，但是村子四周围敌人总是不断地增援，于是他就急忙带了一个民兵游击小组，从一条地道进到白庄村里。

太阳斜照着白庄，白庄的房屋和树林都静静的。村四周围的日本兵攻击了大半天，都疲惫地躺在田垄上，大炮也发呆地抬着头望着白庄。日本的指挥官们站在一片树林后的高地上，不住地拿着望远镜向白庄观察，不住地伸缩着镜头，但总没有看见一个人影。

"怎么一个连队多的人马，攻了大半天，还攻不下这个村落呢？"晋藤联队长非常焦急，他心里想：这村里的八路军，一定是大大的有！一定的！于是他就秘密地传下命令："总攻击，一定要冲进村去！"

傍晚，大炮又像巨雷一样地轰鸣起来，白庄的烟尘飞滚着。各线囗的轻重机枪，翻天搅地地叫嚣着。扫射了有一刻钟，全线的日本兵都"哇哇哇"地向村子冲。

晋藤联队长为了要鼓励士气，就跟着队伍通过了炮兵阵地，到了机关枪的阵地上，离村子的街口只有百多米达。他挥舞着指挥刀，前面步兵向前冲，但是现在村里一点儿动静都没有，直冲到街口，也听不见机关枪声。他们害怕八路军有什么新计谋，不敢继续前进，卧在地上了。

晋藤联队长看见这种情形，就咆哮起来，大声地喊着"向前面冲"，走到一块高地的前面，脚跟还没有站稳，就听见"啪"的一声枪响。日本兵突然听见这土枪声，正慌乱着，而晋藤联队长却已经被这土枪击中了脑袋，向前扑倒在地上，大声地号叫，手在地上乱抓着。

这晋藤联队长躺的地方，正是昨天萧健同志和民兵们修的"地下堡垒"。刚才萧健同志进了村，就派了三个民兵从地道里钻到这"地下堡垒"来，放冷枪扰乱敌人，想不到却遇到这位冀中"真渤特区"的司令官来送死。

晋藤联队长被打死后，敌人就非常慌乱，同时也就更加疯狂，各中队的敌人继续攻击，冲进村子里去了。

我们村里的部队，都进了地道，向北转移着。

地道里人拥挤着，独立团的战士们由刘大马领路，从靠东的一条地道转移了。战斗连却被别的部队挤断了联络。萧健同志和林风清排长带着一个班，夹在中间。空气憋得很，他们在地道里走着走着，突然前面堵着不动了。

"喂，喂，闷死人呀！快点儿走！"

只听见声音，看不见人影，地道里黑漆漆的。敌人已经进村子找八路，到处找洞口，但是这队伍就挤在这囗里，前进不得，后退不得。

"怎么不走哇！"

"前面洞口有敌人呀！"

"有敌人也得冲出去！"

"还是在洞里熬时间，敌人走了再出洞吧！"

"不行！敌人会放毒气，会挖地道呀！"

"喂喂！闷死人，不要喊叫呀！"

"不要喊叫不行，前面操他妈的，赶快走！"

萧健同志被夹在中间，脸都气得发青了。

一定有汉奸混进洞里来捣乱！他心里想，就不管三七二十一地、用力地挤着前面的人，有些段地道很窄小，他就躺着身从人们的身上爬过，弄得他满头满脸都是尘土。他拚命地向前滚着，渐渐地望见前面洞口的白光，他的快要爆炸的心才宽舒了一下。他刚从两个战士的身上爬过，洞口就有两个穿便衣的人喊叫起来：

"喂，喂，别动呀！洞口有敌人呀！"

这两个说话的人，没有看清楚洞里爬的是谁。萧健同志从洞里望出去，望得清清楚楚，认出这两个是深泽城里的汉奸。他气得手都抖起来，掏出了盒子枪，"啪啪"的两声，汉奸中弹倒地。他再爬了两步，就挨近洞口。

"洞外有没有敌人呢？"

萧健同志踟蹰起来。这洞口是斜的，从洞里望出去，可以看见洞口的正前方、右方、左方都没有敌人，但是洞口的后面，那就没法判断了。在这个紧张的时候，第一个要出洞口的人，的确是非有最大的勇气不可的。

萧健同志慢慢地向前爬着，到了洞口，他谨慎地把头伸出去，刚一伸出，就赶紧地回转头望着洞口的后方，他宽舒了胸中突跳着的心，就继续伸出上身，爬出洞口来。

这是一个空大的院落，是离白庄二里地的周村的东头的一间大院，夕阳正斜照着东面的半块土墙。他走出大院，跑到大街上一望，街上没有人。回转来，就看见李坚、赵强，还有他们带领的两个排的同志都出来了。

蒋方华同志的一个班还没有出来。

"走吧，到王家庄去，赵强同志带路吧。"

萧健同志把手一挥，就急急忙忙地又跑回院子里去，刚一跨进院门，就遇着敌人在烧堵洞口。萧健见没法再去接蒋方华他们，就迅速回头出院，追上李坚他们去了。

蒋方华、郝赞、胡瞪眼和全班的战士们，正在地道里又焦又急的时候，突然看见前面的队伍向前移动，都高兴起来，跟着前进着。走了有几十步远，队伍又停下来。郝赞端着机关枪，生气地叫喊着：

"喂喂！前面走哇！走哇！"

但是前面仍然黑漆漆的，不能动。

这时敌人已经将两头的洞口堵塞，向洞里放瓦斯弹。闷人的气息渐渐地浓郁起来了，人们喧嚷着、挣扎着，窒息得人们的胸脯都要爆炸了。

连长蒋方华同志，已经扑倒在洞里，用手指强力地撕着胸脯，他继续地向前爬着，到一处气眼里，这气眼是通到水井里去的。他咬碎了牙齿，用手指把气眼挖成一个大窟窿，就向外面伸出身子，向井里一跳，死在水井里了。

随在蒋方华同志身后的还有一个战士，也跟着跳下井死了。

机枪班长郝赞同志和胡瞪眼，嚷了一阵，前头仍然走不开，他们就全班拔出刺刀，向头上泥土拚命地挖着。土块"沙啦啦"地崩裂下来。

郝赞头上的地皮最薄，而且他的力气也最大，挖了一会儿，就被挖开了，他端着枪，从洞里跳出来，像疯了一样，满头满脸都是泥土，嘴里大声地喊着："战斗连的同志们，跟着机关枪冲吧！"

敌人发现了他，都"哇哇哇"地向他围来，郝赞仍旧大声地喊着：

"战斗连的同志们，跟着机关枪前进！"

后面的胡瞪眼他们也出来了，一齐地喊着：

"同志们，跟着机关枪前进！"

郝赞一面喊，一面就让机枪射击起来。全班的同志，就跟着他向东北角冲，天色已暗，他们走了一阵，敌人也不敢来追。回头看时，白庄已被烟火燃烧着，熊熊的火舌直冲上黑色的天空。

敌人在村里大烧房子了。

深夜里，从白庄地道里突围出来的战士们，都到王家庄集合了。

连部里，连长蒋方华同志牺牲了，战士们都公推李坚同志当连长，赵强同志当指导员。

李坚同志当了连长以后，他仍然沉醉在战斗里，他忘了疲劳，忘了一切自己身上的事。自他十九岁参加了八路军以后，就觉得自己所流的血汗都有着光荣的代价，他觉到为革命事业而献身，是再愉快不过的事。

赵强同志平常很少说话，精神不如他在游击队当政委时那么活泼。有时战士们去找他商量一件事情，他总是说：

"找连长去吧，连长有办法！"

萧健同志刚从县里回来，弄着一大车的新便衣和鞋子，一进门，看见赵强同志站在院里发呆，就喊着说：

"老赵，好消息，我的任务完成了！"

赵强同志只略略地一笑也没说什么。

连长李坚同志在屋子里听见萧健的声音，就跑出来，笑嘻嘻地说：

"怎样呀，都完成了吗？"

"快乐的事情多着呢！路上我还碰着几个老乡，给咱们送三口大猪呢！"

大车上的东西都搬下来，战士们把衣服领去了，大家洗了澡，穿上新衣裳，一个个都是棒小伙子了。

五、要勇敢，更要团结！

郝赞同志脸上虽然欢喜，心里却实在懒透了。大家高高兴兴地唱歌、谈话。胡瞪眼还在石碾旁边跟老乡们大说大笑。他却老抱着那挺机关枪，坐在院里的石阶上，翻弄着。他的机枪，自那天从地道里冲出来后，因为灌进了许多泥土，把它弄成"半个哑巴"，只能"嗒……嗒……嗒……"地单发，不能"嗒嗒嗒"地连发了。

这个损失比任何损失都使他心痛。他过去修起机枪来是蛮有把握的。这次不知怎样修来修去了大半天，总是修不好。

"真倒霉透了！真倒霉透了！"他暴躁地叫着。

萧健同志和李坚同志从屋子里出来，看见郝赞同志在院里弄着机关枪，就开玩笑地说：

"喂！老郝，你怎么和机关枪搞得这样热？一分钟也舍不得分开？"

"嘿嘿！这家伙生病咧！"

"怎么，坏了吗？"

"不能连发了！"

"啊！那赶快修吧！"

他们正谈着，一个老乡在旁边望了一会儿，笑着走了过来，问道：

"这机枪不好使吗？"

"不好使了！你能修理吗，老乡？"

萧健同志开玩笑地问。

"能，我们这里有修械所呢！"

"真的吗？"郝赞同志快乐地跳了起来，要老乡赶快带他去修理。那老乡引他到一间修械所里，把机枪修了。但是因为这里离敌人太近，不好试用看究竟修得怎样，那老乡就引他到一个大地窖里去试了一下，"嗒嗒嗒"地能连发了，而且比以前还顺当。他一出地窖，就喊着：

"又是一挺好机枪了！又是一挺呀！"

同志们正在兴高采烈地开着"军人晚会"，看见郝赞同志端着机枪走来，嘴里喊着"又是一挺好机枪"，知道"半个哑巴"的机枪已经修好，都快活极了。

大家热烈地、齐整地，合唱起一首新的《行军歌》来：

  深夜里呀！我们的队伍在挺进！
  在战争的苦难的日子里，
  我们爱护身体，爱惜武器，
  手和手要拉得更紧。
  敌人大合击，我们要突围！
  小股的敌人，我们要消灭！
  空虚的据点，我们要袭击！
  子弟兵团和民兵游击队，
  要密切配合作战，在有敌人的地方，

架起机关枪,埋下那地雷!……

歌声像一股粗犷的暴野的河流,在呼啸着,在奔流着。歌声从高空中突然地跌下来,又继续轻捷而坚毅地唱着:

在战争中我们唱着歌,

这歌声洗净了疲劳。

全国大反攻的胜利就在前头,

深夜里呀,我们的队伍在挺进!

歌声刚停止,就爆发出一阵狂烈的笑声。

天已大亮,大家都惦念着林风清同志和赵强同志。

林风清同志率领着一排战士和一个民兵小组,带着我们全连剩下的五十颗手榴弹,在半夜出发,到乌家屯附近,强袭修筑堡垒的敌人,现在还没有回来。

赵强同志在昨天下午,就到独立团去交涉补充手榴弹和刺刀的事,现在也没有回讯。万一我们连要和敌人发生战斗那就只有靠步机枪发挥威力了。

周围各据点的敌人,都在强抓民夫,要粮要草。

连长李坚和萧健同志在各个街口巡视着。

村口都埋伏着我们的突击队员。这突击队是临时组成的奋勇小队。他们的任务是一发现零星的敌人汉奸进村,就必须把他们活捉着,不许开枪,又不许他们跑掉一个。这样敌人才不会发现目标,我们可以继续地休息,等候着弹药的接济。

中午,太阳懒洋洋地晒着田野,天气闷热。

有一个穿蓝布长衫、戴瓜皮小帽的小伙子,从大直腰据点里急速地走出来,眼睛向四野探望了一会儿,就向我们这连休息的村子走来,进了村,在大街口停了脚步。

胡瞪眼和李五宝正躲在一座矮墙后，看见这个便衣进了村，就从矮墙后轻轻地跳出，闪到那人的背后，一把把他抱着。那人"唉呀"一声，胡瞪眼再用劲一搂，那人就不再大声叫喊了，只低声地问道：

"呀呀！怎么回事？"

"怎么回事？！你这汉奸王八蛋！"

"我不是汉奸！"

"管你是什么，反正不会是好人！走！"

胡瞪眼正推着，那人却望着右手的小巷里苦笑着说：

"萧队长，你们怎么把我捉住了？"

胡瞪眼回头一看，右手的小巷里，连长李坚和萧健同志正向这里走来。

萧健同志走近前仔细一看，是民兵崔有福，就笑着对胡瞪眼说：

"哈哈，捉了自家人了，他是咱们的模范的爆炸手呢！"

胡瞪眼想争辩，但李坚同志已开始问崔有福话了：

"你刚从哪儿出来的？"

"从大直腰。"

"那里情形怎样？"

"鬼子都开走了。"

"开到哪儿去？"

"听说——到南边去合击，今晚下半夜才能回。现在大直腰炮楼上只有二十来个伪军。"

"真的吗？"

"我刚到那炮楼上送饭，那伪军们可心焦呢！"

"那好！"李坚同志用力地拍了一下手掌，对萧健同志说：

"喂，今晚摸一下吧？"

崔有福听见李坚同志说要摸，就自告奋勇说：

"你们摸，我领路！"

萧健同志点点头。崔有福回去了，我们连的同志们，继续严密地警戒着。

白天很平静地过去，夜已经到来。

林风清同志和赵强同志都回来了。林风清同志他们在乌家屯附近强袭了敌人的一座未修成的堡垒，缴获了许多手榴弹和枪支。赵强同志也带回来一百颗手榴弹，但刺刀却没有弄到。

赵强同志进了连部，见了李坚和萧健，就很生气地说：

"操蛋！弄不到刺刀！"

"弄不到不要紧，"萧健同志低声地说，"明天我再去交涉。"

"赵同志，今晚十一点钟，我们就去摸大直腰据点。"李坚同志说。

"怎么要去摸大直腰？情况弄清了吗？"

"详细的情形还不大了解。"

…………

赵强同志没有继续问下去，很疲倦地闭上眼睛，躺在炕上。

十点钟的时候，队伍就集合在院子里，要出发了。

连部里，赵强同志很激动的声音在说道：

"不行，没有派侦察员去侦察好，就要去摸，我不同意！"

连长李坚同志急得话都说不出来，好一会儿接着说：

"我没见过这样的指导员，队伍已经集合好，才提意见！"

"你独断独行，没有跟人商量就要去摸据点，我实在不敢负这个责任！"

"我在常胜旅当了三年多的指导员，从来也没有和连长吵嘴过！"

"好吧！我不配当指导员，我搞不了，我不搞了！"

突然"嘭"的一声，一个什么东西摔在桌上。

萧健同志在院子里集合着队伍，听见争吵声，就急忙跑进屋子里。

赵强同志正伸手去拿他摔在桌上的手枪。

"啊！现在是什么时候了！"萧健同志沉重地问着，"你们都要平静一下，现在战士们都在院子里等着，要去摸敌人的营，你们却在家里吵嘴，那是错的！赶快出发吧，有话回来再说！"

连长李坚同志没有说什么，拖着脚，出了屋子。

赵强同志拿起手枪，眼睛含怒地望了望萧健同志，也跟着走出屋子。他用力地把沸腾的心胸抑压下来，愤然地望着夜空，停了一会儿，就走到队伍前面。

他的声音忽高忽低，滔滔不绝地，谈着今夜行动的意义。他说明着配合民众展开交通破击战，袭击据点，是我们主力兵团在反"扫荡"中不可少的任务。他再详细地说到袭据点时应注意的事情。他的内心还被刚才争吵的气愤充塞着，他不管连长是怎样地焦急，他正要使连长更加焦急，时间已经到了十一点半，而他的话还在继续着。

队伍到了大直腰村外的时候，已经是夜十三时。

夜色包围着大直腰，村里的房屋黑压压的。

崔有福在哪里呢？

崔有福刚才在村外等了一个钟头，现在已经离开这里了。

第二天晚上，一个非常严重的会议在连部里举行。

主席是萧健同志，他的永远快乐的心情、永远活泼的举止，今晚是收敛起来了。在一盏摇曳的灯光前，他的浓厚的眉毛紧紧地锁结着，他被一种难言的痛苦所缠绕，两只手使劲搓着。他把今晚上开会的意义谈了以后，就默默地望着跳跃的灯光。

赵强同志首先站起来，望了望到会同志——三个排的排长和政治战士都到会了，他郑重地说道：

"同志们！刚才主席的话，我完全同意！"

"我首先讲明白，我在昨晚执行任务上，不管连长的命令怎样，我是不应该争吵的。同时，队伍要出发的时候，我做政治工作时间太长，耽误了作战计划的实现。这都是我的错误，我完全承认。"

他不断地咳嗽着，继续地说：

"但是，李坚同志在没有详细侦察好敌情以前光凭着热情，就要去袭击据点，这是不妥当的！同时又没有和我商量就独断独行，我是非常不满意的！我个人觉得，连长在平时的管理工作上也多是命令的，很少解释，方式上不很讲究，不管人家接受不接受，命令了就算了！连长同志的脾气是有些暴躁的！"

他的眼睛闪着光亮，把声音提高：

"同志们，在忠诚为革命献身这点上，在坚决杀敌，为民族解放流尽最后一滴血这点上，我也的确需要检讨一下自己的，我自参加战斗连以来担任了指导员的责任，但工作一向是怠工的，搞不起劲！心里非常苦闷，这是我本身的严重缺点。而连长的工作却非常负责、非常热情，这对我们战斗连的贡献是很大的。他虽然有着独断独行的缺陷，但是我本身应很好地和他商量，以往我总以为我们是两部分，不好商量。我不能积极地向党负责，这是我的耻辱！"

赵强同志坐下来，会场上一阵沉寂。

连长李坚同志也站起来说：

"同志们！刚才赵同志的意见，我完全接受。赵同志说我只晓得命令，这点以后应该改正！以后要多开会，大家把意见商量好再执行！我的脾气真急，我又非常喜欢打仗！我一听说大直腰只有几个伪军看守，我只知道这是一个很好的机会，就决定打，不顾别的什么了。我实在恐怕失了这个机会！我们是革命的队伍、人民的武装，如果我们不能抓紧这个有利时机打击敌人，来答谢老百姓对我们的期望，我心里实在过意不去。这点希望诸位同志谅解我！"

最后，萧健同志也站了起来，郑重地说道：

"同志们，我们要勇敢，更要团结！为了战胜残暴的敌人，为了我们伟大的反'扫荡'战争的胜利，我们应该痛恨着昨晚上的错误，坚决地抛弃成见，我们要像今天晚上这样地坦白无私，团结得像一个人一样，我们才会战胜敌人！"

散会后，赵强同志和萧健同志继续着谈话，他们把积压在心头的话都倾吐出来，全身感到格外地舒适。

李坚同志他没有预料到会有这样不幸的事情发生。他深深地悟到：按着自己的思想感情来推想任何人的思想感情那都是不成的。他整夜地立在院子里，有时昂头望着繁星密布的夜空，有时用手掌摸着他自己消瘦的肩膀。他低了头，一连串的往事，涌上了他的脑际。

他徐徐地移着脚步，在战士们睡觉的屋子外徘徊着。他深深地感着双肩上的沉重，感到对党的惭愧、对人民的惭愧，不由得热泪从他的胸膛里直涌上眼眶。他的心，在胸膛里慢慢地胀大着，沉重起来……

六、南宋庄在鏖战里

营长林辉文同志，自武家铺战斗冲散了以后，他的身边只跟着一个特务员和一个战士阎兵兵，他们向东北突围，走了一个多月，到了安平县的地界。在一个村子里，找到了团长和总支书，营长谈了这个连在武家铺的战斗经过之后，就问道：

"你们打算怎样办？把他们找回来，还是怎样？"

"不用找回来了。"团长说，"我刚接到独立团的电报，说他们已改编成战斗连，在白庄一带活动，以后叫他们就近和左团联络一下，配合行动就行了。"

当下团长写了一封介绍信,营长带着特务员和阎兵兵就回到了白庄一带来找战斗连。

那天早上,他们到了王家庄,就看见战斗连的同志们在一个麦场上上课。战士们看见营长来,都欢呼着。

营长看见个个战士都衣服整齐、精神旺盛,而且还能继续坚持学习,心里非常高兴。会见了赵强、李坚、萧健等同志,大家介绍认识之后,就谈着别后的经过。

下午,我们的战斗连就照着上级的指示,开去七汲村,和左团会合。

左团的团部里,左团长把眼镜戴起来,昂着头,读着营长带来的介绍信。

左团长读着信,笑呵呵地望着林辉文同志说:

"咱们明天就配合打个战吧!"

"打吧!嘿嘿!"

营长笑着。

"你们全连的人,都到了吗?"

"都到了,就在村里的大街上。"

"那赶快号下房子吧,先好好地休息一下,一会儿咱们这里要打仗啦!"

夜里,没有月亮,也没有星光。

周围的敌人都出动了。

左团长指挥着我们的队伍也在漆黑的夜里静悄悄地,开进宋庄布置阵地了。

宋庄有两大闯的房屋,分成北宋庄和南宋庄。北宋庄和南宋庄之间,只隔着一块百来米达宽的平地。队伍分配了战区,左团在北宋庄作战,战斗连就在南宋庄。跟战斗连一起作战的,还有一支游击队,

约有三十多人。

天微微发着青光，战士们都忙着修筑工事，搬运土坯石块，把村子的各个街口和空隙都堵上。沿着围墙和靠街的房屋的墙壁上，都挖好了枪眼。屋顶也修了一些工事。

在南宋庄南口的阵地上，胡瞪眼和李五宝忙着抬了几个大水缸，放在阵地旁，里面盛满水，又在围墙旁边支起两口大锅，烧水做饭。

工事弄完以后，天还没有大亮。战士们都一个挨一个地躺在玉茭秸上休息着。

刚刚蒙眬地睡去，就听见北宋庄的机枪响了。

过了一会儿，一百多个敌人，从北宋庄向南跑来。

我们的机枪也响了。敌人惊叫着，四散地溃退着。一股向北，逃到北冶头，一股向南，逃到深泽城去了。

"哈哈，他妈的，没有打就跑！"

"不跑怎么样？留着等死？"

排长林风清同志，正在观察着四周的地形，回头一望，见谈话的是胡瞪眼和郝赞，就低声地警告道：

"别焦急，大战斗还在后头！"

指挥部的通讯员小黑来了，要排长马上到指挥部去。

林风清同志到了指挥部里，赵强同志笑着迎上来：

"林排长，今天我们接到上级党关于反'清剿'的指示，现在要抽空大家研究一下，你们排里的战斗准备都弄好了吗？"

"搞好了！他们都吃了捞饭，睡大觉呢！"

"好，同志们。"赵强同志招呼着大家，"人已经到齐，马上就开会了。"

正在热烈地讨论着，远远地，传来了一阵急促的马蹄声。

林风清同志回到南口的阵地上。

胡瞪眼拍着郝赞的肩膀，挑战似的说：

"老郝，那马跑得多么快呀！恐怕连神枪手也打不中它吧！"

郝赞抬头向外一望，一队敌人的骑兵在平阔的田野里风一样地奔来，在离他们有五百米达的地方，就拐向村北面去了。马蹄扬起的尘土，像早晨的炊烟一样，低低地一滚，就渐渐地平伏下去。田地里的庄稼被马蹄践踏过后，有的还用力地昂着身子，摇晃着。

郝赞眨了眨眼睛，好像对胡瞪眼说："等会儿你瞧吧！"

九点钟的时候，敌人开始向我们南宋庄攻击了。

最前头是三十多个敌人，分成两班，向南口冲上来。郝赞望了一望，没有言语，机枪仍旧歪放在一旁。胡瞪眼要放枪，被班长张春文阻止着。

那前头的十八个敌人，渐渐地进来，到了街口，就叫喊着向前冲。郝赞看得真切，把机枪刚一扶正，"咯咯咯咯……"的一阵机枪，所有冲上来的十八个日本兵，都像滚萝卜一样，滚在地上不动了。

胡瞪眼望了大半天，看见后头的十几个日本兵不敢上来，前头的十几个日本兵都直挺挺地躺着，心里正在高兴，郝赞却伸过手来，要借用他的步枪。

"老胡你看见那沟里，还有一个没有死的日本鬼子吗？"郝赞有趣地问着。

"哪儿？"

"你瞧，那钢盔不是一动一动的？"

"呵呵，是的！那家伙从沟里打算伸出头来。"

"喂，瞧着吧！"

突然一声枪响，胡瞪眼就哈哈笑起来。

"真漂亮，刚露出头就完了！"

随着这步枪声响过，大队的敌人又向南口冲上来。排长林风清同志命令大家不许放步枪，把手榴弹准备好。

敌人冲到离我们阵地只有三四十米达的地方，一阵手榴弹的爆炸，敌人第二次的冲锋，又被我们打垮了。

胡瞪眼望着阵地前与平地上躺着的许多日本兵，就想要出去弄回两杆枪。他跳出了围墙，在平地上爬着，敌人的机枪手，发现了他，就密集地向他射击。

他伏在地上，不动了。但是敌人的机枪还不停地向他打着。

他急忙往回爬，一颗子弹打进了他的大腿，又爬了两步，又一颗子弹打到了他的手掌，肉都崩裂开来，胡瞪眼躺着不动了。

"糟糕，这下胡瞪眼完了！"

"我出去拖他回来吧！"

"呵！他没有死，他还在爬呢！"

胡瞪眼没有死，他咬了咬牙根，回转身，又向敌人的尸体爬去。

敌人的机枪继续地扫射着，子弹"出出出"地在他的身旁的地上，击起许多小灰团。他不管三七二十一地在日本兵的尸体上拉了两支三八大盖，就迅速地往回爬。

李五宝跑到围墙旁去接他：

"老胡，我当你回不来啦！"

"哈哈，这两支三八大盖，准保好使唤呀！"

胡瞪眼先把枪递给李五宝，自己一翻身，就滚进墙里来了。

战斗在激烈地进行着。

到了中午的时候，敌人就开始用排炮，向我们的阵地轰击了。

我们没有做低洼工事，炮弹一落在阵地上，爆炸开，灰土就弄得人们睁不开眼睛，炮弹片飞击着墙壁和水缸，"叮叮当当"地发响。

守南口的这一排，胡瞪眼被炮弹炸伤了肩膀；李五宝被炮弹片把半个额角的皮肉都炸裂了；排长林风清同志的腿上也中了一块炮弹片，把裤管都撕了一个大窟窿。

"喂！李三儿，你到老乡家找一些干净的布块，给大家包伤口。"

林风清同志吩咐着。

李三儿用手捂着手臂上的一个伤口，急忙转出院子，到一家老百姓家里弄了一些白布条，伤员们自己互相地包裹着，然后都到指挥部休息去了。

林排长还留在阵地上。敌人的排炮又密集地向这里射击着。林排长刚喊着：

"注意，敌人马上就会冲锋……"

他的话还没有喊完，一颗炮弹正落在他的面前，一股黑烟在他的面前涌起。他倒下了，左腿已经炸掉，胸腔上也击碎了，肉、血都沾着黄色的灰土。胡瞪眼把林风清同志的驳壳枪拿下来，交给郝赞同志带，自己就同李五宝把林风清同志的尸体抬着，放在就近的一家老乡家里的灶旁，用玉荽秸盖着。

指挥部里知道林风清同志已经牺牲，马上就派赵强同志来这南口指挥。

这时只听见村外敌人阵地里的一片嘈杂声、喊叫声、号啕声。

我们的阵地里是一点儿声响也没有的。受了重伤的战士，在一旁躺着休息。轻伤的战士们，忙着在一旁烧水、烙饼。没有负伤的战士们就继续英勇地防卫着。

连长李坚同志，带着周启应这一排，守着东口。

东口的第一道围墙，已被敌人的排炮轰成一溜凹凸不平的低地。我们已经退守到第二道的工事上，这是靠近围墙的两大溜平房。战士们都守着墙壁上刚挖的枪眼向外射击着。

刘炳龙同志满头大汗地射击着机枪，敌人一排排地，在他的枪弹下栽倒，又一排排地向他进攻。

"哎！糟糕，卡子了！"

刘炳龙急忙地搬动着机枪，总是搬不动。李坚同志也过来，帮着修理，也没有修理好。

"你到指挥部修理吧。"

李坚同志命令着刘炳龙。

"这里没有机关枪怎么行？"

"你问指挥部看看，是不是别的口上可以调来？"

"不行，别的口上。——你听，不是也打得很紧吗？"

"去吧，修好了再来！"

敌人的机枪声密集地叫嚣着，大队的敌人又向我们冲上来了。

"扔手榴弹！"

李坚同志命令着，但是战士们都没有动静。

"扔手榴弹！"

"手榴弹用完啦！"

"用步枪射击！"

"步枪都太热了，不能打啦！"

这怎么办？敌人已经到了第一道工事的凹凸不平的低地上，离我们只不过三十米达远了。

正在万分危急的时候，我们的阵地上，突然发出了一阵急促的机枪声。

郝赞同志满身都是汗水和灰土，蹲在李坚同志的身旁，低歪着头，沉醉地向外射击着。他是临时被指挥部从南口调到这里救急的。

他拉了两梭子弹，就气喘喘地对李坚同志说：

"这里不要紧了，南口紧得很，我得赶快回去！"

他端起机枪，跑步向南口的阵地上去了。

指挥部设在村里靠近西口的一间大院里。

指挥部里只剩下萧健同志、三个通讯员和两个警卫员。

营长林辉文同志,到北宋庄去找左团长,要手榴弹和商量新的作战计划。

左团派了一个班,运了五十几颗手榴弹,送到南宋庄来。在通过南北宋庄中间的那块平地的时候,敌人用四挺轻机枪和两挺重机枪的密集火网封锁着。

左团的两个战士被击中,牺牲了。

但是手榴弹都全数地运到南宋庄的指挥部里。萧健同志正忙着给伤员们料理着许多事,接到了左团送来的手榴弹,就急忙分送到南、西、东三个口上去。

各个口上不断地有伤员回来,不断地有战士们回来报告着紧急的消息。

南口的战士胡瞪眼跑步回来,见了萧健同志就喊着说:

"萧同志,怎么办?我们南口只剩下一挺机枪,许多大枪都打热了,坏了,机枪也没有油!"

"来!"萧健同志挥着额上的汗,说道,"来,这里有一大瓶棉花籽油,你们分半瓶去用吧。"

胡瞪眼拿着半瓶棉花籽油,匆匆地走了。

东口的战士陈大灿回来报告说:

"萧同志,我们东口机枪已经卡了子弹,在这里修理,剩下十五个战士,都是带了彩的,人太少了!"

"好吧,我给你派两个人补充。"

萧健同志望了望躺在院子里的伤员,又回过身来,叫通讯员李荣贵和郑实说:

"喂,你们去吧!"

李荣贵和郑实，正在忙着给伤员裹伤口，一听见萧健同志的话，就急忙地放下布条，扛起枪，跟着陈大灿走了。

南口的胡瞪眼又回来报告说：

"我们只剩下八个好人了，怎么办？"

萧健同志迟疑了一下，躺在地上的伤员李三儿、阎兵兵，已经站起来，对萧健同志说：

"萧同志，我们去！"

"不行，你们的伤口还在流血，看你们的裤管！"

"不要紧！我们可以去！"

他们两个拿起身旁的步枪，跟着胡瞪眼一步一拐地走了。

敌人的排炮又继续地轰击着。村里的房子不断地塌，火烟和尘土，一团一团地涌起。炮弹落在村里的大槐树上，槐树枝一大片地炸断了，树叶"沙啦啦"地飘落着。有些炮弹落在屋顶，屋瓦都炸得四散飞开。

西口的战士左俊义气喘喘地、满脸都是土灰地跑到指挥部里，见了萧健同志就说：

"萧同志，不行了！我们不能再守，土墙、房子都坍塌了！"

守西口的是田连狗这一排，还有一部分游击队员。

"好，你先回去，我们马上都上去！"

左俊义还在踟蹰着，萧健同志指着他的肩膀说：

"回去吧！我们指挥部的人，马上就都到你们西口！敌人是冲不进来的！"

左俊义走了。村外敌人的冲锋喊声嚣张起来。

萧健同志马上叫警卫员和伙夫们都停止做饭，到各个口与口的中间巡视着。如果有敌人要偷爬墙，就打两枪。又吩咐在修理着机枪的刘炳龙同志说：

"刘同志，我到西口，这里的伤员你照顾一下。"

他说着，就带了一个通讯员，出了指挥部的院子，在一条小巷里走着。对面敌人的子弹就像蝗虫一样地飞来，打在土墙上，土墙像蜜蜂窝一样，散着无数的窟窿。他们也顾不到怎样躲闪才好，只低着头，向西口走去。

他们快走到西口，就看见五个战士撤下来了。萧健同志一急：

"喂！干什么的？"

"撤——"

"为什么撤？！"

"守不住！"

"还上去，剩最后一个人也要坚决打！"

他们正嚷着，游击队黄队长已经带着战士们全线地撤下来了。

"怎样？！赶快还上去！"萧健同志向前冲着。

一个战士嚷着说：

"不行！敌人放毒气了！"

萧健同志还要向前走，冲进西口的敌人四十多人，已经拿着机关枪，向他们直扑过来。

他们急速地转入右手的一座院子里。

敌人发现了他们，就把这院子包围着。萧健同志拿着盒子枪，对准大门口，低声地喊着说：

"上房去！上房去！"

十几个人都上了屋顶，萧健同志也上去了。

敌人已经进了院子，用机枪向房子里扫射。

这屋顶的北面，就是那块通北宋庄的平地，萧健同志看看没路可走，就拉过通讯员说："你赶快设法去通知李坚和赵强两同志，叫他们马上到北宋庄会合。"又招一招手说：

"同志们，跳吧！向北宋庄转移！"

战士们都从两丈多高的屋顶跳下去，一齐向北疾奔着。这时敌人的机枪手因为发觉西口已被冲破，就都调到西口来冲，没有预防到我们会跳屋顶。待敌人发觉时，萧健同志和所有的战士们，都跳进北宋庄的阵地了。

守南口的赵强同志和守东口的李坚同志，正在和冲锋的敌人搏斗着。战士们精神愈战愈旺，大家都说：

"他妈的，打到这个时候了，就得坚决地干到底！谁还说丧气话！"

正打得热闹，他们发现村里有了机枪声，李坚同志急忙带了两个战士，奔向指挥部里，正碰着机枪班长刘炳龙从指挥部里跑出来，一面跑一面还用刚修好的机枪向指挥部里扫射着。李坚同志急忙地问道：

"老刘，怎样了？"

刘炳龙看见了连长，声音都哑了，只摇摇头说：

"被包围了！"

"萧健同志呢？"

"不知道。"

"指挥部里还有人吗？"

"没有，伤员们我都掩护着向北面撤了！"

李坚同志一听见萧健同志不知去向，心里更加焦急。正要回头去带队伍，指导员赵强同志也带着两个战士从南口来了，碰见李坚同志，就问道：

"指挥部被包围了吗？"

"是的，被敌人占了。"

"萧健同志呢？"

"不知道。"

"那——我们不能坚持了，敌人已经进了村，我们突围吧！"

"是的。"

李坚同志走向前一步，拉着赵强同志的手说：

"在王家庄会见！"

"好。"赵强同志用左手揩着额上的汗珠和污泥，紧紧地握着李坚同志的手说："坚决地打出去吧！"

他们正要分手，东口的周启应排长，带着战士们也都撤下来了：

"连长，我们的房屋都塌了，敌人冲进来了！"

"好，我们一齐向南口冲吧！"

话刚说完，大队的敌人已经开进了南宋庄。

整个南宋庄就落在鏖战里了。

七、连长回来了

夜已到来，白天的紧张的战斗，现在暂时地平息了。

转移到北宋庄去的萧健同志和营长林辉文同志，望着烟火连天的南宋庄，又不见李坚他们过来，心里不安起来。随在他的身边的小战士，也都非常难过，觉得同志们在一起共患难了那么久，今天却有许多同志不知是怎样了。

深夜十二时，北宋庄的左团决定突围了。

村子的四周都被敌人密密地包围着，各道口不断地有机枪声和熊熊的篝火在燃烧着。

营长和萧健他们从东南口突围，他们先是静静地匍匐着爬出了第一线道沟，天色黑黑，他们只管在许多日本兵的尸体上往外爬，爬出了一百多米达，远远就跳出道沟，向敌人的封锁线冲去。

作战一整天的疲惫不堪的敌人，发觉了我们突围的部队，就用机枪扫射起来。

萧健同志跌在地上了,营长急忙地去搀他,一颗子弹从他的头上飞过去了。萧健同志膝盖上受伤,但马上站起来,举起了盒子枪,继续地向前冲着。

敌人没有料到在这里突围的只有这么几个人,敌人以为后头还有大的部队,所以机枪就只管封着沟口,只用步枪追击他们。他们走了半里多路,就看见村庄的四面八方都响起了"二起炮","砰叭"地一响,一朵朵白花一样的亮光,直冲上夜空。这是我们突围胜利的信号。

萧健同志也取出了一颗"二起炮"放了。一行十个人,就急速地向北去了。

天快亮的时候,他们到了定县的阜财村。这村里驻着吴团,正在修工事,准备天亮后防备敌人的袭击。他们进了大街,在一个临街的大门前,有一个中年的军人在站着,望见营长和萧健同志,眼睛只是紧紧地盯着,走近了,那中年军人就从门前的石阶上跳下来,像见了亲人一样地热烈,他紧紧地握着林辉文同志的手说:

"啊!营长!你怎么也到这里?"

营长起初看见这人很面善,等到他问了这句话以后,他就难过起来。他记起这是战斗连原来的连长杜镇远同志。

"啊!杜同志,你怎么跑到这里来呢?"

"唉!"杜镇远同志叹了一口气,摇摇头,待了一会儿,问道:

"李坚同志呢?"

"不晓得他们突出了南宋庄的围没有?"

"这是哪一位?"

"呵,这是萧健同志!呵,咱们进屋里谈吧!"

连长招呼着跟在营长后面的几个战士,看见这些战士都蒙着疲劳的神气,人又这么少,心里就冰冷起来。

连长杜镇远同志自在白庄南十里的中央村突围被冲散以后,就在附近各村子里寻找着自己的连队。那天在罗家村碰到这吴团,团长觉得现在部队行动非常无定,找也不好找,就叫他留在团部里一起工作。如果在路上碰上他的队伍,就可以马上回连。

他在吴团里,跟在他的连队里一样,领导着战士和敌人进行了无数次的战斗。现在听林营长说到他们连的遭遇,谈到萧健同志的尽力帮助与配合作战,他的眼泪就盈溢着眼眶,非常感激地握着萧健同志的手说:

"呵!你真是第一个爱护我们革命武装的人!我自己是这连队的连长,但是太不幸了!我……"

杜镇远同志把头沉沉地低下来。忽然他昂起头来就向团部里走去。

"团长,我马上要到宋庄去,找我的连队。"

他无头无脑地说着,就去收拾他的东西。

团长见了营长和萧健同志,知道他们连的遭遇,同时又看见杜镇远同志很难过,虽然今天就要进行战斗,就需要他,但也没有说什么的就答应了。

萧健同志低声地安慰着杜镇远同志说:

"我们现在不用难过了,我们虽然受了挫折,但是我们始终是胜利的。这次大队虽然被敌人包围在南宋庄,但是我想:我们有李坚和赵强两同志的坚决领导,有郝赞、刘炳龙两个勇敢而善战的机枪手,而且每个战士都久经战斗的,他们一定不会当俘虏,而且也绝不会被歼灭的!我想他们一定会突围!我们还是回去看看。"

"是的,我们马上就去!"杜连长说。

"那你这里的事怎么办呢?"

"这里可不必管了。"

"好吧。"萧健同志非常同情杜连长,就对营长说:

"林同志,你跑了一整天,现在就留在这里帮助他们打一仗,我地理熟。带杜同志和战士们回去看看。"

营长沉思了一会儿:

"好吧,你们路上多注意一下。"

敌人在宋庄打扫了两天的战场,收回了九百多具"皇军"精锐的尸首。

萧健他们到宋庄的那天,已经是下午三点一刻的时候了。

他们远远地就看见许多战士们,在南宋庄的南口上,用铁锹铁镐在刨土。这些战士正把战斗连牺牲的二十五个同志埋好,就好像在同一的瞬间,都看见了萧健同志和杜镇远连长。他们都把铁锹和铁镐抛在地下,向他们迎来。

民兵刘大马、排长周启应、机关枪班长郝赞,还有胡瞪眼、李五宝——他们一共三十多个人,都高举着手,大声地喊着:

"萧同志!杜连长!"

"萧同志!杜连长啊!"

他们都拥在一起了。萧健同志忙问着周启应同志说:

"李坚同志呢?"

"李同志牺牲了!"

"赵强同志呢?"

"也牺牲了!"

"你们的机枪呢?"

"机枪全带出来!"

他们再不晓得该谈什么了。刘大马带着三个民兵来找萧健同志的,现在也和战士们一齐地拥集着。村里的老乡们也都出来热烈地招呼着。

在那战斗最紧张的一候忽,在那敌人冲进了东西两口的时候,我们的李坚和赵强同志，带着全体战士，急速地向南口转移。背后敌人的机枪子弹像蝗虫一样地飞击着。到了南口的第一道围墙边，李坚同志就挥着手：

"同志们，让我们的机枪先出去！"

于是在一座半人高的黄土墙旁，赵强同志领头，先出去，背后郝赞、胡瞪眼也翻出去了。李坚同志和刘炳龙断后，围墙里和围墙外都有敌人的枪弹在飞击着。

李坚同志最后送出了刘炳龙同志，他才爬上了黄土墙。他的右腿刚跨上了墙顶，忽然全身一软，就滚在墙根。

李坚同志被敌人的机枪弹击中了背部，无力再爬起来。

刘炳龙同志看见李坚同志跌到墙里，不管敌人的子弹横飞直窜，就急忙把机枪交给一个战士，又从墙外爬进来。刚俯身要来抱李坚同志，一颗子弹击中他的脑盖，他就覆倒在李坚同志的身上了。

赵强同志领着郝赞他们，冲进了道沟的时候，敌人的火力太强了，机枪声震动了整个大平原。

"喂！李坚同志呢？"

赵强同志回头一望，着急地问着。

"没有跳出墙来！"

"老郝，你们坚决地冲出去吧！"

赵强同志说着，急忙回身要来找李坚同志，但是敌人已经从村里冲到了围墙旁，他的心非常难过，回转身，追上了郝赞他们。他的额上流着血，眼睛里冒着金色的火星，他望着全排的同志们说：

"同志们，跟着我来吧！我们宁死也不当俘虏，我们要坚决地冲出去！"

他的手一扬，像一阵风一样，就向正面敌人的轻机枪阵地冲去。

当敌人的子弹击中他的胸膛的时候，他已经把三颗手榴弹猛烈地向敌人的机枪阵地抛去，一阵爆炸声过后，敌人正面的轻机枪都哑然无声了。而我们的赵强同志也倒下来……

神勇的机枪手郝赞同志，他端着机关枪当后卫，敌人发现了他是机枪手，火力都集中着向他射来。他已经忘了是在战斗，他端着机枪瞄着两旁敌人的机枪阵地扫射着。一会儿东边敌人的机枪不响了。

他正在兴奋地射击着，突然两只手向他的颈子上抱来，他想转回头看，但是转不了，他低头向地下一看，有两只大皮鞋在移动着，他猛然地觉得他是给敌人活捉了。

但是郝赞同志没有放下机枪，他始终端着机枪的。他急忙地伸出右手，到腰间抽出林风清同志牺牲时留下的手枪，把它举到自己的耳边，向敌人的头部一击，马上一股热的血流顺着他的肩上直淌下来，又是一击，搂着他的颈子的手臂，像断了绳子一样松开了，附在他身上的敌人的躯体，也就像一摊烂泥一样地溜下去了。他回头看看背后，道沟里和田地上，已经有好几个战士和敌人紧抱着，在地上打滚，他晓得他是在和敌人肉搏了，他把手枪装好，就大声地喊道：

"同志们，冲破一切难关，跟着机枪走吧！"

他端着机枪，像一个神兵一样，踩过了田地上敌人的尸体，坚决地向东南方冲去，战士们也都随着郝赞同志冲出来了。

现在，杜连长和萧健同志都回来了，同志们是怎样地高兴呀！

第二天，天刚微微地露出青光，营长林辉文同志也从定县赶回来了。他接到团部的电报，说今年夏季反"扫荡"大战已经告一段落，战斗连可以就地休整一下，准备迎接新的战斗了。

一九四二年十月初记于阜平

（《晋察冀日报》1942年10月15日、16日、17日、18日、20日、21日、22日连载）

忆徐水刘县长

丁原

今年春天,我们住宿在易县李家庄的时候,有许多次清晨的时光里,我们都走向了村南的旷野。而每一次,当我们面向着东边突出于群山之巅的东庄岭,面向着那一座由南向北倾斜的平整而光华的东庄岭,我们便回忆起一个死者、一个英雄、一个像钢铁一样的人物——刘萍同志是怎样死去的。

现在,又是十月的季节了!十月,在去年,正是战争激烈的日子。去年的十月,当盘踞边区两月的敌人被我们击溃,当一分区的敌人在十月十三日向原据点总退却,路经东庄岭的时候,我们的徐水县长——刘萍同志,被敌人俘去,就在去年的今天——十月二十四日,英勇地死去了!

但,那是在怎样一个壮烈的场面下,而被俘而死去的呢?

前一天(十二日)晚上,徐水县部分的政民干部、县基干队,都住宿在东庄岭上。在一个仅可容人的山洞里,在微弱的菜油灯下,刘萍同志正看一本《为中共更加布尔什维克化而斗争》的书。黎明之前,天上还有星光和将落的月亮,西峪山上响了两声手榴弹。民兵发现敌人的信号,接着炮、机枪也响起来,人们都爬到山上去了。附近村庄的报告接连着传来,八宝庄有敌人了,陈庄有敌人了。区游击队从北山上跑来,说石板沟、狼窝、四釜山都有敌人了。

枪声从四面乱山里响起,形势是很严重的,所有的人们都向外冲去。刘萍同志和他的特务员——保儿,从瓮庄跑向陈庄,在陈庄岭上,保儿的头上身上,好几处中了子弹。"不要管我了,县长!"说着,保儿倒下去。"保儿,保儿!"刘萍同志喊着,往前赶了两步,想拉一下保儿,摘下保儿的枪,但保儿已经死去,他的尸体已经滚下山坡去了。

"都死了!"刘萍同志,他亲眼看到他的周围的伙伴们怎样死去,保儿怎样死去,基干队的政委、公安局的辛局长怎样用枪打死了自己,以及许多基干队员们,和几倍于自己的敌人怎样在用拳头、用刺刀的混战下死去。在这样紧急的情况下,在生和死的边缘上,一个英雄,一个具有高尚气节的人,是知道该怎样处理自己的。于是,他举起了他的枪,对准自己的前额,但扳机一动,才知道枪膛里已经是空的了。因为,他最后的一颗子弹,已经射向了敌人。恰在这时,他的左臂负了伤,他倒下去,在神志昏迷中,被敌人载向了徐水城。

"或者作为一个英雄而死去,或者作为一个奴隶而活着。"是的,在我们的敌人——日本法西斯面前,是没有别的路的。而我们的刘萍同志,正是走了第一条路。从十月十三日被俘,到二十四日断绝了他的最后一口气息,他没有喝过敌人的一滴水,没有吃过敌人的一口饭。在敌人的法庭上,在每一次审讯的口供里,在每一次为人类肉体所不能忍受的严刑拷打下,我们的刘萍同志,都表示了他的英勇与忠贞,表示了一个布尔什维克最高尚的道德与优良的品质,表示了在敌人面前,一个有骨气的中华民族的儿女"究竟可以勇敢到什么程度"。

敌人汉奸们,曾想出了种种软硬并施的办法,想使刘萍同志屈膝的,但这些都遭到了失败。当他被载到徐水城,敌人第一次端水给他喝时,他不喝,有些特务们用这样的话讽刺他:"为什么在釜山时,给你水你喝呢?""釜山是边区民主的地方,那里的水是甜的,你们这里(指徐水)的水是臭的,是腐臭的!"说着把水壶和茶碗都扔在地下了。

第一次审讯是在被俘后第三天举行的。日本顾问、特务机关和伪组织的所有人员，甚至有许多伪军们也都参加了。他们都以好奇的心，看看这一个边区的县长，看看他们久已闻名的刘萍，究竟是怎样的人物。

"你为什么干这个？"（意指干抗日县长）这是丁克强开审的第一句。这是多么土气，多么愚蠢而可笑的问话呵！

"我为了东北三千万父老，为了徐水二十二万同胞，为了四万万五千万中华民族的解放才干这个！你呢，丁克强？你是为什么呢？"丁克强是东北人，刘萍同志的每一句话，对于他都是最有力的回击和最彻骨的嘲笑。丁克强的脸赤红着，口吃的嘴很久很久没想出第二句问话来，而刘萍同志就利用了这个空隙，利用了敌人的法庭，宣布了敌人对徐水人民的一切暴行，昭告了汉奸们抗战必能胜利的一切有利条件和根据。整个法庭，变成了刘萍同志的讲演台，变成了他对敌伪汉奸们的审判厅。当时，徐水城内的老百姓、伪军、伪县公署的大小人员们，都流传着这样的话："看人家的县长（指刘县长）！没有审了人家，倒叫人家审了他（指丁克强）了！"

第一次教训了敌人汉奸们，以后的审讯都改在夜间了。而参加审讯的人，也只有日本顾问和伪县长丁克强两个人了。经过几次的审讯，和每一次审讯时的肉刑，刘萍同志全身上的每一部分、每一个关节、每一块肌肉，都失去了知觉，全身是血肉模糊的一片。当敌人最后一次审讯，当他还有最后一丝气息时，他用他最大也是最后的一次力量，在敌人和汉奸们面前喊出了："死了我一个刘萍，还有更多像我一样的人，继续我的事业……"就这样，十一天滴水片食未进，在十月二十四日——这个永不为我们所忘记的日子，我们的刘萍同志，我们徐水人民最爱戴的县长，便离开敌人的魔手，而长辞人间了！

于今，已整整一年了，我们的徐水仍然在那里屹然伫立着，我们徐水二十二万同胞，更加顽强地在和敌人斗争着。是的，在这一年来，在战场上、在敌人的牢狱里，我们是有更多的同志们，继续了死者们的血迹，为了他们未完成的事业，为了我们的国家和民族而奋斗，而牺牲流血的。我们的晋察冀边区——这一块敌后模范的民主抗日根据地，就正是用了这样无数英雄们的血和肉建筑起来的，这些英雄们的血和肉，给我们筑造起胜利的基础，给我们铺就了通向黎明的平坦的道路。我们就在这个基础上、这条道路上，踏着英雄们的血迹前进，永远前进。

十月二十四日

（《晋察冀日报》1942年10月24日）

攻克灵寿城

洛灏

攻克灵寿城时俘虏过来的日本指导官和警备队员伪县公署的人员都穿着单衣或者衬衣短裤，而有的则是光着全身只裹了一条被子。灵寿城是在一种异常猛烈和突然的战斗情况下攻克的。

住在城里的"皇军"和伪县公署的人员们，将灵寿城是看作"保险库"的。因为除了周围有几丈高的城墙以外，离城十几里地都挖着三丈宽二丈深的封锁沟。并且，为了使封锁沟安全起见，在东北自宋家楼起直到滹沱河边，密密地建立了南寨、马庄、南朱乐、堤下、南北倾井等十几个堡垒。特别是最近又伸向固城、胡家疃、马阜安、贯庄筑了堡垒以后，好像"皇军"的地区更加扩大了，而所谓"确保区"也更加确保了。按着"皇军"的锦囊妙计，还打算从霍营开始经慈峪、林山，直到滹沱河边再建立一条封锁沟，这样在城里的"皇军"和伪县公署的人们看来，灵寿城是会更加确保更加太平的。

五次"治安强化运动"在十月八号就开始了，这几天伪县公署的人们和新民会宪兵队特务队正在忙着开会、演讲、写标语。伪县知事王景林前几天还给警备队和老百姓说："第五次'治安强化运动'，一定要把共产党消灭，灵寿城会慢慢热闹起来。"

一天一天过去了，近几天城里也真的好像热闹了一些，因为老百姓看见来了不少的时髦女人，这些日本的、高丽的女人是从获鹿刚来的。"皇军"和县公署的人们，都称她们为"姑娘"。而这些"姑娘"倒成了灵寿城近来唯一的点缀了。在"皇军"和伪县公署的大人们看来，灵寿城是热闹而且太平的，一直到十月十四号八路军打进灵寿城的时候，不是日本教导官的床上还躺着二个高丽"姑娘"吗？

八路军攻克灵寿城，是使"皇军"和县公署的人们大吃一惊的。因为等他们发觉八路军的时候，八路军已经进了他们的房子了。当我们的战士敲警备队门的时候，中队长还"叽里咕噜"骂着说："半夜三更不睡觉，吵什么？"当刺刀在他胸前摇晃，他才慌张地认清了进来的是八路军。我们的战士将伪组织人员从被窝里拉起来的时候，他们还乱叫"不要开玩笑"。是的，他们怎么会想到呢？他们真有点儿怀疑八路军是从天上飞下来的呢。

八路军攻克灵寿城，俘虏了二百十四名伪军和伪组织人员，灵寿警备队三中队是今年二月间才成立的，六七个月以前这些警备队员还都是善良的老百姓，日本人是不要没有家的人参加警备队的，因为有家的老百姓在日本人眼里看来，是比较可靠得多。

我们的队伍刚进城去的时候，一个老头儿看见我们就跑，后来我们一个战士拉住他说："你领我们打特务队宪兵队去。"当老头儿听说是去打宪兵队特务队的时候，他急忙跑回来给我们那个走在头里的连长叩了一个头说："我去，我领你们去，你们可来了。"就这样，老头儿在这个战斗里，始终成为这个连的忠实向导，在激烈的炮火里，他没有害怕地和我们在一起，直到战斗结束。

在攻克灵寿城的时候，八路军释放了二个监狱的犯人，这里面很多是被捕的善良同胞。我见到一个犯人被好几斤重的脚镣锁着，我问他犯了什么罪？他告诉我本来是做买卖的，因为缴纳不起伪县公署的捐税，他和他的妻子已经住了半年多监狱，在"皇道乐土"的"确保区"，这简直是太平常太平常的事情了。

战斗展开的时候，到处都飞着枪炮、手榴弹、掷弹筒的声音，但街上看不到一个乱跑的老百姓，一家铺子反而点上灯拉我们的战士进去休息，并且说："来吧，来喝点儿水吧。"我们的战士问他怕不怕，他坦然地说："八路军来有什么可怕呢？八路军好几次进城就没有碰过老百姓一点儿东西,你们打的是汉奸和鬼子。"

沦陷了几年的灵寿城复活了,在火光和枪炮声里,我踏着狭窄的黄土的街道听见人民呼喊"八路军万岁"的声音。

一九四二年十月十六日深夜在抗敌剧社

(《晋察冀日报》1942年10月28日)

挡 箭 牌

——一个反蚕食斗争胜利的故事

思

一、模范的村子

在那条从广阔的田野走向××庄的路上，很自然地形成这长长的队伍。你会看到许多脸孔黑红的壮实的汉子，担着高粱、豆子、玉蜀黍……大踏步地奔向村庄。他们愉快地追逐着，脸上不时滴下大汗珠。黄金似的庄稼收割到家了，农民们心里发出来笑！

××庄的男女老少全在忙着秋收，同时村里也正在紧张地进行着统累税的征收工作，农民们踊跃地交纳公粮。

"咱们村里从打实行合理负担起一直到现在，没有一次不是公公平平的，今年累进税计算得更好，哪一家负担的分都是不多不少的。"赵老财称赞着村里的工作。确实是这样，这是全村老百姓心里的话。

村长和干部们都忙着点收粮食，他们和蔼地招呼着交公粮的人们，工会农会的会员们在交公粮时更打了先锋，在抗战后因为减租减息等政策的彻底执行，他们的生活都得到了适当的改善。

正是八月（一九四一年）终了的时候，财政主任认真地把本月份办公费开支决算贴到村公所的墙上。这个月只花了八元七角钱，又节省了一元多钱。他兴奋地笑着，轻轻地拈着飘在胸前的胡须。村里人们也像爱戴其他干部一样地爱戴着他，大家都说："别看人家家里有份（有钱的意思），办工作一样积极，你看那字眼多深，账单拉得真清楚。"

村里人们亲密地团结着,各种工作一向都成为全区的模范。

二、敌人的魔手伸过来了

　　村西边的树林里已经铺满了一层落叶,小河里偶然漂着一片红叶悄悄地流过去,刚刚在敌人大"扫荡"后的秋季,大地显得更凄清了,四周都很静寂,但在这静寂里却包含着莫大的怨愤与不安。

　　除了离××庄北面二十里的张×村和东南三十里的×峪早在去年被敌人占领了之外,在这一次大"扫荡"后,东面十三里的××岭和二十三里的赵×村也被敌人占领了,离××庄东面仅仅五里的××町在敌人强大兵力的压迫下,也不得不支应敌人。××庄由一个安全的地区而变为三面受敌的地区了。

　　敌人蚕食突击的目标转向××庄来了!他想吞噬这一块几年来由人民血汗所培植的安乐的土地,在这样严重的形势下,××庄对敌的斗争不仅是为了护卫本村的安全,而且在粉碎敌人扩大治安区和保障背后广大巩固区的安全上也起了挡箭牌的作用。

　　敌人的突击开始了!

　　九月二十八日的拂晓,敌人乘着晓雾弥漫的时候绕过了警戒哨闯到村里。恰好在那时,放哨的×××因一夜的疲倦而大意地睡着了。

　　对模范的××庄,敌人素来抱着极大的嫉恨,这回,他更想用尽各种办法来摧残它。

　　人们在睡梦中被惊醒了,机警地趁着敌人还未展开包围形势,就钻过村边的树林跑到山沟里去了,跑不及的就被围了。

　　敌人为了笼络人心,把村民强迫地集合到了一起,召开了一个大会。那丑恶的日本鬼子说:"'皇军'大大的好,你们要好好地支应'皇军',哪个通八路的,死啦死啦的。"

　　他拔出刺刀狞笑着,两挺机关枪架在他的身旁,枪口正对着这些心怀恐怖而愤怒的人们。

临行时敌人抓走了十五个人，说是有通八路的嫌疑。年轻的×××违抗着不去，即时被刺死在村边。刺刀由前心穿过去，他尖叫了一声躺倒了，接连又是几刺刀，鲜血染红了村边枯黄的秋草，土地上印下了黑紫色的血痕。这临死时的吼叫响彻到人们的心底，大家含着泪哀悼着这无辜的牺牲者。

第二天敌人再以较大的兵力包围了××庄，三十多间房子被火烧了，村里的家具被打得破碎不堪，人们的愤怒比火燃烧得更炽烈，在离村时敌人又绑走了十九个人。

敌人在诱迫着被捕者投降。

在一顿毒打之后，两批人被几个汉奸分开领到两间屋子里，在第一间屋子里，一个汉奸在逼问着第一批人："你们为什么给八路军运公粮呢？运过多少？村长在哪儿？"他厉声威吓着。在另一间屋子里，几个汉奸很客气地招待着被捕者，他们诱劝着这些人："如果知道村长在哪儿，给他捎个信，只要他见见'皇军'，送送情报，事情就好办了，咱们当然要照顾自家人，你们可以很快地回去。"

不管是威胁也好，诱劝也好，三十几个受难者共同一致地表示是无言的抵抗！

三、我们永远是战斗的胜利者

"我们怕什么呢？鬼子虽然有时候闯到村里，可是他们离咱们这里还有十几里远，咱们背后靠着山，鬼子来了，打不了他就钻山哪……"在人们慌乱不安的时候，村长显得更镇静和有办法，他在临时召开的村民大会上向村民激动地述说着。今天，在人们的眼里，从他那朴实的农民的脸上，似乎看到异乎平时的亲切和新的力量。

"咱们村里向来就团结得像一个人似的，没有一个人会给鬼子干事，咱们的民兵区里都奖励过，是打游击的模范。以后我们警戒好，鬼子不用想捉走我们一个人。已经被捉走的人，咱们想办法救他们。东村才支应敌人几天就花了大几千块钱，咱们抗日的人们决不支应敌人，我们当干部的，更要坚决些。×××的血还没有干，我们难道会忘了这一笔血债吗?!"人们含着悲愤的热泪，看那从来不难过的村长的眼里也闪着泪光。

这一段话平复了几日来村民心里的不安。被捉走者的家属心里也得到了安慰，被敌人吓昏了的人们曾嘈杂地议论着要支应敌人。赵老财心里打着算盘："支应鬼子真花费不起，对！一天也不能支应！"

青年们在讨论着：支应鬼子就要给鬼子当苦工当炮灰，怎么办？"誓死不见鬼子面，只要提高警觉性什么也不怕，绝对不支应鬼子！"这是全村青年一致赞同的结论。

妇救会的干部们耐心地把逃到外村的妇女都叫回来了："咱们村里的工作还要做呀！鬼子想让咱们上炮楼？做他娘的梦！宁自寻个无常（上吊死）也不干那坏良心的事。"妇女们切齿痛恨那不通人性的鬼子。

村里紧张地恢复了日常的工作。

被捕者在敌人的监狱里坚决地斗争着，他们忍受了敌人所施与的毒辣的肉刑。绝不屈服是三十几个受难者钢铁一般的意志，他们被绑在一列木桩上，敌人拿皮鞭蘸了水拚命用力地抽向他们的身上。赤裸的肉体随着皮鞭的响声而现出红肿的伤痕。在那深秋的寒风里，人们内心只觉得火烧般地灼热，他们始终还是沉默着。

在一场狂暴的施刑后，又一个个地被拉到屋子里了。

"快说！送过多少公粮？"一个阴险狡狯的汉奸在逼问着。

"运过一次公粮，不知有多少，反正八路军要不给又不行。"

"村长在哪儿？怎么不来支应'皇军'？"他又逼着第二批人。

"村长前两天给八路军带走了，我们上哪儿去找呢？"

几天来敌人用尽了一切办法，结果只能叫这些"犯人"从沉默而说出了这相同的"口供"。

一天晚间，就在拘禁这些"犯人"的村口炮楼边飞来了几颗手榴弹，碎铁片从门口冲进来。第二天清晨敌人到村边的井里去饮马，一声巨响，一匹马当时又被炸死了，马夫也受了伤，不知中了谁的埋伏。

××庄的人们在暗暗地庆幸着游击小组惊人的战绩。

八路军快要攻炮楼了！让鬼子发抖的消息不断传来。

村干部经过了各种关系、用各种办法拯救被捕者，敌人也在暗忖着，横竖××庄不是用硬办法能够制伏的。

三十几个人终于全数放回来了。

全村战斗的动员起来了，人们又准备着即将到来的新的战斗。

首先注意了警戒工作，在村前最高的山头上安置了瞭望哨，那里可以清楚地看到从敌人据点通这边来的三条要路。几个精明强干的青壮年自动地参加了游击小组，他们每天都到敌人据点附近去侦察，夜晚趁机会就给睡梦中的敌人一两颗手榴弹，每当二三十个敌人进攻时，常常被这群战士们机动地打退。

全村人民开始战斗化，他们已经布置好，当敌人进攻的时候，老年、妇女和儿童有组织地分路转移了。村里的人们带上了自己的被子、战斗粮和一件必要的农具。其他多余的东西都实行了彻底的坚壁清野。

分散在各处山坡，他们挖掘了许多新的窑洞。"敌人烧了房子可制不住我们的人呀。"他们很高兴看到许多窑洞完成了。村合作社在一间新的大窑洞里设立了临时的销售所，天黑以后就有许多妇女和孩子去买盐或火柴，每人规定了一定的购买数量，合作社有计划地准备了在战时供给人们这些必需品。

　　孩子们组成了游击式的学校，儿童团长成了他们战时的领导者，平时他们在旷场里晒着太阳上课，战时，团长就带着他们分组转进山沟了，教员用巡回施教法帮助孩子们分组学习。

　　在严寒的冬季里，人们斗争的意志也像冬风一样地锐利，全村的人们团结得更紧密，他们有力地打击着敌人，一次再次的蚕食突击都被打退了，××庄这一面挡箭牌永远坚强地屹立在敌人的面前。

　　在山头瞭望哨身旁的信号旗，吹卷在寒风里，它胜利地招展在我们的阵地上，在正义的战斗里成长的人们将永远是战斗的胜利者。

（《晋察冀日报》1942年10月29日）